乔治·威尔斯科幻小说精选

登月第一人

[英]乔治·威尔斯 著

田 原 胡筱颖 吴天娇 译

四川文艺出版社

图书在版编目（CIP）数据

登月第一人 / (英) 乔治·威尔斯著；田原, 胡筱颖, 吴
天娇译. -- 成都：四川文艺出版社, 2020.3

（乔治·威尔斯科幻小说精选）

ISBN 978-7-5411-5583-3

Ⅰ. ①登… Ⅱ. ①乔… ②田… ③胡… ④吴… Ⅲ.①幻
想小说—英国—现代 Ⅳ.①I561.45

中国版本图书馆CIP数据核字(2020)第007453号

DENGYUE DIYIREN

登月第一人

[英] 乔治·威尔斯 著

田原 胡筱颖 吴天娇 译

出 品 人	张庆宁
策划组稿	蔡 曦
编辑统筹	罗月婷
责任编辑	陈雪嫒
封面设计	叶 茂
内文设计	史小燕
责任校对	汪 平
责任印制	唐 茵

出版发行　四川文艺出版社（成都市槐树街2号）
网　址　www.scwys.com
电　话　028-86259287（发行部）　028-86259303（编辑部）
传　真　028-86259306

邮购地址　成都市槐树街2号四川文艺出版社邮购部　610031
排　版　四川胜翔数码印务设计有限公司
印　刷　成都勤德印务有限公司
成品尺寸　145mm×210mm　　开　本　32开
印　张　10　　　　　　　　字　数　190千
版　次　2020年03月第一版　　印　次　2020年03月第一次印刷
书　号　ISBN 978-7-5411-5583-3
定　价　39.00元

总序

他曾警告过我们

吴虹　范锐

赫伯特·乔治·威尔斯（Herbert George Wells，1866—1946），英国科幻作家、新闻记者和现实主义小说家，与另两位作家约翰·高尔斯华绥和阿诺德·贝内特并称为20世纪英国现实主义小说三杰。他的科幻小说对该领域影响深远，创造了如"时间旅行""外星人""反乌托邦"等20世纪科幻小说中的主流话题，因此被誉为"科幻小说之父""科幻小说界的莎士比亚""英国的儒勒·凡尔纳[①]"。

在威尔斯的时代，人们同时受到现代文明的鼓舞和战争的威胁，各种思潮层出不穷，几乎每一个人都在思考人类应有

[①]　儒勒·凡尔纳（1828—1905），科幻小说和冒险小说作家，法国科幻小说的奠基人，被称为"科幻小说之父"，作品以《海底两万里》最为著名。

的现在和未来。作为这个时代的代表人物之一，威尔斯除了作家的身份外，还是政治家、思想家、社会学家、未来预言家和历史学家。他"从学生时代起就一直是个社会主义者"，但他强调自己不是马克思主义者。他曾是费边社的重要成员，认为"通过有计划的社会教育方式，可以逐步改革现在的资本主义制度"，并因为关于性自由的主张和与萧伯纳等人对领导权的争夺而震惊了费边社的知识分子们，这些经历被他写入了《安·维罗尼卡》和《新马基雅弗利》。他曾在1920年和1934年两度访问苏联，受到了列宁和斯大林的接见——据说列宁的"共产主义就是苏维埃加电气化"这一著名的论断就是在接受威尔斯采访时提出的。在《黑暗中的俄罗斯》（这个书名说明了十月革命后的苏联给他留下的印象）一书中，威尔斯用充满怀疑的语气描述列宁所谈论的这个话题当时给他的感受："我听的时候几乎认为这是可能的。"威尔斯也曾访问美国，与罗斯福总统晤谈——显然他想从当时两个最为不同的国家中去探寻他所认为的理想化的人类社会模式。目前我们所知最早被译成中文的威尔斯的作品不是科幻小说，而是1921年他采访华盛顿会议后撰写的有关中国问题的长篇报道，译者是周恩来。

在五十三年的创作生涯中，威尔斯先后写下了超过一百一十部作品，平均每年两部，其中包括五十部长篇小说，这使他成为现代最多产的作家之一。这些作品的内容涉及科学、文学、历史、社会、政治等各个领域，既有科幻小说，也有纯学术作品、严肃小说以及大量报刊文章，而这些作品的影响也和它们所涉及的内容一样广泛。

1866年9月21日，赫伯特·乔治·威尔斯出身于英国肯特郡的小城布朗姆利（现在位于伦敦西郊的一个小镇）的一个市民家庭。他家境贫寒，父亲约瑟夫曾当过职业棒球手，后来经营一家五金店铺；母亲尼尔早年当过用人，后来为一个乡绅当管家，这使得威尔斯童年的许多时光在这户人家位于地下室的厨房里度过。威尔斯在回顾这段生活时说，当他从地下室狭小的气窗望出去时，他所看到的是各色各样的鞋子与靴子，仿佛世界就是由那些代表各种社会身份的鞋子与靴子组成的。

十四岁时，由于父亲破产，威尔斯不得不辍学自谋生路。他先后当过布店学徒、信差、小学教师、药剂师助手以及文法学校的助教。他对这类的生活难以忍受，他的雇主们对他可能也有类似的感受，所以他的这些职业生涯都很短暂。1884年，他得到每星期一个基尼的助学金，进入英国皇家科学院的前身南肯辛顿理科师范学校学习物理学、化学、地质学、天文学和生物学。他的生物学老师是达尔文学说的支持者、著名科学家托马斯·赫胥黎，这位老师的进化论思想大大地影响了威尔斯后来的写作。1890年，威尔斯以动物学的优异成绩获得了伦敦大学帝国理工学院的理学学士学位，毕业后的一段时间他在伦敦大学函授学院教授生物学。

1891年，威尔斯开始为一些报刊撰写文章，偶尔也从事新闻写作。1893年，因病休养期间，他开始写作短篇小说、散文和评论，同时也开始了科普创作。1895年出版的《时间机器》使威尔斯作为"可以看到未来的人"而一举成名，这部中篇小说的末章还被伊顿公学等贵族学校列为必读篇目，以使本国精英能够充分吸收威尔斯至高无上的语言精华。此后，《莫罗博士的岛》《隐身人》《星球大战》《登月第一人》等陆续发表，这些"科学传奇"，即现在所称的科学幻想小说，构成了威尔斯长达半个多世纪的创作生涯中辉煌的第一阶段。在20世纪初期，威尔斯的作品主要属于社会讽刺小说一类。此后他转向政论性小说创作，撰写了《基普斯》《波利先生的故事》《勃列林先生看穿了他》《恩惠》《预测》《世界史纲》等大量关注现实、思考未来的作品，其中1908年的《托诺·邦盖》可以说是他最有影响和代表性的杰作之一。威尔斯这一时期的不少作品被称为"阐述思想的小说"，实际上已不是严格意义上的文学作品，整体上被认为缺乏艺术特色。他后期的作品更多地关注灵魂、宗教、道德等方面，说明这位赫胥黎的得意门生也曾遭遇过某种精神上的危机。

和威尔斯的创作生涯同样辉煌的是他的情史。他的情人中包括女作家丽贝卡·韦斯特和曾做过马克西姆·高尔基[①]情人的莫拉·包伯格。在总结自己的情史时，威尔斯说"虽然我曾深深爱恋一些人，但我从来不是一个好情人"，然而他却是一个好作家，他的恋人们的影子常常出现在他的作品中。这可以作为一个有趣的例证——虽然威尔斯以科幻小说而闻名，但他的作品从来都和现实有着密切的联系。1938年，奥逊·维尔斯[②]根据《星球大战》的情节在电台做了一期广播节目，结果引起了一场民众大恐慌。这一后果大大出乎维尔斯的预料，他不得不保证以后再也不做类似的事，以免引起新的恐慌。

评论界将威尔斯与儒勒·凡尔纳相提并论，认为他们是科幻小说两大流派的鼻祖，但威尔斯自己并不同意别人称他为"第二个凡尔纳"。他说："我与法国那位未来的预言家之间并没有任何一定要扯到一块儿的东西。他的作品里所写的往往是那些完全可以实现的发现和发明，并且有些地方已经高明地预见了它们的可行性。他的小说将唤起一种实践的兴趣……而我的故事所指的绝不是实现科学假设的可行性，这完全是另一种幻想的体验。"他认为自己的"科学传奇"是想象的产物，

[①] 马克西姆·高尔基（1868—1936），苏联作家，在很长一段时期内被诸多社会主义国家认为是无产阶级文学的奠基人和最重要的代表。
[b] 奥逊·维尔斯（1915—1985），美国电影导演、演员、编剧和制片人，因自导自演《公民凯恩》(1941)在世界电影史上占有重要地位。因广播剧《星球大战》事件而成名。

其目的不在于预见科学发展的可能性。凡尔纳赞扬科学技术方面的重大发现与发明，用瑰丽的色彩描绘了科学发明的巨大威力与贡献；威尔斯则在肯定科学技术发明积极意义的同时，还关心科学技术发展的社会影响，从这种意义上来说，威尔斯的科幻小说也是一种"哲理小说"，他的作品总是通过幻想中的社会来影射当时的社会和政治，整体上充满了对人类社会未来命运的观照。这切中了科幻小说的核心精神："科学到底给人类带来了什么？"以及"人类要追求的是怎样的未来？"这种严肃的思想主题使得科幻小说真正成为一种可以"登堂入室"的文学形式，而非止于追求冒险猎奇的低俗读物——尽管在形式上难以区别。因此，也有评论家将1895年（《时间机器》的出版年份）认定为"科幻小说诞生元年"。

威尔斯被认为是未来预言家和社会活动家，但现在看来他主要还是有创造性的艺术家。他曾幻想通过建立一个世界性的政府而达到人类大同的境界，并为此奔波呼吁，当然徒劳无功。他曾认为社会的领导权应该转移到科学家和技术人员手里，但这个柏拉图①式的理想当然也无法实现。威尔斯后期的作品被认为对未来保持着勉强的乐观态度，但这与他世界观中根本性的悲观主义是矛盾的。作为科幻小说作家，威尔斯关注着

---

① 柏拉图（前427—前347），古希腊哲学家，曾提出"哲学家国王"的思想。

科学发展与人性社会的相互关系——如果没有人性的进步，科学的发展只能是人类的灾难。在他用卓越的作品表现科学进步给人类带来希望的同时，他也卓有成效地提醒人类这种进步所带来的危险。在不列颠之战①中，在那些被他大声谴责过的纳粹用最先进的飞机扔下的最有破坏力的炸弹的爆炸声中，威尔斯坚持不离开几乎已是一片瓦砾的伦敦。在第二次世界大战结束后的第二年，威尔斯在离八十岁只有两个月时离开了人世。而在这场世界大战开始的那一年，他曾为自己写下一句短小的墓碑文："上帝将要毁灭人类——我警告过你们。"

---

① 不列颠之战，1940—1941 年间英国和德国在英国上空进行的大空战。

前　言

　　作家、短篇小说家、社会学家、历史学家、空想主义者——这些头衔仅仅是赫伯特·乔治·威尔斯众多身份中最为人知的几个。他学的是科学，而当时社会正处于一个广泛普及科学的年代，到处都在宣扬要争取不断地科技进步，人们把科学奉上了至高无上的圣坛，认为科学不仅仅可以像到处鼓吹的那样征服整个世界，还能够拯救全人类。科学和教育能最终让世界免于战争、免于贫困、免于无知、免于疾病、免于一切社会中存在的，能在全人类中蔓延的邪恶力量。

　　威尔斯在其第一部小说《时间机器》（1895）（*The Time Machine*）中为他的科学梦想定下了基调：运用想象，更要运用一些不太现实的设备和发明将小说中的人物放到一个特定的场景中去，在这样的特定场景中，科技进步和社会变化之间的相互作用才能得到更清晰的辨析。例如他的"时间机器"是没有理论依据的，更没有什么相关的实验了。

儒勒·凡尔纳的小说《从地球到月球》(*From the Earth to the Moon*)描述了这样一种可能性:人类乘坐一种穿梭机,从地球上发射,然后围绕月球飞行,最后安全返回地球。虽然书中的描述很自由,没有局限于科学的可能性,但是其理论基础是非常合理可靠的。后来凡尔纳说,在写书时他是很希望让书中的主人公登上月球的,可是在当时的条件下,这种登月行为的科学可能性是不存在的。

威尔斯写他的月球探险故事《登月第一人》(*The First Men in the Moon*)的时候,其目的与凡尔纳截然不同。起码有一点是确信无疑的,他根本就没有想过他要写一种在现实中能够实现的登月方式。整个航行、登月和探月的情景描绘得非常详尽,栩栩如生,但是作者真正的兴趣和重点还是落到了对月球洞穴中陌生的文明的描述上。在本书中,我们第一次在一本真正意义上的科幻小说中,以一种非人类文化的角度,读到了对人类社会的批判:威尔斯的社会学家和科幻小说家的双重身份通力合作,达到了完美的平衡。

不过,我们也可以完全把这部小说当作饶有趣味的科幻小说来阅读。只要人们还对科幻小说中的杰作感兴趣,H.G.威尔斯的短篇和早期浪漫小说在读者中就永远占据一席之地。

目 录

第一章　贝福德和凯沃在里普尼的偶遇 /001

第二章　凯沃的处女作 /023

第三章　制造球形飞行器 /033

第四章　飞行器之内 /045

第五章　月球之旅 /051

第六章　月球着陆 /059

第七章　月球之晨 /071

第八章　开始勘探 /077

第九章　月球上迷路的人 /089

第十章　月球怪兽的牧场 /097

第十一章　月球人的脸 /111

第十二章　凯沃的建议 /119

第十三章　交际试验 /131

2

第十四章　　令人眩晕的桥 /139

第十五章　　意见分歧 /155

第十六章　　月球屠夫洞中的恶战 /167

第十七章　　阳光下 /181

第十八章　　贝福德独自行动 /195

第十九章　　无垠太空中的贝福德 /211

第二十章　　小石通镇的贝福德 /221

第二十一章　　朱利斯·温迪基的惊人通信 /241

第二十二章　　凯沃发来的前六条信息的摘要 /247

第二十三章　　月球人的自然发展史 /257

第二十四章　　月球大帝 /279

第二十五章　　凯沃给地球发来的最后一条信息 /299

第一章　贝福德和凯沃在里普尼的偶遇

　　我坐在葡萄叶荫之下开始写书，头顶是意大利南部的湛蓝天空。我突然惊讶地发现我参与凯沃先生这次冒险之旅的起因竟然只是纯粹的机缘巧合。和凯沃先生一起行动的很有可能是另外一个人而不是我。我稀里糊涂地卷进了这件事情。我本以为我终于找到了一个可以不受任何外界干扰的地方——我到里普尼来就是以为这里是世界上最平静最安生的地方。"在这里，无论如何，"我曾说，"我总能得到安静，找到机会工作！"

　　结果这本书就是出乎我所有计划的意外结果。真是"谋事在人，成事在天"啊！我还可以顺便提一句，最近我又在我的某桩生意上栽了跟头。现在身处优越的环境，说说过去的窘迫，倒也是一种奢侈的享乐。我甚至可以承认我的那些个惨败都显而易见地是我个人原因造成的。我可能在某些方面是有天赋的，只可惜这个某些方面里独独缺了商业经营。当时我还年轻，也有年轻人的通病，就是总骄傲地觉得自己有能力办大事。当然，过了这么多年我依然年轻，只不过我所经历的已经把我意识中属于青年时代的某些东西抹去了。这些经历有没有让我变聪明还值得怀疑。

有关我在肯特郡的里普尼的冒险经历的细节就无须细细讲来了。这年头，就是普通的生意往来都弥漫着一股子冒险味儿。我做过冒险的事。冒险一定就有输赢，只是轮到我头上的总是输。真够背的！就算我已经得以全身而退，可还有一位以对我狠毒为快的债主等着我。你可能吃过这种暴虐的人的苦头，也可能只是有所耳闻。他把我逼得很紧。最后，我觉得要是不想一辈子做跑腿的苦役的话，大概唯一的出路就是去写剧本了。我还是有点想象力的，品位和兴趣也相当不错，我可不想坐以待毙地被命运牵着鼻子走，我要为我的事业精神饱满、斗志昂扬地奋斗。我一直相信我不仅有做生意的才能，还有做个好的剧作家的天分。我还相信我的这种对自己能力的肯定也不算过分。我觉得生意上的事情只能遵纪守法，合法经营，除此以外，大概就没有多少成功的机会——很有可能就是这种想法让我的整个思维变得偏颇。我的的确确养成了一个习惯，总觉得这部尚未动笔的剧本是一定要留待某个雨天来写的。这个雨天终于来了，于是我开始动笔。

　　很快，我就意识到写剧本可比我想象的要艰巨：起初我准备十天就完工，于是我来到里普尼找个安静的地方待着。能找到这个小平房还是很幸运的，我签了租约，准备租三年。搬了几件简单的家具进去，一边写剧本，一边自己做饭。我的厨艺一定让邦德太太叹为观止。你知道，自己做饭有味道。我有一个咖啡壶，一个煎蛋用的平底锅，一个炸土豆的平底锅，还有一个炸香肠和火腿的炸锅——这些就是保证我舒适生活的最基本的炊具。人总不能太过排场，偶尔朴素一下也挺好的。另外，我还囤了一桶十八加仑的啤酒——暂时是赊来的，每天还有一个诚实可信的面包师傅来做面包。这种生活当然谈不上是锡巴里斯①式的奢侈享乐，不过我曾经经历过比现在更艰苦的生活。那个面包师傅可真不赖，我对他还是有些许歉意的，但愿我别欠他什么。

　　如果有人想找个世外桃源般清净的地方，里普尼就是不二之选。它位于肯特郡的平原地带，我的小平房依傍在一个古老海岸的悬崖边上，俯瞰海边地势平坦的罗姆尼沼泽。在多雨潮湿的季节，这个地方几乎没有路。我曾听说这里的邮差常常要在自己的脚上捆上木板才能穿越途中的湿滑泥泞的路。虽然没亲眼见过，不过我能想象。这里的房屋并不多，每一户门外

① 锡巴里斯是古希腊城，在与克罗托那的战争中被毁。锡巴里斯曾经非常富有，生活奢侈。后用"锡巴里斯"指奢靡逸乐的生活方式。

都有用柞木做的长柄大扫帚，用来打扫尘土。我这么说，大家大概可以想象这里的情况了。如果不是脑海里还有一些对于已逝过往的残存记忆，我自己都怀疑这个地方是否真实存在过。这里在罗马时代曾是英格兰的大港口——列马纳斯港，不过现在海岸线已经退到了距此四英里以外的地方。沿陡峭的小山而下，随处可见大圆石和罗马时期砖结构的建筑物，古老的瓦特凌街从这里开始，笔直如箭般通向北方。我曾站在山顶上遥想过去的一切，想曾经的舰队和罗马军队，想那些俘虏和军官，想以前的女人和商贩，还有那些像我这样的空想家，以及所有出入这个熙来攘往的港口的人。现在，有的只是草坡中的几块石子、一两头绵羊，和我。昔日的繁华港口变成了现在的平坦沼泽，延伸到遥远的朱杰内斯，划出一道弧线；其间点缀的是树丛和中世纪城镇教堂。现在这些景致也正在步列马纳斯的后尘，逐渐消亡。

实际上，沼泽上的风光是我见过的最美的景色之一。我觉得朱杰内斯离这里大概十五英里远，好比一排竹筏漂浮在大海之上。往西更远处就是夕阳下哈斯廷斯港附近的一群小山了。有时它们显得高大清晰，有时它们又很低矮模糊，通常天气一变，就根本看不见了。沼泽附近河道交错，水波粼粼。

从我伏案的窗户抬眼望去，可以看到山脊。就是从这扇窗户往外，我第一次看见了凯沃。当时我正强打精神，奋笔疾书，忙于我的剧本创作，他的出现很自然地吸引了我的视线。

太阳已经落山，天空呈现出青黄色的宁静之态。他黑乎乎的背影映在这样的背景之上——实在是一个有些奇特的矮小身影。

他个头矮，身体浑圆，腿短，一举一动都似乎在抽动。头戴板球帽，身穿大衣，一条膝下扎紧的骑车用的灯笼裤和一双长筒袜，这身打扮似乎才配得上他那非凡的脑袋。我永远无法理解他怎么会穿成这样，他既不骑车也从不打板球。这身打扮是硬凑在一起的，我也永远无法知晓它们到底是怎样拼成这样的。他挥舞着手和胳膊夸张地做着手势，晃动着他的脑袋，嘴里发出嗡嗡的声音——像是某种带电的东西发出的声音一样。你绝对没有听过这种嗡嗡声。时不时地，他还要用一种极其特别的声音清清喉咙。

那时天刚下过雨，地面的湿滑让他步态的痉挛更甚。他走到正对太阳的地方就停住了，掏出怀表，犹豫着。然后他做了个痉挛的手势，折回原路，脚步很匆忙。这会儿他一个手势也没做，而是迈开大步往回走，他的那双脚相对他矮小的身材可真是大——我记得他的那双脚因为满是尘土的缘故显得尤其大——这可能就是他身材上面最大的优势了。

这件事发生在我客居此地的第一天。那可是我的写作精力最旺盛的时候，这件事的发生纯粹就是为了分散我的精力——

足足浪费了我五分钟的时间。然后我又埋头写我的剧本。但第二天傍晚这件怪事又发生了，而且发生的时间和地点都跟头天一模一样，第三天傍晚也是如此，准确地说是每个傍晚——只要不下雨——这样，要专注写剧本就变成了一个艰巨的任务。"该死的家伙！"我骂道，"不知道的还以为他在学牵线木偶呢！"接下来的几个傍晚我都打心眼儿里狠狠地骂着。后来我的气愤就逐渐被惊讶和好奇代替。到底是什么原因能够让一个好端端的人行为这么古怪呢？等到第十四个傍晚，我实在憋不住了，他刚一露脸，我就迫不及待打开我屋子的那扇法国式落地窗，穿过走廊，直接走到那个他总会停下来站着的地方。

我走到他面前的时候他已经掏出了表。他的脸胖乎乎、红润润的，有双偏红的棕色眼睛——这还是我第一次正面看清他的样子，以前看到他的时候他总是逆光。"先生，打扰您一下。"他转过身时我开口了。他定定地看着我。"打扰我一下？"他回答道，"当然可以。不过如果您想跟我多聊一会儿的话，我也不会觉得——不过现在您说的'一下'已经到了——如果不介意的话，您可以陪我走走吗？"

"完全不介意。"我一边说着一边就走到他身旁。

"我的习惯是很有规律的，但是我跟人交往的时间——却很有限。"

"现在，我猜，是您锻炼身体的时间吧？"

"是啊。我每天都来欣赏夕阳。"

"您不是。"

"您说什么？"

"您根本就没看夕阳。"

"根本没看？"

"对，根本没看。我都观察您十三个晚上了，您从来没有看过夕阳，一次都没有。"

他皱起了眉头，像是遇到了什么麻烦似的。

"哦，我很喜欢看夕阳——主要是喜欢这种氛围——我每天沿着这条小路，穿过这个门，"他猛地回过头，"再往——"

"您没有。您从来都不是这样做的。您在胡说八道。根本就没有沿着什么路，比如今天晚上。"

"哦，今天晚上！我想想。啊！我刚刚看了一下我的表，发现我今天出来的时间比以往的半小时超出了三分钟，所以觉得没有时间再逛下去了，我就转身——"

"其实您每天都这么做。"

他看着我，想了一下："可能我经常这样吧。我现在想起来了。不过您刚才想跟我聊什么来着？"

"聊什么？您不知道吗？就是这个！"

"这个？"

"对啊。您为什么总是这么做？每天晚上您都如约而至，还发出一种声音。"

"发出一种声音？"

"就像这种声音。"我模仿着他的嗡嗡声。他看着我。显然这个嗡嗡声开始让他厌恶。"我总这么做吗？"他问。

"每个该死的晚上您都这么做。"

"我怎么都不知道？"

他不说话了，很严肃地打量我。"会不会是……"他说，"我又养成了一种新的习惯？"

"看起来如此。您觉得呢？"

他用拇指和食指拉着他的下嘴唇。他看着脚边的一个水洼。

"我只是太专注了。"他说，"您还想知道这是为什么？唉，先生，我能向您发誓，别说我不知道我为什么要这么做，我连我自己做了什么都不知道啊。您想想看，就像您刚才所说的，我从来没有越过那片地……而这一切招惹您了？"

我开始有点同情他了。"没有招惹我。"我说，"不过——请您设身处地想一想，要是您自己正在写一部剧本的话，您会有什么感受！"

"我不会写的。"

"那么就想象您在做任何一件需要绝对专注的事情。"

"啊！"他说，"这简单！"他沉默了。他的表情显得这么苦恼，让我不禁更同情他了。毕竟，对一个陌生人步步进逼追问他为何在一条大家都能走的小路上哼哼出声也有点过分。

"您看，"他很无助地说，"这就是习惯。"

"哦，我知道。"

"我得改掉这个习惯。"

"如果这样您会为难的话就算了。毕竟，这不关我的事，我也管不着——这是一种自由。"

"没关系，先生，"他说，"没关系的。我非常抱歉，我应该管好我自己不做这些事的。以后绝不会了。我能再麻烦您一下吗——就一次？就是哪种声音？"

"有点像这个声音，"我说，"嗡——嗡——不过实际上，唉，您要知道——"

"非常感谢您。其实我知道我自己正越来越心不在焉，这很奇怪。您说得完全在理，先生——非常在理。我真的对不住您。以后不会了。现在，先生，我已经把您带得走出太远了。"

"我真心希望我的莽撞——"

"没有，先生，一点也没有。"

我们相互打量了一会儿。我抬了抬帽子祝他晚安。他回问我晚安——他还是不自觉地在痉挛。然后我们就各自分散了。

我站在栅栏旁看着他渐渐远去的背影。现在他的姿态显然有了些变化，他看起来有点瘸，有点驼背了。我把这个形象同他先前的那种又是比画又是哼哼的样子一比较，就有点莫名的忧伤。我一直目送他直到他走出我的视线。带着对自己事业的执着，我又回到了我的平房开始写作。

第二天傍晚我没有再看见他，第三天也没有。但我总想起他，我觉得他可以作为一个感伤的喜剧角色出现在我的剧情里。第四天他来找我了。

一时间我想不出他为什么会来找我。他先不痛不痒地聊了几句，然后直接切入主题。他想花钱买下我租的房子，让我搬走。

"您听我说，"他说，"我一点也没有责怪您的意思。可您却实实在在破坏了我的习惯，这样也就打乱了我整天的安排。几年了，我每天这个时候都到这里来走走。我应该真是哼哼了什么……但是现在您搞得这一切都不复存在了！"

我建议他可以往其他方向走走。

"不，没有其他方向了，这就是唯一的方向。我都调查过了。现在——每天下午四点钟——我就走投无路了。"

"但是，我亲爱的先生，如果这件事对您而言这么重要的话——"

"就是这么重要。您看，我是……是个研究员，我正从事某个科研工作。我住在——"他顿了顿，好像在思考，"就住在那儿。"他说，突然往我眼睛方向一指，差点戳到我的眼睛，"就是树丛那边，有白烟囱的那栋房子。我居住的环境非常不正常——不正常。我现在正处在完成一个最重要的实验的节骨眼儿上——我向您保证这个实验是有史以来最重要的一个实验了。这需要我不断思考，不断获取精神上的安定和活跃。下午是我一天中最高效的时间了！整个脑袋里都满是新奇的观点——新的观点啊！"

"那您为什么不可以继续到这儿来？"

"这不一样了。我会不安的。我会想到您本来伏案写您的剧本——看到我就生气——而不是想到我自己的工作需要。哦！所以我必须把这房子买下来。"

我沉思起来。很自然地，我得先把事情彻底想清楚再说出我的结论。那些天我时刻准备着做生意，买卖当然对我有吸引力了。不过第一，这房子不是我的，所以就算我高价把这房子卖给他，想赚一把，那房主要是听到风声的话我就没法顺利交货了；第二，我自己还债务未清啊。这显然是一笔需要精心运作的生意。另外，他捣鼓那些有价值的发明的事倒很让我有兴趣。我觉得我愿意进一步了解他的研究，倒不是出于什么不良企图，是因为一个简单的想法：了解他的科研也是我写剧本之外的一种消遣。于是我决定试探他一下。

他很愿意跟我讲他的科研。实际上他一开了头，我们之间的谈话就完全变成了他的个人独白。他一说起话来就像一个被长期监禁的人一样，这些话憋在心里反复念了多遍了。他足足讲了一小时，我必须坦白承认，听他讲还真是件吃力的事。

但是他的独白却隐隐让人觉得满足，好像一个人给自己设定了目标，确定了任务，然后又偷了懒似的。这第一次谈话中我对他的工作的要旨并没有什么认识。他的话中有一半都是我完全陌生的专业术语，他解释了一两个给我听，他用一种他叫基础数学的东西讲给我听，用绘图铅笔在信封上演算给我看，这架势让人想不懂装懂都很难。"懂了，"我说，"对的，讲下去吧。"不过我总算有足够的理由相信他不是那种搞新发现的把戏的怪人。他只是长得有点怪，不过他有一种内在的力量让人觉得他不是一个怪人。不管他研究的是什么，总之是与机械学有关的东西。他谈到他的工作室，谈到他的三位助手——这三人原来只是临时的木工——都是被他亲手训练教会的。现在从工作室到专利局显然只有一步之遥，他的科研马上就要成功了。他还邀请我去参观，我欣然接受，并且很仔细地用一两句话把下次的参观时间定好了。于是他提出的有关这个平房的转让问题就很自然地不了了之了。

最后他起身告别，说很抱歉把这次拜访的时间拖了这么长。他又说，谈他的工作是一种难得的乐趣，很难找到一个像我这么聪慧的倾听者。他很少和那些职业科学家打交道。

"这么多的麻烦事，"他解释道，"这么多的阴谋！真的，当一个人有了点想法——一个新颖的，会带来美妙结果的想法——虽然我也不愿意在他们背后说坏话，可是……"

　　我是一个冲动的人，我做了一个有些冒失的建议。不过您一定知道，我一直是一个人独居的，在里普尼写剧本，写了十四天了。我破坏了他习惯的散步，这一直让我受着自己良心的谴责。"有什么不可以呢，"我说，"养成一个新习惯？用这个新习惯来代替那个被我破坏掉的习惯？至少在我们解决这个平房的问题之前可以如此。您需要的就是在心里反复思索您的工作，以前您思索的方式就是下午散步。很不幸的是您以后没法下午散步了——您回不到原来的习惯了。不过您可以到我这里来跟我谈谈您的工作；就好比我是一面墙，您把您的想法扔给我，然后让它们又弹回去。我肯定是没法偷窃您的思想的，而且我也不认识其他科学家——"

　　我没继续说。他在想。显然这个建议吸引了他。"不过我担心我会打扰您。"他说。

　　"您是说我太笨了吗？"

　　"哦，当然不是了。只是那些技术术语——"

　　"无论如何，至少今天下午您让我觉得它们很有趣。"

　　"这样的话对我当然会有很大的帮助。要想理清自己的观点，最好的方法就是把它们解释给别人听。迄今为止——"

　　"我亲爱的先生，就这么定了。"

　　"不过您真的有空吗？"

　　"没有比交流双方的工作更好的休息啦。"我深信不疑地说。

这事就这么定了下来。我送他到走廊上的时候他转过身，"我真的非常感谢您。"他说。

我发出了一个表示疑问的声音。

"您完全治好了我哼哼的怪毛病。"他解释道。

我好像对他说了我愿意为他效劳，然后他就转身走了。

我们谈话中涉及的一连串的想法立即就起作用了。他的手臂又开始像以前那样挥舞了，他嘴里发出的嗡嗡声也随着微风传到了我的耳朵里……

让他去吧，反正也不关我的事。

第二天他来了，随后第三天他也来了。那两天做了两场关于物理学的演讲，讲者和听者双方都自得其乐。他带着一种非常清醒的神态谈到了"以太""力管"和"万有引力"之类的词，我坐在另一把折叠椅上时不时说"对""继续""我听懂了"，以便让他讲下去。他讲的东西真是晦涩难懂，不过我觉得他可能根本连想都没有想过我会有没听懂的地方。偶尔我会怀疑我应不应该听这种演讲，不过我倒是真的暂时从我那该死的剧本中摆脱出来了。时不时地会有些东西在我的脑海中一闪而过，可就在我觉得我抓住了这些灵感的时候它们又消失了。有时我实在无法集中注意力的话，我也不去理会，就呆呆看着他讲，想，也许我可以不去管他讲什么，就把他当作一出滑稽剧的主角好了，可是有时候也许过一会儿我又能听懂他在说什么了。

很快，我就抓住了一个机会到他屋里看看。屋子很大，摆设很简陋，没有仆人，只有三位助手。他的饮食习惯和生活方式是典型的极简，就像个哲人。他禁酒，吃素，遵守所有合理的清规戒律。倒是他的那些设备让我大开眼界。这些东西从地下室堆到楼顶的阁楼，但是都很像样——在这样一个落后闭塞的小村子里可算得上是新奇玩意儿。地下室有几台发电机，一楼屋子里放着长凳和仪器，还有熔炉。这些熔炉是用面包烤箱和煮炊具的锅改装而成的。外面的花园里有一个气量计。他非常热情地——以一个长期独居的人一泻千里的热情——领我参观这一切。他常年的隐居生活演化成为泛滥的信任，我有幸成为这信任的对象。

那三位助手也的确是他们各自行业中的能人。虽然谈不上聪明，不过倒也认真仔细，有力气，和气，肯干。一个叫思巴格斯，以前做过水手，现在负责做饭以及干一些金属部件活；一个叫吉博斯，是细木工；另一个以前是个做零工的园丁，现在负责处理一般事务。他们也就是做体力活。所有的动脑袋的活还是要凯沃自己来。我对凯沃的工作都懵懵懂懂的，他们算得上是全然无知了。

现在该说说凯沃的研究了。不过很不幸，这对我很困难。我不是什么科学家，若我真要用凯沃先生高度科学的语言来讲解他实验的目的的话，我估计结果是不仅让读者觉得糊涂，连我自己也会不知所云。我肯定还会出点大娄子，惹得全国所有的学数学物理的学生都会嘲笑我。所以我能做的最理智的事情就是用我自己不太精确的语言来表达我眼见的一切，一点都没指望以此来标榜自己假充内行。

凯沃先生的研究对象是一种"零穿透体"——他用了一个其他的词来表述，但是我记不起来了——所谓"零穿透体"的意思就是"任何形式的放射能都穿不过"。"放射能"——按照他的解释——是一种近似于光和热的东西，也近似于这一两年来人们热衷讨论的伦琴射线，还有马可尼的电波，或是引力之类。他说，所有的这些物质都从某个中心发射出来，作用于一定距离之外的物体之上，这就叫"放射能"。现在几乎所有的物质对某种放射能都是零穿透的。举例而言，玻璃能透光，但是透热性就要差些，因此可以用作隔火的屏障；明矾也能透光，但绝对隔热。将碘溶解在二硫化碳中生成的溶液，完全不透光，却有很高的传热性。这种溶液能让火隐藏起来，让人看不见，同时却能将火的全部热量都传导出来。金属物质对光和热都是零穿透的，对电能也如此。而电能却能轻松穿透碘溶解在二硫化碳中生成的溶液和玻璃，轻松得就像没有任何障碍一样。诸如此类。

引力可以穿透现在已知的所有物质。你可以用各种材质的屏障阻断光或热，太阳的电磁影响，或是来自地球的热量；你可以用金属屏来阻断马可尼射线。但是没有任何一种物质能够阻断太阳引力或地球引力。不过现在还没法解释为什么没有这样的物质。凯沃觉得这种物质没有不存在的理由。我也帮不了他。我以前可从没考虑过这种问题。他在纸上运算给我看，他写的东西——毫无疑问——凯文爵士、罗齐教授或是卡尔·皮尔森教授，或者任何伟大的科学家可能会懂，却让我稀里糊涂的。他算了这么多就想证明这种物质有存在的可能性，只不过得满足某些条件。这个推理够惊人的。虽然当时这个推理让我感到无比惊讶和困扰，但我实在无法在此复述。"对啊，"我听见什么都说，"对啊，继续讲！"这么简单地说吧，他相信他也许有能力制造出这种引力零穿透的物质。他准备用某种复杂的合金和一种新的物质——叫作什么来着，我记得好像是"氦"，还是从伦敦用密封的石罐运过来的。有人对这些细节问题有所怀疑，不过我能肯定那装在密封石罐里运过来的是"氦"，而且肯定是某种稀薄的气体。要是我当时记了笔记就好了……

可那时候我哪里知道记笔记的重要性呢？

任何一个有点想象力的人都能够理解这种物质存在的可能性将是多么伟大的一件事情，也一定会懂得我的感受——当我从凯沃迷雾般难懂的话语中捕捉到一点信息的时候的感受。

真是帮我从该死的剧本中解脱出来了，而且如此令人欢喜。过了一段时间我才认定我没有误解他的话。我开始小心翼翼，尽量不要问那些可能会让他知道我其实对他每天的讲演充满了误解的问题。但是我估计读这本书的人可能无法完全理解我的感受，因为我笨拙贫瘠的描述中实在无法准确传递我的信念：我坚信这种惊人的物质是一定能造出来的。

自从他开始每天造访我家以后我就不记得我还有连续写作一小时的时候。我的想象力都跑一边去了。这种物质存在的可能性似乎是绝对的，不管我从哪个方面去想，我最后总会想到奇迹啊变革啊之类的。比方说如果有人想举起某个重物，不管有多重，他只需要把这种物质放在他要举起的重物之下就行了，就算是根稻草也能轻而易举地把重物举起来。我的第一个本能的冲动就是想把这种神奇的原理运用到枪支和笨重的铁甲舰上，还有其他所有的作战物资和方式上去，然后还可以继续扩展到海运、陆路运输、建筑，以及人类工业的任何一个分支中去。这个机会将让我见证一个新时代的诞生——没错，就是一个新纪元——这个机会可是千载难逢啊！整个事情开始逐渐展现，并不断地延伸，延伸。在这个事件延伸出来的景象里，我看见自己又变成了一个企业家，我看见了一家大公司，旗下有很多子公司，我们周围到处都是人们找上门来寻找机会的申请书，我看见了垄断团体和托拉斯的雏形，看到了利益和日益壮大的加盟商队伍，直到最后发展成了一个庞大的凯沃集团雄霸世界。

而我正是其中一员！

我马上就知道我该做什么了。我决定倾我所有压注，我兴奋得坐立不安。

"我们现在正在致力于一项前所未有的重大发明。"我说，并加重语气强调是"我们"，"除非您拿枪指着我，否则您休想赶我走。我明天就来给您做第四个助手。"

他对我的热情表示出惊讶，不过只是惊讶，没有怀疑或是反感。他反而表现得有点自卑。他有些怀疑地看着我。"可是您真的觉得……"他问，"哦，对了！还有您的剧本！您的剧本怎么办？"

"还要什么剧本！"我喊道，"我亲爱的先生，您还不明白您已经得到了什么吗？您难道还不知道您的生活将会发生什么样的变化吗？"

我不过是做了一些比喻，小小夸张了一下。但是看来他的确不知道。起初我还不信，他连这个想法的边儿都摸不到。这个令人惊叹的矮子就一直在忙活纯理论的研究。他说这是世界上"空前的伟大研究"的时候只是想说这个研究要用这么多的理论，解决这么多悬而未决的设想。他完全没有想过要怎样应用他要制造的这种物质，就像造枪支的机器从来不管造出的枪到底做什么用了一样。他就知道这种东西应该存在，于是他就去把它造出来！仅此而已，就像法国人常说的那样。

另外，他还很幼稚。如果他成功了，造出了这种物质，那么他可以把它传给他的子孙后代，他本人可以成为皇家学会的会员，他的肖像就有资格和《自然周刊》之类有科学品位的东西放在一起了。这就是他的所有梦想！他会把他的这个足以震撼世界的发明随随便便就投放世界，就好像他发现的不过是一种新的虫子一样；就像其他搞科学的人捣鼓出了一两个小玩意儿，点燃了，扔给我们然后就不管了一样。

当我意识到这一点时，我们的角色就互换了：我开始滔滔不绝，凯沃现在成了那个洗耳恭听说"继续"的人了。我跳起来，在屋里走来走去，神情激昂地连说带比画，激动得像个二十岁的小年轻。我想尽办法要让他明白他在整件事情中的责任和义务——不，应该是"我们"在整件事情中的责任和义务。我向他保证我们能赚很多钱，多得足以让我们弄出任何我们能想得到的社会变革，我们甚至可以买下整个世界来发号施令，呼风唤雨。我跟他谈公司和专利以及一些潜规则。他被这些事情弄糊涂了——跟我先前被他的数学弄糊涂一样。他红润的圆脸上开始露出迷惘的神情。他嘟哝了几句，说什么淡漠财富，不过都被我否决了。他必须发财，他这样摇摆不定不是什么好事。我必须让他知道我是什么样的人，我可是个有着丰富商业经验的老手。我当然没说我现在是个负债的破产者，这毕竟是暂时的嘛，但我承认我目前的财务主张很大程度上是基于我现在显而易见的窘迫。不知不觉地，在这整个项目的发展构想中，我们之间终于就成立一家凯沃垄断集团达成了共识。他来造这种物质，我来管公司的发展。

我就像水蛭一样紧咬着"我们"这个词不放——"你"和"我"这两个词对我已经不存在了。

他觉得我说的利润应该投入再研究中去，但是——当然，这个问题我们可以留待日后再议。"可以，"我叫道，"可以。"我觉得最关键的，就像我一直坚持的一样，就是要把事情脚踏实地地做下去。

"这种物质，"我喊着，"没有哪个家庭、哪家工厂、哪个要塞、哪艘船敢不用它——这种东西的应用范围比那些专利药物还要广！"

"停！"他说，"我开始明白了。通过把事情反复讨论得到新的想法的办法可真厉害！"

"而且您开始实践这种方法的时候还找对了倾诉对象。"

"我想，"他说，"没有人会绝对抵制高额的财富。当然还有一个问题——"

他顿了顿，我站着没动。

"您要知道，这种物质只是应该存在，我们完全有可能没法造出来！可能这种物质的存在只是一种理论上的可能性，实际上却是荒谬的，或者当我们真正着手制造它时会遇见些小麻烦。"

"遇见麻烦我们就铲平它。"我说。

第二章　凯沃的处女作

　　如果就实际的操作而言，凯沃的担心实在是多余的。1899年10月14日，这种难以置信的物质终于横空出世了！

　　最奇怪的是，这个东西是在凯沃先生始料未及的情况下偶然弄出来的。他把很多种金属物质和其他东西混在一起——我要是记得具体的细节就好了！他本来是想把这个混合物放置一周让它逐渐冷却的。如果他没算错的话，最后的步骤应该在混合物质冷却到六十华氏度的时候进行。不过凯沃没有料到，最后在到底谁应该负责看守熔炉的问题上发生了分歧。吉博斯本来是应该负责这活的，可是他临时觉得这个工作更应该属于前园丁的工作范畴，因为他觉得煤也是从地里挖出来的，怎么可能属于细木工的活呢？那个做零工的前园丁坚持认为煤应该是金属物质或者是类金属物质，当然没他的事，更何况他现在只管做饭。思巴格斯一定要吉博斯管煤的事，因为煤是化石化的木头——吉博斯是木工嘛。结果吉博斯就不再给熔炉加煤了，也没有谁替他加过煤。当时凯沃正在冥思苦想关于凯沃飞行器的问题（忽略了空气阻力和其他的一两个要点），根本没有察觉到熔炉有什么不对头的地方。他的发明就这样早早地降临人世，当时他正穿过田野往我这里来喝我们的例行下午茶。

我对当时的情景记忆犹新。水开了，东西也都准备好了，他标志性的嗡嗡声让我提前知道他来了，于是我到走廊上迎接他。他那精力充沛的矮小身躯背对着落日，显得有些昏暗模糊；右边，是一片晚霞晕染的树林，他家的几个烟囱就正好从树林上方探出头来。更远处是耸立的威尔登群山，呈现模糊的青色，群山左边的氤氲沼泽广阔宁静。可就在这个时候——

那几个烟囱突然直冲云霄，一下子就全部爆成了碎砖块，紧接着房子的屋顶和屋内的家具也都被高高冲了起来，一股巨大的白烟升腾起来。房子周围的树丛被气流冲得剧烈摇摆，最后折断撕裂成碎片，卷入火焰中。我的耳朵被巨大的爆炸声震坏了，有一只耳朵从此永远失聪。我身边的所有窗户全被震碎了，我居然都没有觉察到。

我站在走廊上往凯沃家的方向刚走了三步，就开始刮风了。

我的外套的下摆立即被吹起来盖住了我的脑袋，我还一直不由自主地在向他家的方向狂奔。就在这个时候，这个伟大的发明家被风卷了起来，在呼啸的风中打着旋。我看到我家的一根烟囱管落在离我不到六码的地面，又弹出了起码二十英尺远。于是我匆匆奔向出事的地方。凯沃张牙舞爪地跌落下来，在地面滚动了一段距离，刚挣扎着站了起来，又被风刮起来，飞快地向前飞去，最后消失在他自己房子周围尚在剧烈摇摆的树丛中。

一块蓝色的发光体，夹杂在巨大的浓烟和灰烬中，向太空冲去。一大块支离破碎的篱笆对着我直冲过来，从我身边飞过，最后竖着掉下来，撞向地面，终于横着落了下来。最恐怖的时刻就这么过去了。气流的剧烈震荡终于缓和下来，减弱为一阵强风，这才让我意识到我还活着，我的腿脚还好好的。我背对着风想尽力站稳，最后终于能稍稍清醒过来，我可真是吓坏了。

就在这短短的转瞬之间，世界就变了个样。安宁祥和的落日不见了，天空中乌云密布，狂风横扫，所过之处一片狼藉。我回头望了望，看看我的那间小平房是否还在，然后就东倒西歪踉跄着向凯沃最后消失的那片树丛走去，透过那些光秃秃的树枝，我看到他家熊熊燃烧的火光。

我走进树丛里，从一棵树冲向另一棵树，并紧紧抱住树干。我就这么找了一会儿，没找到他。然后在一堆折断的树枝和一些残缺的篱笆中——这些篱笆是以前他房子周围的院墙——

我看到有东西在动。我向这个东西跑去，没等我跑到，就有一团黑乎乎的东西站起来了，两腿满是泥，双手耷拉着，还流着血。衣服被撕成了破布条，被风吹得一晃一晃的。

起初我都没法认出这个泥团一样的东西是什么，后来才觉得是凯沃，满身都裹着厚厚的泥。他顶风站着，身体微微前倾，还在扒他眼睛和嘴里沾的泥。

他伸出一双泥手，蹒跚地向我走来。他的脸上有激动的表情，脸一动，泥团就哗哗往下落。他那副惨相是我有生以来见过的最狼狈可怜的样子，他说了句话让我吓了一跳。

"祝贺我吧，"他一边喘气一边说，"祝贺我吧！"

"祝贺您？！"我很不解，"上帝！可是为什么啊？"

"我成功了！"

"您倒是成功了。那么爆炸又是怎么回事呢？"

突然吹起一阵风，我没有听清楚他说了什么。我知道他想说这不叫爆炸。风把我们吹得撞到了一起。

"加把劲，我们先回去——到我家去。"我在他耳边高声说道。他没听见，好像在喊着什么"三位烈士——为科学献身的烈士"，还有什么"不太好"之类的话。当时他正处在以为自己的三位助手都在旋风中丧生的悲痛之中。很幸运的是，事实并非如此。事实是他前脚刚刚出门往我这里来，后脚他的三位助手也出门了。他们到里普尼的酒馆里，随便点了些吃的，讨论起熔炉的问题来。

我又跟他说了一遍去我家。这次他明白了，我们手挽手互相搀扶，最后终于到了我家，还好房子的屋顶还在。一时间我们瘫在有扶手靠背的椅子上，喘着气。窗户都碎了，那些小件的家具都被吹得横七竖八，不过还好没有造成什么不可弥补的损失。很令人高兴的是厨房的门还完好无损，所以我所有的炊具都躲过一劫。煤油炉还燃着，于是我又烧水沏茶。这些事都做完以后，我终于可以停下来听凯沃讲了。

"完全正确，"他坚持说，"完全正确。我成功了！无懈可击！"

"但是，"我抗议道，"您还说什么无懈可击！您去看看，方圆二十英里就找不到一堆完好竖立的草垛，也找不出一片没有被破坏的篱笆或是屋顶。"

"完全正确——真的！我当然没有事先预见到会发生这些小小的问题。之前我一直在反复思考另外一个问题，我也就很自然地忽略了这些实际中会发生的小问题了。不过总体上讲还是无懈可击的。"

"我亲爱的先生啊，"我冲着他吼，"您难道能对您一手造成的上千英镑的损失视而不见、无动于衷吗？"

"这件事就取决于您自己的判断了。当然，我没有什么实际经验，不过您觉得人们会不会觉得这就是一场大旋风造成的灾害呢？"

"那么爆炸又怎么解释？"

"这不叫爆炸。很简单。就像我说的，我总容易忽略掉这些鸡毛蒜皮的事。这跟我不由自主地哼哼是一回事，只不过动静大点而已。我无意中把我发明的这种物质，我们叫它凯沃物质吧，造得薄了点、大了点……"

他顿了顿说："您应该很清楚这种东西的引力是真正零穿透的，所以它也切断了各种物质之间的相互引力，这一点您也应该想到吧？"

"是，"我回答，"我懂。"

"那就好。只要温度达到六十华氏度，整个制造过程就完毕了。这种物质之上的气体，还有物体上方的那部分屋顶、天花板和地板就通通失去了引力。我想您应该明白——当今所有人都该明白——空气这种普通物质是有重量的，这样空气对地面上的所有物体都存在一种压力，各个方向都存在压力，这种压力的大小是每平方英寸十四磅半，没问题吧？"

"没问题，我知道，"我说，"继续讲吧。"

"这点我也知道，"他说，"这就正好说明了知识倘若不用的话就是无用的。您看，在我们制造出的凯沃物质上方，这条常识就不适用了。凯沃物质上方的空气从引力的作用下被释放出来了，也就不再有压力。凯沃物质周围的空气，而不是上方的空气，对这部分突然失去重力的空气施以每平方英寸十四磅半的压力。啊！您现在开始明白了！凯沃物质周围的空气以无法抵御的力量挤压凯沃物质上方的空气。受挤压后的空气被剧烈抬升，而挤压补位的空气同样因为凯沃物质的原因突然失去重力，停止施压，这样一来也被剧烈抬升……最后冲破了天花板，穿透了屋顶……"

"您想，"他继续说，"这样就形成了一种气流喷泉，就像在大气中突然有了一根烟囱一样。如果凯沃物质本身不是没有被固定的，而是顺着这根烟囱而上，您能想象会有什么结果吗？"

我想了想，说："我猜，空气会一直不停地往上冲，冲到那块物质之上。"

"完全正确，"他说，"然后形成更大的气流喷泉。"

"然后喷向太空！我的天！它还可能把地球上所有的空气都挤走！它会让地球失去空气！这可是人类的末日了！就是这么一小块东西！"

"倒不一定会进得到太空，"凯沃说，"不过事实上也一样糟。它能把空气从地球上剥掉——就像我们剥香蕉一样容易——然后扔到几千英里以外的地方去。当然，最后空气还是会落回来——不过那个时候世界已经窒息了。按这种说法，空气回来跟不回来没什么两样！"

我呆愣着。我那时被吓坏了，完全没有考虑到这样的话我的所有期望就全泡汤了。"那么现在您打算怎么办？"我问他。

"首先，我想借您的花铲子把沾在我身上的泥弄掉，然后如果可以的话我想在您这儿洗个澡。等我把这些做完了，我们就有谈话的工夫了。我想，明智的做法是——"他伸出泥糊糊的手搭在我肩上，"我们对谁也不要提起这件事情。我知道我捅大娄子了，很可能现在乡间到处都是被破坏了的房子。而另一方面我又赔不起这么多，如果这事的真相被公布于众的话，那只能徒增怨恨，让我的工作无法顺利进行下去。您知道，谁也不可能是可以预见所有事情的先知，而且我也不允许在我的理论工作之外还要顾虑实际操作中可能发生的问题。以后，等您带着您善于思考现实问题的智慧参与我的工作以后，等到这种凯沃物质能够飘起来以后——'飘起来'这个词还准确吧？——等到它能实现您对它所有的期望以后，我们就可以回过头来解决大家的问题。但是现在还不是时候——现在不行。现在气象学还不发达，在这种情况下，如果没有专门的人出来解释，人们会自然地把这一切归咎于旋风。可能还会有公共捐款，您看，我的房子也被烧毁了，所以这样的话我能得到一大笔补偿，这对我们的后续研究可是很重要的。但是如果人们知道这是我干的，就没有什么公共捐款了，还会引起公愤。这样做的现实后果就是我再也不可能继续安心工作下去了。我的三位助手也许死了，也许还活着。不过这都是小事。如果他们死了，倒也不是什么大的损失，他们热情有余但能力不足，这个突发事件就是因为他们对熔炉的集体疏忽；如果他们还活着，我想他们也是没有能力把整个事情解释清楚的。他们也会认为是旋风引起的。另外，我现在的房子暂时是不能住了，我能不能暂时借住在您这房子的哪间空屋子里……"

他停下来等我回话。

我盘算着，这样一个前途无量的人物，可不能按照一个普通客人那样接待。

"走吧，"我站起来说道，"我们先去找把花铲子。"我领着他往已经破碎不堪的花房走去。

他洗澡的时候我又独自把整个事情想了想。显然，我以前没有预见到跟凯沃先生的交往还会有些不利的地方。他有心不在焉的毛病。虽然这次侥幸逃过了毁灭地球的劫难，但是不知道以后他还会弄出什么严重的问题来。不过从另一方面来说我还年轻，我的事情一团糟，我现在准备好了要义无反顾去冒险——冒险的结果中总会有点正面的成就吧。我决定了，在这件事情上我至少要参与一半。好在我先前说过，我的这间平房是租的，只租了三年，且不需要负责房屋的修缮；我屋里的家具也是匆忙之中随便买的，还没付钱，保了险的，完全没有什么契约的问题。最后我决定继续跟他干下去，把整件事情做完。

显然现在事情起了很大的变化。我再也不去思考这种物质存在的可能性到底有多大，我开始考虑这种东西在枪支上的应用和相应的专利利润问题了。我们一刻也没耽误，立即就开始重建他的实验室，继续我们的实验。当我们开始涉及下一步该怎么制造这种物质的时候，凯沃用了一种接近我的理解水平的语言来讲解，这在以往可是没有过的。

"我们当然得再把它造出来，"他说，带着一种我始料未及的兴奋，"当然得再把它造出来。也许我们现在的困难很大，不过最起码我们永远不用再去进行理论探究了。如果我们能够避免伤害我们居住的这个小行星的话，我们当然会尽量避免了。不过事事都有风险的！一定有！特别在实验阶段更是如此。所以，作为一个讲求实际的人，现在该您上了。我们也许可以把这个东西造得很薄，接近一个竖面。不过我不确定，对于这种方法我考虑得还很不成熟。我还没有办法把它讲清楚。不过很奇怪，我被风吹得在泥里打滚，全然不知这次冒险将怎么收尾的时候，脑海里突然冒出了这个想法，好像我本来应该按照这个想法去做一样。"

即使有了我的帮助，我们还是遇见了一些小困难，不过我们还是继续修复我们的实验室。我们现在还有很多的事情要做，然后才能决定下一步的具体形式和方法。我们唯一的问题就是三个工人罢工了，他们反对我来指挥他们。我们僵持了两天，最后还是互相妥协了。

第三章　制造球形飞行器

　　我非常清晰地记得凯沃跟我谈到他关于把凯沃物质造成球体的情况。他说他早就有过这种想法，不过当时这个念头只是一闪而过。当时我们正往平房走，准备回去喝茶，半路上他又哼哼起来了。突然他叫起来："这就对了！这就解决了！就像滚轴弹簧卷帘那样！"

　　"解决什么了？"我问。

　　"宇宙——随便哪儿都行！月球！"

　　"您在说什么啊？"

　　"说什么？对——必须是个球体！这就是我要说的！"

　　我觉得我听不懂，于是我任由他说了一通。我完全听不懂他在说什么。不过等他把茶喝下去，他开始向我慢慢解释。

　　"是这样的，"他说，"上次我把这种能隔断引力的物质装进一个扁平的箱子里，然后放了一个东西在上面把箱子压住。这种物质冷却下来以后就算做好了，可是麻烦也就接踵而至了。这种物质上方的所有东西都没有了重力，空气向上喷射，房子也被冲上天了，最后要不是这种物质自己被喷了上去，还不知道接下来会发生什么呢！但是让我们想想，要是这种物质没有被固定住，它会自己上升吗？"

"它就会立即冲上天！"

"对了。威力绝不比大炮差。"

"又怎样呢？"

"我要用它带我上天！"

我放下我的茶杯，定定地看着他。

"想象有一个球体，"他解释道，"大到可以容纳两个人，还有随身的行李。当然，这个球体是钢材质做的，里面装上厚玻璃和足够的固态空气、压缩食品、制蒸馏水的仪器等等，然后在外面的钢材质之上再加上一层——"

"凯沃物质？"

"对。"

"那您怎么钻进去呢？"

"就像包饺子一样啊！"

"我知道。具体怎么操作？"

"非常简单。只需要一个可以密封的洞。当然，这个有点复杂。应该有一个阀门，这样在必要的时候可以把东西扔出去而不会损失太多的空气。"

"就像儒勒·凡尔纳在《从地球到月球》中描述的一样。"

不过凯沃可从不读小说。

"我开始明白了。"我慢慢说道，"这样您就可以在凯沃物质还未冷却以前钻进去，等它冷却以后，它就不受引力作用了，您也就飞起来了——"

"突然就飞起来了！"

"您会沿着一条直线一直飞——"我突然停了下来，"您怎么能让它停下来而不是永远这样往宇宙飞呢？"我问，"您这样去哪儿都不安全，因为您一飞上去的话又怎么回来啊？"

"我刚才想过这个问题，"凯沃说，"刚才我说'这就解决了'就是指解决了这个问题。里层的玻璃，除了供人出入的孔以外应该是浑然一体的，并且是密封的，而外层的钢结构部分就可以是一块一块拼接而成的。每一块都可以像一个卷帘一样卷起来。这个功能可以依靠安装弹簧来实现，靠熔合在玻璃里面的铂金电线来实现开关。所有的这些问题都不过是些细节问题。这样您看，除了卷帘本身的厚度以外，最外层的凯沃物质之下其实是由窗户——或者您叫它卷帘也行——构成的。当所有的窗户都关闭了的时候，没有任何光线、任何热量、任何引力，任何的辐射能量都无法进入这个球体，这样它就可以沿直线一直在太空飞行，就像您方才说的那样。但是只要打开一扇窗户，想象一下要是打开了一扇窗户会发生什么。那么，当时这个球体对准的任何一个物体就将立刻把我们的球体吸过去。"

我坐着在思考。

"您听明白了吗？"他问道。

"嗯，我听明白了。"

"实际上，我们可以在太空中随意调整我们的飞行方向，然后降落在这里或是那里，降落到我们想去的地方。"

"是，这点我很清楚了。只是——"

"只是什么？"

"我不太明白我们这么做意义何在？我觉得我们做的就是跳出这个世界，然后又跳回来。"

"当然是这样啦！比方说我们可以跳到月球上。"

"然后呢？您觉得您会在月球上看到什么？"

"我们能看到——嗯，比如新知识。"

"月球上有空气吗？"

"可能会有吧。"

"这主意不错。"我说，"可是我还是觉得这是件大事。您可是想到月球啊！我宁愿先去哪个小地方试试。"

"那些小地方是不可能的，因为要考虑空气的困难。"

"为什么不能把卷帘的想法更广泛地应用呢——用凯沃物

质做卷帘，装进坚固的钢结构的盒子里——这样就可以举起重的东西了？"

"这样不行的。"他固执己见，"毕竟，到外太空去一次并不比极地探险可怕多少，我觉得前者还没后者可怕呢。人们可是都愿意到极地去探险呢！"

"没有哪个商人会去的。还有，那些真正去极地探险的人都是为了挣钱。而且一旦出了问题还有救援队。可是我们这次不一样——我们是自己把自己弄上天，没人悬赏的。"

"让我们把这次行动叫作探矿之旅吧。"

"我看您也只能这么叫了……可能有人还能以此为素材出本书呢。"我说。

"我绝对相信月球上面有矿藏。"凯沃说。

"比如哪种矿？"

"噢，比如硫黄、金属矿、金矿，可能还有我们没有听说过的新物质呢。"

"要考虑旅途的花费，"我提醒他，"您也知道您很少考虑现实问题。月球离我们有二十五万英里啊。"

"我觉得如果把东西放在凯沃物质做的运输工具上的话，随便什么重量，随便到哪里，都花不了多少钱的。"

我还没想到这一点："也就是说可以对买家不按人数收费？"

"而且目的地也不仅仅局限于月球。"

"您的意思是？"

"还可以去火星——火星上有清新的空气，新鲜的环境，令人兴奋得轻飘飘的感觉。去那里一定很愉快。"

"火星上也有空气吗？"

"噢，当然有！"

"听您这么说您都可以在火星上开个疗养院了。顺便问一句，火星离我们有多远？"

"目前是两百万英里远，"凯沃很轻松地说，"如果是往太阳方向走的话要近一些。"

我的想象力又开始积极工作了。"总算，"我说，"这些事情里总算还有些可赚的。还可以开发旅行——"

我的脑海里突然出现了一种非同寻常的想法。突然我的眼前梦幻般出现了一个场景——整个太阳系中，到处都是由凯沃物质制成的飞行器和豪华的球形飞船在穿梭。优先购买权——我的头脑中又出现了这个词——行星的优先购买权。我想起了以前西班牙对美洲金矿的垄断。所以这个优先购买权的问题涉及的不是一颗两颗行星的问题，是所有行星都包括在内。我凝视着凯沃泛着兴奋的红光的脸，突然我的想象力开始在我的脑内有如舞蹈般活跃起来。我站了起来，在屋子里来回踱步，我的话匣子打开了。

"我现在有点懂了，"我说，"我现在开始明白了。"我的态度几乎是在转瞬间发生了变化，从怀疑到热情，中间连一点儿过渡都没有。"而且这可是个宏伟的计划！"我喊道，"这是个空前绝后的伟大设想！我还从没有过这么大的梦想。"

之前因我的反对而引起的冷场现在烟消云散了，他被压抑的激情喷涌而出。他也站了起来开始踱步，他也开始高声叫喊，手舞足蹈。他看起来就像一个灵感闪现的人。我们就是灵感不断闪现的人。

"我们总能把所有问题都解决掉的！"他说了这样的话，解决了我所有的想问而没有问的问题，"我们很快就会解决全部问题！我们一刻也不耽误，今天晚上就开始我们的飞行球的铸造！"

"我们现在就应该开始。"我纠正道，于是我们急急忙忙往实验室赶，立即就开始我们的宏伟工程。

那一夜我一直兴奋得像是进入了幻境的孩子。我们一直工作到破晓——我们一直开着灯，都没有注意到黎明悄悄到来。时至今日我还清晰记得我们画的施工图是什么样子。我负责涂阴影部分和上色，凯沃负责画图——虽然每条线条都是匆忙完成的，显得不是那么干净利落，但是好在都没有画错。我们只用了这一个晚上就画出了我们需要的钢质卷帘和钢架的图，然后就可以拿出去定做了。接下来我们用了一周的时间完成了玻璃部分的设计工作。我们废弃了我们例行的下午谈话时间和我们以前各自的例行工作。我们一直工作，不饿得工作不下去就绝不去吃东西，不累得眼皮都抬不起来也绝不睡觉。我们的激情甚至感染了那三位助手，尽管他们对我们到底在做什么一无所知。在我们埋头苦干的日子里，吉博斯走路再也不慢腾腾的了，而是到哪儿，哪怕就是在屋子里走，也是一路小跑的。

这个球形飞行器——慢慢成形了。十二月过完了，然后迎来了一月——我用了整整一天的时间在雪地上清扫，终于扫出了一条从我家通向实验室的路——然后二月过去了，三月也过去了。到了三月底的时候，这个飞行器就要完工了。在一月份的时候，这里来了一个马队，驮来了一个巨大的箱子；里面装的就是我们的厚玻璃球，我们把它放在起重机下面，这样等钢质的外壳做好以后就可以把它放进去。二月份的时候我们要的所有的钢质构架和钢卷帘也送来了，其实实际的形状并不是一个球体，倒是一个球形的多面体，一扇钢卷帘就是这个多面体的一个面。这个钢质的球形多面体的下部是用螺栓固定好了的。到三月份的时候，飞行器所需要的凯沃物质做成了半成品，金属涂层的制造也已经完成了两个阶段，而且我们已经把大部分的金属涂层涂到了钢结构和卷帘上面。最令人惊叹的是我们完成的每个步骤、做出来的每个实物都和凯沃的最初构想非常接近。当我们完成了球体各部分并用螺栓固定之后，凯沃想把这个临时实验室的简陋的屋顶拆掉，然后在飞行器周围建个熔炉。这样凯沃物质最后的制造步骤，也就是把我们已经涂在飞行器上的金属涂料在氦气中加热至暗红色，就可以完工了，完工以后它自然也就覆盖在飞行器的表面。

然后我们开始讨论我们应该带些什么给养去——压缩食品，浓缩饮料，装满了储备空气的钢瓶，一种能够把空气中的碳酸和废气排除并通过过氧化硫来还原氧气的设备，水压冷凝器，等等。我记得当时所有的这些东西堆在墙角像一座小山——都是些瓶瓶罐罐啊、圆筒啊、各类盒子啊——千真万确地堆在那里。

我们当时太忙了，忙得没有空思考。但是终于有一天，当我们就要完工时，我心里突然生出了一种古怪的情绪。我整个上午都在搭建熔炉，然后我坐在这些东西旁边，觉得快累死了。所有的这一切都让我觉得厌倦和虚幻。

"喂！凯沃，"我喊道，"我们这么做到底是为了什么啊？"

他笑了："事情就快成了。"

"月球，"我反击道，"您觉得月球上面会有什么了不得的东西啊？我觉得上面就是一团死寂，什么都没有！"

他耸耸肩膀："那我们去看看不就知道了。"

"我们真去啊？"我两眼定定地望着前方。

"您太累了，"他说，"今天下午您休息休息吧。"

"不！"我很固执地回绝了，"我要把这个熔炉砌完。"

我真的没有休息，继续砌完了那个熔炉。结果是搞得我夜不能寐。我想我还从未有过这样的不眠之夜。在我的生意行将破产的时候我的确度日如年过，可是那段日子和现在这种无尽的失眠的痛苦比起来，简直就像美梦一般甜美。我突然对我们接下来要做的事情感到万分惶恐。

我记得好像在那个不眠之夜之前我从没想过我们正面临的这些危险。可是现在这些危险牢牢占据了我的心灵，就像那些围攻布拉格的幽灵一样。对未来可能的遭遇的无知和诡秘让我心生恐惧。我就像一个正在做着美梦的人突然被惊醒，坠入无比可怕的现实中。我躺在床上，眼睛睁得大大的，越想我越觉得这个球形飞行器脆弱不可靠，凯沃也越发显得不真实和荒谬，整个事情简直就是疯狂的举动。

我索性从床上起身，四处走走。我走到窗边坐下，看着遥远无垠的夜空。星辰和星辰之间是空虚深广的黑暗。我尽力想从我以前读过的书中回忆起一些零碎的有关天文学的知识。可是我能想到的东西都太模糊了，让我无法预测我们可能遭遇的事情。最后我又折回了床上，断断续续睡了一会儿——哪里是睡觉，一直噩梦不断——在梦中我一直往下坠落，坠落，坠落到宇宙无垠的深渊中去。

第二天吃早餐的时候我把凯沃吓了一跳。我直接对他说："我不会和您一起乘坐这个飞行器的。"

我用一种阴郁但顽固的坚决抵制了他所有的劝说。"这举动太疯狂了！"我说，"我反正是不会去了。太疯狂了！"

我也不会再跟他进实验室了。我在我的房子四周无趣地溜达，然后只得取了帽子和手杖独自出门，其实我也不知道去哪儿好。那天碰巧是一个阳光明媚的早晨：和风徐徐，天空湛蓝，早春的草地绿意融融，群群鸟儿在欢声歌唱。在靠近艾尔汉姆的一家小酒馆里，我要了一份牛肉和啤酒，和店主聊聊天气，我说了句话把他吓了一跳："在这种好天气里离开这个世界的人真是蠢货！"

"要是我听到这种事，我也会这么说！"店主说。不过我觉得最起码还是有一个可怜的人会觉得这个世界是多余的，刚刚还跟他争吵过呢。我带着这个新发现继续逛。

下午我在一个阳光和煦的地方美美地睡了一觉，然后很清醒地继续我的旅程。我来到了坎特伯雷附近的一家看上去很舒适温馨的旅店。墙上爬满了蔓生植物，碧绿碧绿的。店主是个整洁的老太太，很让我放心。我看了看，正好带够了在这里住上一晚的钱。我决定今天就在这里过夜了。她很健谈，从她的言语中我得知她从未到过伦敦。"坎特伯雷就是我去过的最远的地方了，"她说，"我可不像你们，到处走。"

"那您想不想到月球上去？"我说。

"我从来就对他们那些载人气球之类的东西不感兴趣。"
她说。看样子，她显然觉得上月球跟普通的旅行没什么两样：
"我不会坐气球的——绝不！"

我觉得很好笑。晚饭后我坐在旅店门口的凳子上和两个工
人闲聊，说着造砖啊汽车啊去年的板球赛啊之类的话题。天空
中渐渐升起一弯淡蓝色的新月，淡如远处的山峦，跟随着西沉
的落日。

第二天我回去找凯沃。"我回来了，我还是要去。"我
说，"我那天有些不舒服，就这么简单。"

此后我再也没有对我们的事业感到疑虑，纯粹是我神经过
敏。只是打那以后，我工作就更小心了，而且每天还要出去散
步一小时。最后，我们的工作全部完成了，就差在熔炉内加热
这最后的一步了。

第四章　飞行器之内

"进去吧。"凯沃催促道。当时我正跨在飞行器入口处，探头探脑地往里面看。就只有我们俩。当时正值傍晚，太阳已经落山了，黄昏的寂静笼罩着整个大地。

我于是把另一条腿也挪了进去，顺着光滑的玻璃内壁到了球体底部，然后转身去接凯沃递给我的一罐罐食物和其他的行李。球内很温暖，温度计显示的温度是八十华氏度。这个温度几乎不会因为辐射的减少而降低，因此我们只穿了鞋子和薄法兰绒的衣服。不过我们还是带上了一些厚的毛料衣服和几床厚毯子以防万一。

在凯沃的指挥下，我把包裹、氧气罐等松散地堆放在我的脚边，很快我们要带的东西就都装进来了。他在我们这间没有屋顶的实验室里走来走去，到处查看有没有什么遗漏的东西，确认都装进来了以后他也爬了进来。我注意到他手上拿着什么东西。

"您手里拿的是什么啊？"我问。

"您不带点东西路上读吗？"凯沃反问我。

"天！忘了！"

"我忘了告诉您。还是有不可预见的意外的，比如路上的时间可能会很长——可能要几周！"他这是在事先警告我。

"可是——"

"我们会一直在这个球里飘着，没有任何可以娱乐消遣的。"

"怎么不早说？"我有些埋怨他。

他从入口往外张望。"看！"他说，"那里有样东西！"

"我们还有时间吗？"

"还有一小时。"

我往外看了看。那是一本过期的《珍品》杂志，一定是那三位助手中某人买的。在远一点的角落里我发现了一份破损的《劳埃德新闻报》。我出去拿了这两样东西，然后又爬回球里。

"您手上是什么书？"我问他。

他把书递给我，是一本《莎士比亚全集》。

他有点不好意思了："我受的教育都只跟自然科学有关——"他略带歉意地说。

"您从没读过莎士比亚？"

"是的。"

"其实莎士比亚懂得也不多，您听说过吧——也不是从正规学校里学来的。"

"有人也曾经这样说过。"凯沃表示同意。

我帮助他把入口洞的玻璃用螺栓拧好，然后他按了一个按钮把外层相应的那扇卷帘也关闭了。这个入口透进来的椭圆形的暮色也随之消失了。我们完全置身于黑暗之中了。我们都沉默了一会儿。虽然我们的这个飞行器并不隔音，可是四周还是安静得很。我这才发觉等到我们发射的时候，我们居然没有任何东西可以当作扶手抓住，没有椅子坐真是不舒服。

"我们为什么不带椅子呢？"我问。

"这个问题我早就想过了，"凯沃说，"我们不需要什么椅子。"

"怎么会不需要呢？"

"您等会儿就知道了。"他好像不想多谈。

我只好闭嘴。突然我又开始觉得我坐在这个球里简直愚蠢透顶，这种想法愈演愈烈。就是到了这个时候，我还在问自己，现在打退堂鼓是否为时未晚呢？我知道，现在球外面的世界对我是冷酷无情的——这几周我都是靠凯沃的接济生活的——但是，再冷难道还能有零度冷？再无情能比一个空荡荡的空间更无情吗？要不是我懦弱的本性作祟，我一定会想办法让他放我出去。我就这样一直迟疑着，犹豫着，又急又气，就这样我浪费了时间，失去了最后的反悔的机会。

这个球体忽然轻微地抖动了一下，我听到了一种很小的声音，就像是隔壁房间开香槟的声音，一种轻轻的嘘声。在某一瞬间，我感觉到一种极度的张力，就像是我的脚被极重的力量往下压一样。所有的这一切都发生在极短的刹那间。

但是这种感觉还是让我下了决心。"凯沃！"我对着黑暗叫，"我的神经都要崩溃了。我想我不——"

我顿了顿。他根本就没理我。

"该死！"我叫着，"我真蠢！我在这里做什么啊？我不去了，凯沃。这太冒险了！我要出去！"

"您出不去了。"他说。

"出不去了？走着瞧！"

他沉默了大概十秒钟的样子。"我们现在吵什么都晚了，贝福德，"他回答道，"刚才那轻微的抖动就是飞行器发射引起的。我们现在正在像一颗子弹那样射入深邃的太空。"

"我——"我说。后来觉得好像发生什么都无所谓了。我一时间就呆坐着，无话可说。仿佛我从来没有听说过离开地球这种想法。然后我察觉到我身体的感官发生了一种无法言喻的变化。我觉得轻飘飘的，像是做梦一样不真实。随之而来的是头部的异常感觉，就像中风了似的，耳朵里的血管都要炸了。

在整个飞行中这些感觉都没有减弱，只是后来我逐渐适应了，也就无所谓了。

我听到了"咔嚓"一声，然后就看见了一盏发光的小灯。

我看到了凯沃的脸，脸色很白，我估计我自己的脸也是这样。我们一言不发地就这样打量着对方。他身后的玻璃呈现出透明的黑色，这样让我觉得他是飘浮在空中的。

"这下好了。我们被关起来了。"我终于开口了。

"对，我们是被关起来了。"

"别动，"他看到我有要动的苗头，喊道，"让您的肌肉彻底放松——就像躺在床上那样。我们现在在我们自己的小宇宙中。您看！"

他指着那些散落的箱子和包裹，它们本来是放在球体底部的毯子上的。我很惊讶地发现它们现在都飘起来了，离球体的内壁将近有一英尺的距离。然后我从凯沃的影子判断他现在也不是靠在玻璃内壁上的了。我伸手向后摸，发现我自己也是悬在空中的，根本就没挨着玻璃。

我既没有喊也没有动，但是恐惧在我心里蔓延。我感觉自己好像被什么东西抓着提了起来，可是又不知道是什么。只要我伸出一根手指想碰玻璃壁的话，我就会快速地向反方向移动。我知道怎么了，但是我依然觉得害怕。我们现在完全不受外界的引力作用了。只有这个球体内部物体之间的引力还在起作用。正因为如此，没有固定在玻璃内壁上的东西才会往下落——因为每件东西现在都很轻，因此下落的速度很慢——往我们这个球体的引力中心方向落。这个引力中心的位置差不多就是球体的中心位置，离我近些，因为我比凯沃重。

"我们得转过身去，"凯沃说，"要背对背飘浮，让所有的东西都在我们中间。"

这是身体感官上可感知的最奇妙的变化了，这样轻松地在空间中飘浮，最初觉得很可怕，渐渐地就不那么可怕了，也没有什么不舒服的了，反而觉得很放松；在地球上能体验到的所有感觉中与之最接近的就是躺在一床厚厚的羽绒床垫上了。但是还是有点不一样，这种飘浮是什么都不接触的！我还从未幻想过这种体验。我本以为发射的时候会抖得地动山摇的，飞起来也会快得让人头晕目眩。可我实际上的感受是——轻松得像散了架似的。这不像是旅行的开始，倒像是梦的开端。

第五章　月球之旅

没多久凯沃就关了灯。他说我们储存的电能有限，应该把电留到我们要看书的时候再用。于是我们就在这样伸手不见五指的黑暗中待着，也不知道过了多久。

我突然想到一个问题。"我们的飞行器是靠什么导航的？"我问，"我们现在在往哪儿飞啊？"

"我们现在正飞离地球，现在月亮是下弦月，我们正朝着月球飞。我要打开一扇卷帘看看——"

又是"咔嚓"一声，球体外壳的一扇窗户打开了。外面的天空也是黑的，就像现在球体内的状况一样。不过窗外点点繁星像是钻石镶嵌的边，将打开的窗户形状勾勒得清晰可见。在地球上仰望满天星斗，是无法想象没有了空气这层模糊的面纱，星空是什么样的。我们在地球上看见的星星只是能够透过模糊的空气的极少数，绝大部分的星星都被空气遮挡了，人类的肉眼是看不到的。现在展现在我眼前的景象让我真正明白了什么叫繁星如织。

而且除了这没有空气的，满是繁星的天空以外，我们马上就要看到更奇妙的东西了！我想我们马上将要看到的东西才是最令我难忘的。

这扇小窗又"咔嚓"一声关上了，旁边的另外一扇突然打开了然后立即也关上了，然后又一扇重复这样迅速打开闭合的动作。一时间我只能先闭上眼，因为月华太耀眼的缘故。

然后我不得不先注视着凯沃和所有我身边被照亮的物体，以此适应，随后我才能去看那强烈的白光。

为了让月球的引力对我们的飞行器发生作用，我们打开了四扇窗户。我发现我不再是自由飘浮在飞行器中的了，我的脚已经落在了玻璃内壁上，朝向月球的方向。毯子和我们所有的行李都慢慢地下落到玻璃内壁上，不一会儿就挡住了我部分视线。当然，对我而言，要想看月亮，就得低头往"下"看。在地球上说往"下"意味着往地表的方向，是物体下落的方向，往"上"才是相反的方向。现在引力的作用把我们往月球的方向牵引，也许地球这时候在我们头顶上方。当然，当所有的这些涂满凯沃物质的卷帘都关闭以后，往"下"指的是往飞行器中心，"上"指的是飞行器的内壁。

还有一种很奇怪的在地球上所未曾体验过的感受就是，光竟然是从脚往上照射的。在地球上光线是从上往下的，起码是往下斜射，但是到了这里光居然是从脚这个方向来的，要想看到自己的影子，得抬头往上看。

起初站在厚厚的玻璃内壁上，隔着数万英里的距离遥望月球的时候，我只是觉得头晕目眩；不过这种不适应很快就消失了。然后我看到了——壮丽的奇观！

如果你曾经在夏天某个夜晚躺在地上，将双腿高举过头顶，并透过双腿之间的缝隙来欣赏月亮，那么你就可能想象得到我现在的情景。只不过因为某些原因，可能是没有了空气的阻挡，月亮更明亮，这样一来显得比地球上看到的大很多，就连月球表面的许多细微的情景都能看得非常清晰。同时也因为我们是在没有空气阻挡的情况下就直接看到了月亮，月球的轮廓异常清晰分明，周围没有了白光或是月晕。满天的星团好像直接接触到了它的边缘，并勾勒出了月球不发光部分的轮廓。当我这样站着俯视着双脚之间的月球时，从出发之始就时不时出现的不确定的疑惑又漫上了我的心头，而且这次的疑惑感更加重。

"凯沃，"我对他说，"这让我觉得怪怪的。您还记得我们构想过的那些公司吧，还有那些矿藏？"

"怎么了？"

“我怎么都没看见啊？”

“对，是看不见。”凯沃信心十足，“不过这一切都会有的。”

“我倒是一个总能把事情往好的方向想的天生乐天派。可是，这件事——我有时会对这个世界是否真的存在过都产生怀疑。”

“您还是看看那份《劳埃德新闻报》吧，放松放松。”

我盯着那份报纸看了几分钟，然后把它举到我面前，发现这样看报比较省力。我看到了一栏无聊的小广告。上面说一个有些私人财产的绅士愿意放贷，我认识这个人。接下来是某个奇怪的人想卖掉卡特威牌的自行车，“车很新，原价十五英镑”，想卖五英镑。还有一位陷入窘境的女士想处理一些吃鱼的专用刀叉，说是她的“结婚礼物”，真是贱卖了。毫无疑问，在地球上此刻一定有人正在审视这套刀叉，有人正扬扬自得地骑着这辆自行车在外面兜风，还有人正用很信任的态度和那位有钱的绅士在磋商。所有的这一切，在我读报的时候都可能正在进行着。我笑了，让报纸从我的手中滑落。

“现在从地球上还可以看见我们吗？”我问。

“怎么了？”

“我认识一个人，他对天文学很感兴趣。我突然想到，要是这会儿我的这位朋友正在用望远镜看月球的话，可真有意思。”

“现在就是用最好的望远镜来看也不一定看得到。就算看得到，也只是很小很小的点。"

我默默地盯着月球看了一会儿。

"这的确是个世界，"我说，"人在这里感受到的远比在地球上感受到的更浩瀚无垠。人们也许——"

"人们！"他喊了起来，"别瞎想了！您应该把自己想成是一个探索宇宙未知空间的外北极的探险家。您看那儿！"

他对着脚下的一个闪烁的白色物体挥了挥手："这里没有生命——没有！巨大的熄灭的火山，熔岩覆盖的荒漠，冰雪覆盖的雪原，也许是冻结的碳酸气，也可能是凝固的空气，到处都是山崩产生的裂纹、缝隙和沟壑。没有任何的动静。人类在望远镜的帮助下有规律地观察这个行星有两百多年了。您觉得他们观测到了多少变化？"

"一个都没有。"

"他们找到了两条确信无疑的山崩痕迹，一条不确定的裂缝，还有就是一种难以察觉的定期的颜色改变，就只有这么多。"

"我还不知道他们连这些都找到了。"

"噢，找是找到了，但是没有看到有人类！"

"我顺便问一句，"我说，"最大倍数的望远镜能够看到月球上多小的东西？"

"可以看到一个教堂，当然是占地很大的那种。应该还能看到城镇和建筑物，还有任何月球表面上人造的大型的东西。

月球上可能有昆虫，比如类似我们在地球上看到的蚂蚁一样的昆虫，它们藏在很深的洞里不会被月球的光照到；可能还有我们地球上根本没有的生物，这种可能性最大了——如果我们真的能在月球上发现生物的话。想想地球和月球的自然环境有多大的差异啊！这里一个昼夜的长度相当于地球上十四天的长度，想想看，先是万里无云的阳光直射十四个白昼，然后又是没有一点阳光的越来越寒冷的十四个夜晚，月球上的生物要适应的环境就是这样的。那里的夜晚一定很冷，冷到刺骨，是绝对零度，也就是地球上零下二百七十三摄氏度。那里的生物在夜晚一定是进入休眠状态，到白天又苏醒复原。"

他陷入了沉思中："我们来设想有这样一种蠕虫，白天它吸食固态的空气，就像蚯蚓吃泥土一样，要不然就设想一种皮肤很厚的怪物——"

"顺便问一下，"我打断了他的话，"我们怎么没有带支枪来？"

他并没有理会我的问题。"不对，"他给自己下了结论，"我们应该到实地去看看，等看过了就知道了。"

我又想到了一点："不管情况如何，总该有矿藏的。"

没多久他告诉我说他准备让地球的引力再拖住我们的飞行器一会儿，这样可以稍稍改变一下航向。他要把一扇正对地球方向的卷帘打开三十秒。他提醒我说届时我会头晕的，建议我最好用手撑住玻璃内壁，以防跌倒。我照他的吩咐做了，还用脚踩住那些行李箱和空气罐，以免它们待会儿落到我身上来。然后"咔嚓"一声，那扇窗户打开了。我脸朝下很笨重地跌倒了，在那一瞬间，从我伸开的十指之间我看到了我们的地球——下面太空中的一颗行星。

我们离地球依然很近——凯沃说现在的距离大约是八百英里，地球像个硕大的圆盘覆盖了我们可见的整个天空。不过已经可以很清晰地看到地球是个球体了。我们下方的土地显得昏暗不清，但是西面，浩瀚无垠的太平洋在消退的日光下像熔化的白银发出耀眼的光芒。我觉得我是辨认出了云雾缭绕的法国、西班牙和英格兰南部的海岸线的，然后随着"咔嚓"的声音，卷帘又关上了，我觉得我自己在极度混乱的状态中又慢慢在光滑的玻璃内壁上滑动。

等到最后我的脑袋又思路清晰可以思考的时候，我完全明白了，现在月球是在我的脚下方，地球是在接近水平线的某个地方——从万物之初开始，这个地球就一直在我和我们整个人类的脚下。

我们几乎不需要花什么力气，我们体重的减少让我们做什么事情都非常轻松，因此我们在起飞后六小时以内都没有想吃东西的念头（按照凯沃计时器的时间显示）。我对时间的流逝感到有些惊讶。可就是这样我还是闷闷不乐。凯沃检查了吸收碳酸和水的仪器，说一切正常，我们消耗的氧气量远远少于预期的量。我们一度也不想说话，这样也就无事可做，于是困意渐渐袭来。我们把毯子铺在飞行器的底部，用来遮挡月亮的光线，互道晚安，然后倒头就睡。

就这样，睡一会儿，然后说说话，读读书，吃点东西——虽然说其实并没什么食欲——绝大部分时间里我们都处于一种半梦半醒的安静状态，我们就这样过着没有白天黑夜之分的生活，悄无声息却又很迅速地向着月球靠近。

很奇怪的是，我们待在飞行器里，一点胃口也没有，就算什么也不吃也不会想吃东西。起初我们强迫自己吃一点，后来就一点都吃不下去了。我们整个飞行中消耗的食物还不足我们准备的压缩食品的百分之一。我们呼出的碳酸也低得不太正常。不过这一切是什么原因引起的，我至今仍无法解释清楚。

第六章　月球着陆

　　我很清晰地记得有一天凯沃突然把六扇卷帘全部打开了，强烈的光照得我睁不开眼睛，我生气地对着他大叫。我们视线中能看见的是一轮巨大的弯月，闪闪发光，边缘有些锯齿形的缺口，那应该是黑暗造成的阴影。月球的影像也有些像黑暗的潮水退去后露出的新月形的海滩，大大小小的山峰在黑暗中耸立，直指太阳的光芒。我相信读者们都应该看过月球的图片或是照片，因此我无须再多描述那种景色的显著特点。那些巨大的环形山比地球上的任何一座山脉都要广阔，山巅在阳光下熠熠生辉，山的阴影漆黑宽广；还有浅褐色的形状各异的平原、山脉、浅丘和小火山口，都从熠熠的光亮中退入神秘的黑暗中。我们正在这个世界的上空飞行，离它高耸的山峰不到一百英里。现在我们能看到——这种景象地球上的人是谁也看不到的——在白昼的光亮之下，岩石、山谷和陨石坑底的粗糙轮廓被浓厚的雾气钝化到模糊不清，白色表面的光亮被分割成一团团的斑点，然后继续分裂直至消失。到处都能见到一些奇怪的棕色和橄榄色的点，这些点会随时出现并扩展开。

不过，当时我们没工夫仔细欣赏这些奇妙的景致。我们旅行中真正有风险的时刻到了。我们必须在环绕月球飞行的时候逐渐向它靠近，减慢速度，寻找机会，最后大胆降落到月球表面。

凯沃一直在忙，而我则像热锅上的蚂蚁一样，束手无策。我好像总在不停地给他让路。他在飞行器里跳过来跳过去，其身手之敏捷是在地球上前所未见的。在着陆前的最后几小时里，他不停地在将卷帘打开、闭合，不停地计算着，借助小灯的光亮时不时看看他的计时器。有很长一段时间，所有的卷帘都放下来了，我们就这样默不作声地在黑暗中飞速穿行。

后来他又摸索着按下了卷帘的按钮，突然四扇窗户都打开了。我突然坐立不稳，左摇右晃，眼睛也睁不开了，脚下射出的太阳光把我烤得浑身是汗。突然间窗户又都关上了，眼前再次一片漆黑，我的头还是晕乎乎的。后来我又继续飘在无边的黑暗与寂静中了。

凯沃打开了电灯，让我和他一起把所有的行李捆成一团，外面用毯子裹住，免得在下落的时候发生碰撞。我们把所有的窗户都关好了，这样我们所有的行李都会自然地在飞行器中心地方聚集起来。这个景象也颇有趣：我们两人飘在空中把东西捆起来，想想看是什么样子！我们既不能往上也不能往下，一个小小的动作就会引起意想不到的结果。凯沃轻轻碰我一下，结果我就被弹到了玻璃内壁上；一会儿我又会在空中无助地蹬着脚。电灯的光一会儿在头顶，一会儿又在脚下；一会儿凯沃的脚飘到我的脸旁，一会儿我们的身体又互相交叉地飘到一块儿。最后我们的行李很安全地绑成了一个大包裹，只留了两条大毯子，我们准备到时候把这两条毯子裹在身上，只剪个洞露出自己的脑袋。

凯沃打开了一扇正对月球的窗户，我们发现我们正在下落到一个巨大的中心陨石坑里，周围有很多的小陨石坑，这些小坑纵横交错，组成了一个十字形。凯沃又把朝向太阳的窗户打开了。我猜他是想用太阳的引力来减缓我们下落的速度。"裹紧毯子啊！"他高声叫着，从我身旁冲了过去，我一时没明白过来他的意思。

我把脚下的毯子拖起来裹在身上，连头一起裹住，还闭上了眼睛。他非常迅速地关上了那两扇窗户，然后又另外开了一扇，又关上，然后突然把所有的窗户都打开了，每扇卷帘都安全地全部收进了卷轴之内。突然飞行器剧烈地震动起来，我们不停地翻滚，一会儿被甩到玻璃内壁上，一会儿又撞到行李上，我们紧紧地抱成一团，外面好像有什么白色的东西在飞溅，仿佛我们此刻是从雪坡上滚下来似的……

翻滚，抱紧，碰撞，抱紧，碰撞，翻滚……

"砰"的一声，我半个人都被埋在了我们的行李堆里，四周也突然安静下来了。然后我听到凯沃的嗡嗡声，还能听到一扇卷帘在卷轴里轻微晃动的声音。我用力把裹在一起的行李一件件都挪开，这样我才从行李堆里探出头来。那些开着的窗户看起来像是一个个装满星星的黑洞。

我们都还活着，此刻已经降落在了一个大的陨石坑里了。

我们坐着喘气，揉着身上被碰伤的地方。我想我俩都没想到着陆的动静会这么猛烈和粗暴。我挣扎着站起来，觉得身上到处都疼。"现在，"我说，"我们可以看看月球的风景了，可到处都是漆黑一片啊，凯沃！"

飞行器的玻璃内壁上满是小水珠，我一边说话一边用我的毯子擦。"现在离月球上的天亮还有半小时左右，"他解释道，"再耐心等等。"

真是伸手不见五指，黑得就好像我们待在一个密不透光的钢球中一样。我本来想用毯子把玻璃擦干净一点的，可是越擦越模糊，越是用力想擦得快些，玻璃上新凝结的水珠就越是和毯子的纤维交织在一起，把玻璃弄得更花。当然我就不应该用毯子来擦。就在我奋力要把玻璃弄透明的时候，我滑倒在了潮湿的内壁上，撞上了包裹中鼓起的氧气罐，弄伤了小腿。

真是恼火——简直就是荒谬！现在我们刚刚在月球上落脚，结果我们什么新鲜玩意儿也没看到，满眼就看见我们待了这么长时间的这个灰不溜秋的大球，现在还到处都在滴水。

"该死！"我骂道，"早知如此还不如老老实实在家待着呢！"我蹲在大包裹上面冷得发抖，只得把毯子拉过来裹紧些。

玻璃内壁上的水汽很快就冻成了晶莹的霜。"您伸手看看能不能打开电热器，"凯沃说，"对，就是那个黑色的按钮，不然我们都得冻死了。"

没等他说第二遍我就找到了按钮把它打开了。"说吧，"我问，"我们现在怎么办？"

"等。"他说。

"只能等。我们要等到这球体里面的空气有了一定的温度，等到内壁重新变透明。这之前我们没什么其他的事可做，只能等。现在是月球上的夜间，我们得等到天亮。哎，您不饿吗？"

我一时间什么都没说，就坐着发愁。我很不情愿地从白霜覆盖的内壁扭过头来对着他说："对，我是饿了。我还觉得非常失望。我本以为我能看见——我不知道我以为能看见什么，但是没想到是现在这个样子。"

我语气强硬地表达了我的不满，然后又裹紧了毯子，重新坐在行李堆上，开始吃饭——这是我到了月球以后的第一顿饭。我觉得好像都没怎么吃——我记不清了。现在玻璃上的白霜开始化了，玻璃重新清晰透明起来——先是一小块一小块的，随后逐渐成了一大片。透过这层雾蒙蒙的玻璃我们看到了月球上的世界。

我们都往外看着月球上的景象。

最初映入我们眼帘的是一派荒凉。我们身处一片很大的圆形凹地，就像地球上看到的圆形平原一样，它其实是一个巨形陨石坑的底部。四周都是陡峭的小山，小山如院墙般把这块相对平坦的凹地团团围住。太阳此刻尚未出现在我们的视线中，但是阳光已然从西边照在了这些小山上，连山脚都沐浴在阳光中。在阳光下，这些高矮参差排列无序的小山呈现出灰褐色，小山的斜坡上堆积着雪，地上也有些雪。这些风景可能离我们有十多英里远，但是当时能见度很高，我们可以非常清晰地看到每处细节。它们在繁星闪烁的黑色夜空的映衬下显得绚烂夺目，在广袤的夜空中好像天鹅绒幕布上闪烁的光亮一样夺目。

起初西边的小山看起来不过是这星空的边界罢了。没有东方的鱼肚白，也没有绯红的朝霞，白昼就这样悄然而至。只有日华，也就是黄道光，这道巨大的锥形的光亮的雾气，直指璀璨的晨星，这样我们才知道应该很快就能看到日出了。

我们周围的光线都会被西面的小山给反射回来。是一片起伏的平原，清冷灰白。往东，这种灰白色逐渐变深，最后逐渐被山的深黑阴影所覆盖。无数圆滑的山顶，诡异的小圆丘和满地的起伏的雪一样的物质一起像翻涌的波涛一样一直延伸到逐渐模糊的远方。这些小圆丘看起来也像是雪堆起来的。我一度觉得它们就是雪。但实际上不是——它们应该是空气凝结后形成的团状物吧？

这就是我们最初所看到的一切。然后很突然地，月球上的白天就毫无征兆地迅速到来了。

现在日光不仅仅照亮了小山的山顶，还照到了山脚下那些粉尘状的东西，然后又像穿了童话中的一步七里格靴①一样，直接就照到了我们脚下。远方的小山好像在晃动，随着黎明的到来，陨石坑底部升腾起一股灰白色的蒸汽，形成一个个的气旋和雾团，而且越来越浓重，范围越来越宽广。最后整个西面的平地都变成了一块湿手绢在火上烤着，蒸腾出大量的水汽；西面的小山也只能靠它们折射的光来辨认了。

"应该有空气，"凯沃判断道，"应该是因为空气的缘故——否则不会这样一接触到阳光温度就升腾起来，而且还这么迅速……"

他往上瞧了瞧。"看！"他说。

"看什么？"我问。

"看天空。天空本来是漆黑一片的，现在已经有点发蓝

---

① 一步就可以跨七英里的靴子。

了。看啊！星星都显得更大了呢！还有我们刚才在空旷的太空看到的小星星和星云物质都不见了！"

白天就这样一步一步迅速地向我们跑来。灰色的山顶一个一个地沐浴在阳光中了，然后很快就变成了白色的浓重雾霭。最后西边什么都看不到了，全变成了一片汹涌的云海，波涛滚滚地翻涌向上。远处的山越退越远，在旋涡中若隐若现，形状也逐渐变化，最后彻底隐没在云雾缭绕之中。

雾气翻涌前行，离我们越来越近，快得就像风吹送的云影一样。我们周围也开始升起了日出前的薄雾。

凯沃一把抓住我的手臂。"怎么啦？"我问。

"快看！日出！看太阳！"

他推我转过身，指着东面的小山顶，山顶在薄雾中露出了一点，还是灰暗的，比天空亮不了多少。不过现在山顶笼上了一层奇特的红色，看起来就像是山顶吐出的火舌一样，在招展舞动。我猜应该是缭绕的水汽反射阳光所形成的景象。不过事实上我看到的不是什么水汽，而是太阳的火焰，这种火焰一直存在于太阳周围，我们在地球上是无法看到的，因为地球上的大气像帘子一般把火焰遮挡住了。

紧接着——太阳升起来了！

先是一道稳定的耀眼的光线，然后就是一弯圆弧状的薄刃般刺眼的光辉，这光辉随后弯成了弓状，变成了夺目的节杖，然后如长箭般对着我们直射出一道光柱。

这光好像真的直刺我双眼而来！我大叫了一声转过身来，眼前什么也看不见，摸索着在行李堆下面找毯子。

伴随这白炽的光亮的还有一种声音，这是我们离开地球以后第一次听到的外界的声音。这种刺刺的声音是白昼到来时空气急速摩擦所发出的声音。随着这种声音和光亮愈来愈烈，我们的飞行器发生了倾斜，我们两个任由摆布地在里面晃来晃去，时不时撞到一起。飞行器倾斜得越来越厉害，那种哧哧声也越来越大，我只得用力闭上双眼，尽力用毯子蒙住头，然后飞行器又倾斜了一下，这下子就完全把我颠了个头朝下。我摔到了行李堆上，睁开眼看了看外面的气流。整个气流在飞驰，在翻滚沸腾——仿佛雪地上突然插入了一根滚烫的金属棒一样。本是固态的空气在接触到了阳光的炽热后马上变成了一种糊状物，就像泥浆那样，或者像雪融化成水，然后迅速又变成了气体，发出哧哧的声音。

又一阵更剧烈的抖动向我们的飞行器袭来，我们只得紧紧抓住对方。很快我们又旋转起来。转啊转啊，最后我就趴在球体的底部了。月球的日出就这样把我们弄得束手无策，疲惫不堪。它让我们见识了，月球是可以随便收拾我们这些渺小的人类的。

我又朝外面看了一眼。我看到一团团的水汽、半液态的雪状物越积越多，然后又滑落，消失，滑落。我们又陷入了黑暗之中。我又跌倒了，凯沃的膝盖抵着我的胸口。然后他好像又从我身边飞走了，有一会儿我都是面朝上躺着，喘着粗气，定定地看着上方。有一块巨大的正在溶解的东西向我们的飞行器扑过来，把我们埋在下面，然后它自己又一点一点地融化掉，冒着气泡蒸腾掉了。我能清楚地看见气泡在玻璃外层翻滚，像在跳舞。我听到了凯沃微弱的声音。

然后我们的飞行器遇上了气流猝变引起的山崩。我们相互提醒着，随着这个球体飞行器滚下了山坡，越滚越快，越过了山体的裂缝，撞到突起的岩石弹起来，然后又掉下来继续往下滚，一直滚向西面，滚入那白炽的沸腾的月球白昼之中。

我们相互紧紧抓牢，身体随着飞行器翻滚，到处乱撞。我们先前捆好的一大捆行李跳到我们身上，像是在攻击我们一样。我们俩也相互撞着，抓着，一会儿又被扯开——下一秒钟又撞到了一起。当时整个宇宙好像到处都是刺人的飞镖，撞得我眼冒金星。要是在地球上遇见这种情况，我俩都不知道死多少回了，幸好是在月球上，我们现在的体重只有地球上体重的六分之一，所以每次撞击的力度都很轻。我还是觉得恶心难受极了，感觉好像脑袋是长在脚上似的，然后——

有什么东西在我的脸上蹭来蹭去，还有什么触须一样的东西挠着我的耳朵。周围刺目的光线也被一块蓝色的镜片缓和了。原来是凯沃埋头看着我，我看见他的脸都是颠倒的，戴了一副护目镜。他喘着气，嘴唇撞出了血。"好些了吗？"他问我，用手背擦着嘴上的血。

我觉得什么都好像在晃，不过这其实是我头晕产生的错觉。我想刚才肯定是他关上了一些窗户才救了我——要不然我要被太阳灼热的光线烤焦的。我知道现在外面一切都暴露在炽热的阳光下。

"我的天！"我喘了口气，"这是什么——"

我伸长脖子去看。我知道外面一定亮得刺眼，这完全颠覆了我们初来乍到时一片漆黑的景象。"我失去知觉很久了？"我问。

"不知道——计时器给撞坏了。是有一段时间了。老兄啊，我真怕……"

我躺在那里想了想发生的一切。我看见他脸上关切的表情，我什么都没说。我伸手摸摸自己撞伤的地方，同时也打量他的脸是否也撞伤了。我的右手手背撞得最厉害，皮肤都没了。我的额头也流血了。他递给我一个小罐子，里面装着提神的药，具体是什么药我不记得了，是他出发之前带上的。过了一会儿，我能说话了。

"应该不会这样就完了吧。"我说，好像我一直都没事一样。

"应该不会。"

他也在想，双手垂在膝前。他透过玻璃往外看了看，然后转过来对我说。

"天哪！真是这样！"

"和我预想的差不多。这里的空气都蒸发掉了——如果有空气的话。不过，它已经蒸发掉了。现在露出的是月球的表面。我们此刻应该是落在了土质的岩石上。到处都是裸露的土壤。这种土壤很奇怪！"

他觉得不需要再多说什么了。他把我扶起来坐好，我可以用自己的眼睛看了。

第七章　月球之晨

　　冷酷的漆黑和炽热的白，这强烈的对比一起消失了。太阳的光芒已经罩上了一层琥珀色痕迹，陨石坑周围的小山的阴影也开始呈现出茄紫色。东边还有一团暗色的雾气，因为没有受阳光的照射尚未散去，但是西边的天空已经是湛蓝的了。我开始意识到我失去意识的时间有多么长了。

　　我们并不是处在真空中的。我们周围开始出现一种类似地球大气的气体。各种物体的轮廓也开始渐渐显现，越来越特点分明；太阳没有直射到的阴影部分还是有一些白色的物质，这回不是空气而是雪，其他地方已经不像我们先前所见到的那样白茫茫一片。阳光下是褐色的广袤的土地，上面有一层裸露的土壤。某些雪堆的周围还有一些季节性的小水洼和溪流，这就是这片广袤的土地上唯一活动的东西了。我们飞行器的三分之二已经沐浴在了阳光中，热得好像盛夏，但是我们脚下的部分还没有照到太阳，整个球体也都落在一个雪堆上。

顺着斜坡往上，随处可见一些树枝状的东西，这些东西已经干枯了，颜色和它们底下的岩石一样，都是锈褐色的。幸亏它们背阴面的积雪的映衬才把它们凸显出来。这让我的脑袋开始工作了。树枝！在一个没有生命存在的世界里会有这样的东西？后来，对这种东西质地渐渐熟悉以后，我发现这一带的地表都被同样的纤维物质所覆盖，就像我们在松树下看见的满地松针一样。

"凯沃！"我叫道。

"什么事？"

"这里现在可能是无生命存在的——但是以前——"

又有什么东西吸引了我的注意力。我在这些松针般的东西中发现了一些小小的圆的东西。而且好像还有一个动了一下。

"凯沃！"我压低了声音。

"又怎么了？"

不过我并没有立刻回答他。我难以置信地盯着那东西。我甚至一度都不敢相信自己的眼睛。我张嘴想叫，但是没有叫出声。我拉了拉他的手臂，指着那个东西。"看啊！"我终于又能说话了，"那里！对！还有那里！"

我该怎么描述我看到的东西呢？它虽然小得微不足道，但是看起来却很奇妙，让你对它有种说不出的感觉。我说过了，这些小小的圆形的东西是藏在那些树枝中的。那时它们看起来就像是极小的卵石。现在一个个都动起来了，开始滚动，然后破裂开来，从里面探出一条黄绿色的细线，来接受初升旭日的温暖。一时间没有更多的动静，然后第三个又动起来了！

"那是颗种子。"凯沃高兴地说。然后我听到他低声地说："生命！"

"生命！"立刻我就知道我们这次工程浩大的跋涉不会白费，我们不是到了一个只有矿藏的不毛之地，而是到了一个有生命的鲜活世界！我们目不转睛地注视着。我记得我不断地用袖子擦拭我眼前的玻璃，生怕上面沾上潮气，一点点都不行。

这个景象又正好位于我的视野的中心，所以更显得生动清晰。在这个中心周围的那些干枯的纤维物质和种子都因为玻璃的弧度而被放大扭曲了。但已经够我们看的了！在这个阳光直射的斜坡上，一粒接一粒的种子奇迹般地裂开，就像种子的荚，也像果实的外壳，张开了嘴，贪婪地吮吸着朝阳一泻而下的光和热。

每时每刻都有这样的种子在裂缝，而那些先驱已经鼓鼓地涨满了整个种壳，进入了第二个生长阶段。这些令人惊叹的种子坚定地迅速把根扎进了土壤中，而一束小小的芽苞也同时向空中伸展。很快，整个山坡就布满了小小的植株，它们在朝阳中笔直向上生长着。

它们并没有长久地保持笔直的姿态。芽苞很快就不断膨胀，最后爆出了一枚尖的叶芽，然后伸展开来，变成一片小小的尖的浅棕色的叶子，这片叶子急速长大，速度是我们肉眼完全能够感受得到的，当然没有动物的动作快，可是比地球上任何一种植物都要快。我怎样才能向你说清楚这种生长的进展呢？我们看着看着叶子就又长了。同时棕色的种荚耗尽了养分，也在以同样的速度枯萎。这样比喻吧。你有没有过在大冷天把温度计握在温暖的手中，看着温度计的水银柱一点一点地向上爬升？这些月球植物就用这样的速度在生长着。

在几分钟之内，这些叶子又长成了茎，茎又开始了第二轮的抽叶。不久前还是一片荒凉的山坡现在密布着这种橄榄色的矮草了，它们的叶子尖尖的，轻微地摆动着，显示着生长的活力。

我回过头一看，天哪！在东面一块岩石的上方也长出了同样的草，而且速度丝毫不比这里慢，绿油油的大片草叶在阳光下招展。这片草地的更远处有一种黑乎乎的块状植物，像仙人掌那样在生长出枝干，很明显地在膨胀，就像充了气的气球一样。

往西面望去，我又发现了另一种正在迅速生长的植物。此刻光线照在它圆形的叶面上，叶面呈现出一种鲜艳的橙色。就在我观察它的工夫，它就已经明显长高了，要是把视线暂时移开一两分钟，然后再回来看，就会发现它长得连轮廓都有些不一样了。它长出了许多粗短的枝干，不一会儿就长成了珊瑚树的形状，而且足足有几英尺高。地球上有一种叫马勃菌的植物也以生长速度快而闻名，它一夜之间直径可以生长一英尺。不过跟这里的植物相比就显得微不足道了。当然，马勃菌是在六倍于月球引力的条件下生长的。远处，从那些我们视线不能及但依然阳光普照的沟壑和平原上，在反射着强光的岩石上，有一种尖叶肥厚的植物在疯长，纷纷抢着在白天宝贵的时间里开出花朵，结出果实，生出种子，然后枯萎。这种生长的过程和速度简直就是一个奇迹。你一定能够想象，树木和其他植物是怎样像《圣经·创世纪》中描写的一样，破土生长，覆盖了整个荒芜的新生的土壤。

想象一下，想象一下这样的黎明！想象一下凝固的空气是怎样复苏的，土壤是怎样开始孕育生机的，这些植物是怎样默默但坚决地生长的，还有这些肥厚而尖利的树叶的奇妙繁衍。想象一下，这一切都被一种夺目的光线照耀着，这种光线足以让地球上最强烈的日照也显得暗无天日。还有在这些生机勃勃的丛林周围，在它们的阴影下，在其他背阴之处，仍存在着淡青色的雪堆。还有一点别忘了，所有的这一切都是我们透过一层厚厚的有弧度的玻璃看到的，所以事物会被玻璃的弧度扭曲，只有视野的中心部分是准确鲜明的，越往边缘走，看到的事物就被放大得越厉害，也显得越不真实。

第八章　开始勘探

我们不再往外看了。我们转回头来互相看着，我们的眼中写着同样的想法和问题。这些植物能够生长证明了这里是有空气存在的，不管它有多么稀薄，总能够让我们呼吸。

"要从洞里出去吗？"我先问。

"没错！"凯沃说，"只要我们能确信有空气！"

"要不了多久，"我说，"这些植物就要长得跟我们一般高了。如果——我只是说如果——您真的肯定吗？我们怎么能验证这种气体就一定是空气？有可能是氢气，指不定还是碳酸气呢！"

"这容易。"凯沃一边说一边就开始行动了。他从行李堆中扯出了一大张皱巴巴的纸，把它点燃，然后很快把点燃的纸从入口孔里扔到了外面。我急忙趴到玻璃上往下看，这小小的火焰可是很重要的证据啊！

纸轻轻地落下。刚一接触到雪，本来还在燃烧的火苗就消失了，像是熄灭了。可是我看见纸的边缘在轻轻颤动，蓝色的火苗在继续吞噬着纸。最后这张纸只剩下了直接和雪接触的部分，其他部分已经完全烧成了灰烬，缩成一团，冒出一缕青烟。我的疑虑被全部打消了，月球上的气体要不就是纯氧，要不就是空气，不管到底有多么稀薄，但的确是可以供给我们呼吸，维持我们这种外来生物的生命的。我们可以出去了——而且可以在外面生活！

我分腿坐在入口孔前，准备拧松螺栓，但是凯沃不让。"还是要有点预防措施才好。"他说现在我们可以确定外面的大气中肯定是含氧的，但可能比例很低，这样可能会给我们的身体造成严重的伤害。他让我想想那些高原反应现象，想想飞行员由于高度拉升过快造成的自身身体出血现象。然后他拿出一瓶自制饮料，味道不堪，坚持要我也喝。我喝了以后没有什么大的不适，只是觉得有点发麻。这时他才让我把入口孔的螺栓拧开。

现在入口孔的玻璃挡板已经取下来了，飞行器内相对高压的气体开始从螺丝松动的缝隙间咻咻地往外泄漏，那声音就像是水马上要烧开的时候水壶发出的声音。凯沃让我暂停一下。显然，外面的气压比我们这里面的要低很多。到底低多少，我们不得而知。

我坐着没动，双手抓着玻璃挡板，如果真的天不遂人愿，月球的大气太过稀薄的话好随时关闭入口孔。凯沃身旁放着一罐压缩氧气，需要的话可以用来恢复飞行器内的气压。我们对坐着默不作声，不时看看窗外那悄无声息疯长的植物。与此同时，那种气流外泄的咻咻声一直不绝于耳。

我耳朵里的血管又开始偾张，凯沃活动时的声音也越来越微弱。我发现现在一切都越来越安静，因为舱内的空气越来越稀薄了。

随着空气的不断外泄，连玻璃上凝结的水汽都缩成了团。

不一会儿我感到呼吸开始变得急促起来，其实这种感觉一直陪伴着后来我们直接暴露在月球大气中的整个过程。我还觉得耳朵、指甲和喉咙都不舒服，但不一会儿又好了。

然后我又觉得眩晕和恶心，这让我几乎都没信心了。我把入口孔的盖子转动了半圈，急急忙忙地跟凯沃说我的状况，他好像还好。他回答我的声音小而微弱，就像从很远的地方飘过来的，这也是空气过于稀薄造成的。他建议我喝点白兰地，还带头先喝，我也跟着喝了。果然很快就好些了。我又把入口孔的盖子旋回来。我耳朵里的血管偾张得更厉害了，随后我注意到空气泄漏的咻咻声已经停止了。一时间我还有些怀疑是不是真的没有声音了。

"怎么办？"凯沃的声音听起来跟幽灵的一样。

"您说怎么办？"我反问。

"那我们继续吧？"

"不会还有变吧？"我有些迟疑。

"只要您还受得住就行。"

我没有直接回答，只是继续松螺栓。我把圆盖子取下来，小心翼翼地放到行李堆上。月球上陌生稀薄的大气进入我们舱内，随之而来的还有一两片雪花，雪花飘进来就融化了。我跪下来，坐到入口孔的边上，往外张望。在我们飞行器下面，离我的脸不到一码远的地方，就是月球上人类从未涉足的雪。

我愣了一下，然后我们四目相对。

"您的肺没觉得难受吧？"凯沃说。

"还好，我觉得还行。"我回答道。

他伸手把毯子抓过来裹在身上，脑袋从毯子中间预留的洞里钻了出来。他过来坐在入口孔上，把脚伸出舱外，脚离月球地面最多也就六英寸。他迟疑了一下，然后往前一用力，这下这六英寸的距离都没有了，他完完全全地站在了从未有人类涉足过的月球上。

他向前迈了一步。他身体的影像被玻璃边缘的折射扭曲了。他停下来左右张望了一下，然后定了定神往前一跳。

虽然我知道玻璃会将他跳过的距离放大，可还是觉得他这步跳了很远。他就跳了这么一下，就跳到了离我很远的地方，起码有二三十英尺远。他现在站在一堆岩石上向我比画着，可能还在喊着什么——可是我听不到他的声音。他是怎么跳这么远的？我就像一个看新戏法的人一样迷惑不解。

我也稀里糊涂地跳出了入口孔。我站在地上。我面前的雪堆已经没了，变成了一条沟。我迈出脚步，结果也跳了起来。

我发现我在空中飞起来了，看着凯沃站的那堆岩石对着我迎面扑过来，我吓坏了。赶紧伸手紧紧把它抓住。我不由得苦笑，我真糊涂了。凯沃俯下身子嘱咐我小心，他的声音听起来像笛子一样尖厉。

我忘了这是在月球上，月球的体积只有地球的八分之一，直径只有地球的四分之一，现在我的体重也只有地球上的六分之一了。现在我得时时刻刻记住这一点。

"现在我们没有地球妈妈的学步带的帮助了。"他开玩笑地说。

我小心翼翼地爬上岩石顶，动作小心缓慢得就像一个风湿病患者一样，终于跟他肩并肩站在阳光下。我们乘坐的飞行器现在停在我们身后三十英尺远的一个雪堆上，雪堆在渐渐融化。

这个陨石坑底部满眼都是横七竖八的乱石，四周密布着我们先前已经见过的灌木丛，它们还在生长繁殖，还有零星的块状植物，也正在膨胀，形状很像仙人掌。岩石上还长着红色和紫色的苔藓，它们生长的速度太快了，简直就像是在岩石上爬。当时整个陨石坑，从底部到周围的小山的山顶，在我的眼中就是一片荒芜的野地。

陨石坑底部有植被，但它周围峭壁状的小山却是光秃秃的，寸草不生。有的只是一些扶壁状的凸起和平台，这个当时并没有引起我们的注意。这环绕的小山离我们有些远，我们当时应该是在陨石坑底部的中心位置，是隔着一层飘浮的雾气来观察周围环绕的小山的。当时稀薄的空气里还有风，风速不低却很温和，只给人带来凉意而没有什么威力。风好像是绕着陨石坑吹的，是从雾蒙蒙的背阴处吹向阳光照射的炎热之地。要想看清楚雾蒙蒙的东边可不容易，得用手放在额头上给眼睛遮住阳光，然后半眯缝着眼睛——阳光实在太炫目了。

"那边应该也是荒芜一片，"凯沃说，"什么东西都没有。"

我又向四周望了望。当时我还固执地抱着一线希望，觉得总能发现一点人类存在的迹象，比如房屋的尖顶、房子或是引擎的声音，但是我的视线内只有岩石所堆成的山峰、陨石坑，还有那些不断生长的灌木丛和仙人掌样的植物。这对我的希望是种无情的否定。

"这地方好像完全就是植物王国，"我说，"我根本没有闻到一丝其他生物存在的气息。"

"没有昆虫，没有鸟类，什么都没有！我摸不到，看不到也闻不到任何动物存在的痕迹。要是有的话——他们又怎么能够抵御夜晚的恶劣气候呢？……不可能有！这里只有植物。"

我绝望地用手蒙住双眼："这里倒很像梦境中出现的景色。这些植物也不像地球上的，倒像是长在海底的岩石缝里的。您看那边那个东西！人们会以为它是一种爬虫变的植物。还有这里的阳光！"

"这还只是清晨。"凯沃补充道。

他叹了口气，往四周看了看："这的确不是人住的地方。但是从某种意义上说——它还是挺神秘的。"

他一时间沉默了，然后嘴里又发出了思考时特有的嗡嗡声。

我被什么东西轻轻碰了一下，吓了我一跳，一看是有薄薄一层青灰色的苔藓爬到我的鞋上来了。我踢了一下，它马上散成了粉状，而且每个粉状的碎屑又开始迅速生长起来。

我听到凯沃的尖叫，发现他被一种刺蓬植物扎了。他犹豫着，眼光在我们四周的岩石中搜索。突然一道粉红色的光线出现在一个岩柱的粗糙表面上。那种粉红色很特别，是一种带青灰色的洋红色。

"您看！"我叫道，可是我转身一看，凯沃不见了。

我一时吓得不知所措。然后我急忙往前迈了一步，想看看凯沃是不是从岩石边缘摔下去了。但是我一时吓得忘了我现在是在月球上面。要是在地球上我这一步也就一码左右，刚好走到岩石边；可这是在月球上面，这一步就跨出了岩石边缘足足五码远。于是我就掉下去了。感觉就好像是在梦中往下飘落一样。在地球上，人自由下落时，第一秒要下落十六英尺，但在月球上只会下落两英尺，因为月球上人的体重只有地球上的六分之一。我就这么落下去了，准确地说应该是跳下去了，我想大概下降了有十码的高度。好像飘了挺长时间，有五六秒的样子吧。我就这样缓缓地在空中飘落，轻盈如羽毛般。最后落到一个雪堆里，雪深可没膝，底下是青灰色的岩石。

我四周搜寻着。"凯沃！"我高声喊道，但是凯沃还是不见踪影。

"凯沃！"我叫得更大声了，但回答我的是岩石的回声。

我猛地转身向岩石堆砌的山顶冲去。"凯沃！"我用尽力气高喊，声音听起来像迷途的羔羊。

我们的飞行器也看不见了，一时间一种不祥的孤独感吞噬了我的心。

就在这时我看见了凯沃。他笑着向我的方向挥手，希望我能看见他。他站在离我二三十码以外的一块光秃秃的岩石上。我听不到他在说什么，但是我从他的手势中明白他想让我跳。我迟疑了一下，这个距离也太远了点，但我想我一定能创造一个比他更好的跳远纪录。

我往后退了一步，聚精会神做好了起跳的准备，然后我奋力一跳。我这一跳好像直冲云霄，永远都不会再落下来了。

这种感觉既可怕又刺激，就像做梦一样无法控制。就一直这样直射天空。我意识到我的这一跳可能真的太用力了。我一直飞，飞过了凯沃的头顶，眼看就要落到一个遍布尖利的针叶的沟里了。我尖叫着希望凯沃能够帮我一把，然后就伸开了双手，绷直了双脚。

我最后撞到了一个巨大的菌子，把它撞坏了，一大团橙色的孢子向四处飞溅，溅得我满身都是橙色的粉末。我一边翻滚着一边气急败坏地骂着，最后上气不接下气地停了下来。我听见有人笑得前仰后合的，看见凯沃的小圆脸正透过灌木丛看着我。他高声地问我什么，但是声音很模糊。"什么？"我尽力叫道，但是因为喘得厉害，所以叫不出声。他小心翼翼地穿过灌木丛向我走过来。

"我们可得小心了，"他说，"这月球可跟地球不一样。弄不好会要了我们的命的。"

他扶着我站了起来。"您太用力了。"他一边说一边用手帮我拍掉衣服上沾的那些橙色粉末。

我很顺从地站着喘气，任由他帮我弄掉我膝盖和手肘上的黏糊糊的东西，听他数落我的不是。"我们现在对月球的引力还是不太适应。我们的肌肉也还没得到应有的训练。等你喘过气来，休息好了，我们得训练训练。"

我从手上拔出了两三根小刺，在一块圆形的石头上休息了一会儿。我的肌肉在发抖，我觉得自己好像有了在地球上学自行车第一次跌倒时相似的感觉。

凯沃突然想到我们在经过了阳光的暴晒之后，被沟里的冷空气一吹，会感冒的。所以我们又赶紧往上爬到有阳光的地方。我们仔细检查后发现，我只是擦破了点皮，没什么大碍。凯沃提议说我们找个安全的适合着陆的地方来练习跳跃。我们最后选中了十码以外的一块石板，那石板和我们现在站的地方中间就只隔着一些油绿的尖叶植物。

"您要想着往这里跳！"凯沃言语间显然已有了点教练的味道，他正指着离我脚尖四英尺远的一个点。这次我没怎么用力就做到了。轮到凯沃的时候，因为他的落地点比预期的地方近了一码左右，他也领教了那种尖叶植物的厉害。我得承认我还是有点幸灾乐祸。"人随时随地都要小心。"他一边说一边拔着他身上的刺。而且这么一来他就再也没资格做我的教练了，我们现在都成了努力学习月球运动的学员。

我们又做了一次更简单的跳跃，也是轻轻松松就成功了。然后我们又跳回来，就这样来回跳了几次，让肌肉熟悉了新的环境。要不是亲身体验，我怎么也不会相信我能适应得这么快。在很短的时间内，当然起码还是练习了三十次，我们就能像在地球上一样准确地判断跳过某个特定的距离到底要花多大的力气了。

我们周围的植物还在一刻不停地疯长，长得越来越高，越来越浓密，也越来越交织在一起。那些尖叶植物，绿色的仙人掌、菌类、肥厚的苔藓样的东西，还有奇形怪状的成辐射状和蜿蜒状的东西，它们都在长。不过我们一直专注于跳跃训练，以至于有一段时间根本没有注意到它们在飞速地生长蔓延。

我们有些得意忘形了。我觉着这里面有部分原因是因为我们终于摆脱了牢笼样的飞行器的禁锢。不过主要还是因为稀薄的空气让人觉得呼吸清新。我相信这里的大气中氧的含量一定比地球上空气里氧的含量高很多。我们周围的东西都很奇特，这让我心中涌起一种探险的勇气，就像伦敦人初次置身于荒郊野岭中一样。我觉得我们都是初次有这样的冒险经历，面对的是一种绝对未知的现实，但是我们都没有表现得太害怕。

我们被一种征服的欲望给蛊惑了。选了一个大约十五码以外的苔藓覆盖的小坡，然后相继干净利落地落在了顶上。"真棒！"我们互相祝贺，"真棒！"凯沃又迈了三步朝一个漂亮的雪坡跳去，那个雪坡离我们站的地方起码有二十码。我站在那里欣赏他翱翔的滑稽样：他的板球帽已经很脏了，头发也根根竖起，他的滚圆矮小的身躯，他的胳膊和穿着灯笼裤的收起来的双腿，在奇特空旷的月球景色的映衬下越发有趣。我忍不住笑了起来，然后也跟着跳了过去。"扑通"一声，落在了他身旁。

　　我们又这么甩开大步跳了三四下，然后在一个长满苔藓的凹地上坐下休息。都觉得肺有点疼。我们坐着，双臂抱胸，大口喘气，心满意足地看着对方。凯沃喘着气说什么"令人惊叹的感觉"。然后突然又一个念头闯进了我的脑袋。当时我没觉得这个想法有什么大不了的，只不过是刚好想到而已。

　　"顺便问一句，"我说，"我们的飞行器在哪儿啊？"

　　凯沃吃惊地看着我："您说什么？"

　　我们对话中的真正含义让我吓了一跳。

　　"凯沃！"我抓住他的手臂冲他吼道，"我们的飞行器呢？"

第九章　月球上迷路的人

　　他的表情同样沮丧。他站起来环顾四周，周围的植物已经把我们团团围住，而且还在不停地往上生长。他有些没有把握地摸摸嘴唇。他的言语中也第一次失去了常有的信心，慢腾腾地说："我觉得我们是把它忘在哪儿了，也许就在这附近不远。"

　　他伸手想指一个方向，但是手指却犹豫不决地在空中画了一道弧线。

　　"我也不是很确定。"他说着，脸上的表情更惶恐了。"不过，"他很坚定地看着我，"它应该就在附近。"

　　我俩都站了起来。我们都默默祈祷着，眼睛在我们周围的茂密浓厚的丛林中四处搜寻着。

　　我们周围沐浴着阳光的山坡上处处遍布着越来越茂密的灌木丛、不断长大的仙人掌、时刻延伸的苔藓，还有那些藏在背阴处的雪堆。东南西北，处处生长着一模一样的植被。就在这些植被遮掩的某个地方，一定有我们的飞行器，那是我们的家，我们唯一的给养站，是我们逃离脚下这片奇异的遍布朝生暮死的植物的荒野的唯一指望。

"我想，"凯沃突然用手指着一个方向，"它应该是在那儿。"

"不对，"我说，"我们刚才应该是转了一个弯。瞧，这里还有我的脚印呢。很显然飞行器更可能在东面。嗯——不对，应该是在那个方向。"

"我觉得太阳一直都在我的右边。"凯沃说。

"我记得我每跳一次，我的影子都在我的前方。"我说。

我们面面相觑。我们已经把陨石坑想象得无边无际，而此时丛林已经生长得密不透风了。

"天哪！我们可真笨！"

"显然我们得尽快找到它，"凯沃有点着急了，"得快！太阳越来越毒了。要不是这里空气干燥的话，我们早就热晕了。而且……我饿了。"

我看着他。我以前还从没料想到会有这么一件事——我都忘了我还需要吃东西。但是饥饿的感觉马上就侵袭而来了——而且是如此真实。"对，"我加重了语气，"我，也饿了。"

他站起来，好像做了积极的决定似的："我们必须找到我们的飞行器。"

我们尽量克制自己，冷静地观察着这个由一望无际的岩石和丛林构成的陨石坑，心里都在默默地估量，看我们是不是真的能在我们被晒晕饿晕之前找到我们的飞行器。

"我觉得它的位置离这里应该不到五十码的距离。"凯沃有些不肯定，"最好的办法就是我们绕着这个坑底搜索，直到找到为止。"

"也只能这样了，"我无精打采地说，其实我对搜索一点兴趣都没有，"我只是希望这该死的尖叶林不要长得这么快！"

"问题就在这儿。"凯沃接着又安慰我说，"不过，幸好我们的飞行器是降落在一堆雪上的。"

我们四处寻找，徒劳无功地希望能找到在飞行器旁边看见过的圆丘或是灌木丛。可是这里到处都是一模一样千篇一律的。每个地方都长着一样的生机勃勃的丛林，巨型的菌类和逐渐缩小的雪堆。现在一切已经和我们刚离开飞行器时不一样了。太阳灼热的阳光晒得我们浑身刺痛，隐隐的饥饿感和无边的迷惘交织在一起。我们就这样站着，心情复杂失落地站在一片前所未见的景象当中。我们突然听到了一种声音，这不是植物生长的声音，也不是风的轻叹，更不是我们自己发出的声音。

"嘣……嘣……嘣……"

这声音是从我们脚下发出的，是土里发出的声音。我们的脚和耳朵同时觉察到了这种声音。这种钝钝的沉闷回音像是被距离减弱了，而且在传播的途中还掺杂了其他的声音。我无法想象什么声音还能这么让人震惊，能这样地改变我们周围的一切。这种声音，醇厚，缓慢，从容，像是从地底下传来的敲击巨钟所发出的一样。

"嘣……嘣……嘣……"

这种声音让人联想到寂静的修道院，让人想起喧嚣城市中的不眠之夜，让人回忆起守节夜和等待黎明的时刻，让人想到生活中有规律的和谐的一切，就这样在这个奇妙的荒原意味深长地发出神秘的响声！我们眼前的一切还是依然如故：荒野中的灌木丛和仙人掌在风中摇曳着，蔓延到遥远的小山，头顶上方仍然是空荡荡的黑色太空，火球般的烈日挂在空中继续燃烧着。这种神秘的声音，穿透了所有的一切，继续响着，像是一种警告，也像是一种威胁。

"嘣……嘣……嘣……"

我们小声地耳语着。

"是钟声？"

"有点像。"

"那是什么声音呢？"

"您说可能是什么声音？"

"让我们数数看。"凯沃的建议晚了一步，他的话音刚落，声音就停了。

寂静，什么声音都没有了，我们有些失望，也有些惊讶。一时间我们都怀疑刚才是不是幻听，是不是真的听到了什么，或者根本就没有听到什么声音。我刚才真的听到了什么声音吗？

我感觉凯沃用手戳了戳我的胳膊。他压低了声音，好像怕吵醒了什么似的："我们俩可得随时在一起，要一起去找我们的飞行器。我们必须回到那里面去。这一切完全超出了我的想象。"

"我们往哪个方向找？"

他迟疑了一下。一种强烈的恐惧攫住了我们，我们相信一定有什么我们看不见的东西存在，而且就在我们周围。到底是什么呢？它们在哪儿？这片严寒和灼热交替肆虐，满目荒凉之地是不是仅仅是一个地下世界的假面呢？如果真是这样的话，那么这应该是一个什么样的世界呢？又会有什么样的居民会突然从这个地下世界里冒出来，出现在我们面前呢？

随后，传来了一阵铿锵的隆隆声，像是突然打开了两扇厚重的铁门。这如迅雷般突然、响亮的声音打破了沉寂。

这让我们停下了脚步，我们目瞪口呆地站着，然后凯沃蹑手蹑脚地向我靠拢。

"我真被弄糊涂了！"他贴着我的耳朵低声说。他令人费解地向上挥了挥手，意思可能是说他真的糊涂了。

"我们得找个地方躲起来！要是发生什么不测……"

我环顾了一下四周，然后点头表示同意。

我们说干就干，蹑手蹑脚地向前挪，生怕弄出点什么响动来。我们挪到了一个茂密的灌木丛跟前。然后又是"当"的一声，好像铁锤砸到锅炉的声音，我们赶紧加快了脚步。"我们得爬。"凯沃悄悄说。

这些刺刀样尖利的植物根部的叶子已经被上面新长出来的叶子遮住，开始枯萎脱落了，这样我们爬行其间，倒也没怎么受伤。在脸上划一下或是在胳膊上拉条口子都不算严重，我们也不怎么在意。爬到丛林中心地带，我停了下来，喘着气看着凯沃。

"声音是从地底下发出来的，"他小声说，"就在这下面。"

"它们可能随时会出来。"

"所以我们必须找到我们的飞行器！"

"说得轻巧，"我问，"到底怎么找啊？"

"一路爬着找，找到为止。"

"那要是一直找不到呢？"

"那就这么把自己藏起来。看看到底是什么东西。"

"我们可不能走散了。"我说。

他想了想，说："我们往哪儿走？"

"不知道，碰碰运气吧。"

我们东边瞧瞧，西边看看，然后小心翼翼地爬过低矮的丛林，按照我们的判断是沿着圆形路线在爬，只要看到有什么菌类在摆动，或是听到什么声音，我们就立刻停在原地不动，我们所有的注意力都集中在寻找飞行器上了。时不时地，从我们匍匐的地面底下会传来撞击声、敲打声和古怪的机械声；一次次地，我们觉得好像听到了什么动静，一种远处传来的模糊的咯咯声或嘈杂声。不过，我们当时是被吓傻了，根本就不敢去勘测这个陨石坑。我们一直都没有看到那种能发出这么丰富和持久的声音的东西。要不是我们一直有饥饿感，一直觉得口渴，我们会觉得自己不是在爬行，倒像是在做梦。真的很不真实。唯一让人感觉真实的就是这些声音。

你可以自己设想一下。我们置身梦幻般的丛林，头顶上方是尖利无声的刺刀叶，手掌和膝盖触到的是生机勃勃的洒满阳光的苔藓，而且还会动，就像风在地毯下方鼓动一样。偶尔眼前会赫然出现一个球胆状的菌类，在阳光照耀下膨胀变大。不时还会看到些色彩斑斓的新奇玩意儿。组成这些植物的细胞足足有我的拇指那么大，像极了彩色玻璃弹子。所有的这一切都沐浴在充沛的阳光下达到饱和，蓝黑色的天空反衬出这些植物的苗壮。天空中虽然有艳阳，可还有几颗星星闪烁。奇特！连这里所有的石头的肌理和构造都很奇特。一切都很奇特：身体的感受是前所未有的，每个动作的结果都是无法预期的。还有喉咙中吸入的稀薄大气，耳朵里流动的如潮水般偾张的血液——砰, 砰, 砰……

时不时可以听到阵阵喧闹声、敲击声, 还有机械的隆隆声, 但是现在——我们听到了巨兽的咆哮声!

第十章　月球怪兽的牧场

就这样我们两个从地球来的无家可归的流浪儿，在不断疯长的月球丛林中迷路了，在对那种突然出现的声音的恐惧中爬行着前进。我们爬了很久也没有遇见月球人或是其他的月球动物，可是这种咆哮声和呼噜声的的确确离我们越来越近了。我们爬过了乱石堆砌的沟壑，爬过雪堆，爬过那些薄得就像气球的伞菌，它们脆弱得只需轻轻一碰就会爆开，中间的汁液会喷射而出；还爬过了一条马勃菌丛生的小路，我们就一直在这些无休止的低矮的灌木丛中爬行，双眼无助地搜索着我们遗失的飞行器。那种怪兽的声音有时候像单调洪亮的牛叫，有时又像是一种惊天动地的怒吼，一会儿听起来又像野兽喉咙被什么东西堵住了似的。仿佛这些没有露面的家伙是一边在找吃的一边在吼叫。

我们第一次见到这种月球怪兽只是匆匆一瞥，不过虽然看得不是很真切，我们还是吓坏了。当时凯沃正在前面爬，他先意识到这种怪兽在向我们靠近。他马上就不动了，然后打了个简单的手势示意我停下。

灌木丛中植株折断发出的噼噼啪啪声似乎一直朝我们这个方向逼近。正当我俩聚精会神地蹲着判断声音的方向和距离的时候，身后忽然想起惊雷般的咆哮声，这声音大得连灌木丛的树梢都垂了下来，这声音近得我们都能够感觉到声音中温热的气息。我们转过头，透过摇摆的树干，模模糊糊看见了这个怪兽油亮的身体，还有在深色天空的映衬下显现出的巨大冗长的背部线条。

当然，现在我很难说清当时到底看得有多清楚，因为后来的观察不断地修正和丰富着我的第一印象。最深刻的印象就是它庞大的体积，它的腰身大概有八十英尺，体长大概有两百英尺。它呼吸的时候很费力，可以清晰地看到它身体的起伏。我觉得这个庞大肥硕的身躯是拖到了地面的，白色的皮肤皱巴巴的，沿着背脊有一些斑马状的黑斑。但是我们没有看到它的腿。我觉得当时我们还看见了它的头部轮廓，我估计里面没有什么脑细胞。它的脖子粗短，流着口水，估计什么都吃，小鼻孔，眯缝眼（可能是它们在有阳光的时候都闭着眼睛的缘故吧）。它张嘴吼叫的时候我们有幸看了一眼它的血盆大口，我们甚至都感觉到了它嘴里呼出的气息。然后这个怪兽身体前倾，像船一样在地上拖着身体前行，拖得身上出现了条条皱纹，接着打了个滚，就这样滚动着离我们远去，在灌木丛中压出了一条路，很快地隐没在前方茂密的丛林中了。远一点的地方又出现了一头这样的怪兽，随后我们又发现了一头，紧接着又是一头，最后我们看见了一个月球人，就好像他正在放牧这群饲养的庞然大物一样。一见到月球人，我抓着凯沃脚的手就不由自主地发抖，不过我们还是一动不动，一直到他走出我们视线很远。

跟先前的那些月球怪兽比起来，他从体形上讲完全不值一提，小得就像只蚂蚁，只有五英尺高。他穿着皮革制成的衣服，所以我们看不见他的身体，当然，我们对这点本来就毫无兴趣。他看起来很结实，毛茸茸的，像一种结构复杂的高级昆虫。他那闪闪发光的圆柱形的身体上长着鞭子似的触角，还拿着走起路来叮当作响的武器。他头上戴着一个巨大的有尖刺的头盔——我们后来才发现这些尖刺是用来收拾不听话的怪兽的——所以我们没有看见他的头，还戴着深色的护目镜，两个镜片分得很开，装在保护脸部的金属面罩上，看起来像鸟儿的翅膀。他的双臂都裹在衣服里面，没有露出来，腿很短，虽然穿着厚厚的暖和的裤子，可是按照地球人类的标准而言还是细得离谱。大腿很短，小腿长，脚很小。

尽管他穿得很笨重，但是他前进的步伐却丝毫不受影响，从我们地球人的角度来看，他还是迈着轻盈的步子大步向前的。他那个叮叮当当作响的武器也一刻不停地动着。从走路的样子判断，他似乎有点着急，有些生气的样子。果然，他的背影从我们视线中消失后没多久的工夫，就听到怪兽的呼噜声变成了短促的尖叫，还有什么东西拖在地上越跑越快的声音。这种尖厉的吼声渐行渐远，最后消失了，仿佛它们已经到了它们要去的牧场。

我们屏息凝神听着，一时间这个月球世界又恢复了死寂。但是我们还是等了一会儿才开始继续爬行，寻找丢失的飞行器。

后来在一个到处都是滚落的石头的地方又见到了这群怪兽，它们离我们还是有些距离。岩石的表面长着厚厚一层有斑点的绿色植物，看起来很像苔藓。怪兽都在啃这些苔藓。我们当时刚爬出一片芦苇丛，一看见它们，马上就停下来趴在原地不动。我们看着这些怪兽，同时也在四处搜寻，想再看那个月球人一眼。怪兽们趴在食物上面，就像一群巨型的鼻涕虫，又像一具具油腻的空壳，大口地吃着，吃得很快，发出呜呜的声音。它们好像是痴肥，而且笨拙得连史密斯菲尔德食品公司的牛都比它们敏捷。它们忙于咀嚼而不断扭动的嘴，眯缝着的眼睛，加上很诱人食欲的咀嚼声，彰显了它们进食的享受感，这对我们正在遭受饥饿摧残的身体可真是一种刺激。

"猪!"凯沃骂道,我还没见他这么激动过,"恶心的猪!"他嫉恨地瞪了怪兽一眼,然后转头向我们右边的丛林爬去。我趴了这么久了,也看出了怪兽吃得津津有味的那种东西根本不是人能吃的,所以也就跟着凯沃爬走了,走时还扯了一片叶子放在嘴里嚼着。

很快,我们又发现有一个月球人在向我们靠近。这次我们可以更近距离地观察他了。现在我们看到月球人的确穿着衣服,而且这个人穿的衣服和上次我们遇到的那个人差不多,只是他的领子上露出一截棉花套子一样的东西。他站在一块突出的岩石上面,正左右张望着,仿佛他正在观察陨石坑的情况似的。我们一动不动地趴着,生怕弄出什么动静让他发现我们。过了一会儿,他转身消失了。

后来我们又遇见了一群怪兽,它们在峡谷上方吼叫。我们还爬过了一个从地底下发出敲击声响的地方,好像地下藏了一个大工厂。我们一边听着各种奇怪的声音,一边爬到了一大片开阔地带。这地方的直径可能有两百码,地面相当平整。这里没什么植被,只有边缘有一点苔藓,到处是土黄色的尘土。我们本来不敢走着从这里通过,但是想到从这里走的话没有在灌木丛中那些枝枝丫丫挡道,会相对容易许多,于是我们还是走了进去,沿着边缘前进。

地底下传来的声音停了一会儿,四周一片寂静,只听得到植物生长发出的轻微声音。突然响起了一种嘈杂的骚动声，比我们之前听到的任何声音都要响亮、猛烈和临近。我们能肯定是从地底下发出来的声音。我们马上蹲下贴紧地面，准备随时冲向周围的树丛中去。声音越来越大，随之而来的无规律的震动也越来越强，好像整个月球都在抖动一样。

"快躲起来。"凯沃小声说，我立即就冲向了树丛。

突然我听到了"啪"的一声，像是枪响，然后事情就发生了——这件事让我念念不忘至今都常常梦见。我转回头找凯沃，同时伸出手想去拉他。但是我什么都没抓到！我突然就掉进了一个无底洞里！

我胸口撞到什么坚硬的东西上，我的下巴挂在边缘上，脚底下突然出现了一个无底深渊。手在空中胡乱挥舞着，就这么悬空挂在了一个无底洞的边上。我终于明白过来，我们刚才行走的那片圆形的平地原来只是一个巨大无比的盖子，它现在正在渐渐滑动打开，逐渐隐入一个事先准备好的沟槽中去了。

多亏了凯沃，要不然我得一直就这样悬着，挂在这个盖子边缘无助地望着脚下的深渊，最后等盖子彻底收进沟槽的时候被撞下来，跌到无底洞里去。不过凯沃没有像我一样被惊呆，当盖子刚刚开始移动的时候他离盖子的边缘还有些距离，然后估计我会有危险，于是拖住了我的腿往后拉。我终于坐了起来，手脚并用地爬离了盖子边缘，迅速站起来，跟他一起逃出了这块轰响着挪动的金属盖子。这盖子好像越挪越快，我一边跑一边觉得前方的树丛都在往两边闪开。

我跑得很及时。凯沃的背影刚好消失在尖叶灌木丛中，我也刚好追上他，这时巨型的盖子刚好完全收进了沟槽中。我们一时间只有喘气的份儿，根本不敢靠近那个无底洞。

最后我们还是小心翼翼地爬到一个合适的位置，正好能向下望。风从四周灌进洞里，周围的灌木丛也随风摇摆。起初我们什么也没看见，只看见光滑的内壁垂直地向下无限延伸。不过过了一会儿，我们适应了洞里的黑暗，看见好像有些微弱的光亮在来回游走。

一时间这个神秘的无底洞俘获了我们的好奇心，我们连飞行器的事都忘了。我们越来越适应洞里的黑暗环境，借着点点微光，看出有一些很小的模糊的东西在移动。我们惊奇地盯着，觉得难以置信，而且对此一无所知，因而我们一时不知道说什么好，也找不到任何可以解释这些模糊影像的线索。

"可能是什么呢？"我一直在问，"会是什么呢？"

"应该是什么工程设备吧！这些月球生物应该是晚上在洞里休息，白天出来工作的！"

"凯沃！"我问，"您说他们会不会是——或者类似——人？"

"应该不是人。"

"我们可不能冒险了。"

"听您的口气，我们要是找不到飞行器就什么都不敢做！"

"我的意思是我们要是找不到飞行器就什么都不能做！"

他哼了一声，不置可否，然后准备开始出发。他四下张望了一下，然后叹了口气，指了一个方向。我们又开始在丛林中爬行了。开始还很坚定，后来我们精力渐渐不济了。这时从我们周围的一些庞大松散的紫色物体中传来了脚步声和喊声。我们又紧挨对方趴在地上。声音好像一直在我们周围来来回回响着，但是我们什么都没看见。我尽力想小声地告诉凯沃，要是还没吃的，我就要爬不动了。可是我的喉咙干得根本就没办法小声说话。

"凯沃，"我说，"我必须吃东西了。"

他看着我，满脸沮丧地说："我们还得坚持一会儿。"

"可是我等不了了，"我说，"您看看我的嘴唇都成什么样了！"

"我也渴了半天了。"

"要是这里还有雪就好了。"

"都融化了。我们现在相当于在以每分钟越过一个纬度的速度从北极向热带跑。"

"飞行器！"他说，"现在除了找到飞行器以外别无他法。"

我们又强打精神爬了一会儿。我满脑子想的都是可以填充肚子的东西，想着夏天哧哧冒气的冷饮，我特别想喝啤酒。我多么怀念我在里普尼的房子下面的酒窖里的酒桶，可以装十六加仑的酒，多么诱人啊。接着又想起了酒窖隔壁的食物储藏室，尤其是里面常有的牛排和腰子饼——鲜嫩的牛排，丰富的腰子馅，咬一口，满嘴都是香喷喷的肉汁。我饿得不住地打着呵欠。我们爬到了一块平坦的地方，到处都长着红色的肥厚多肉的东西，像巨型的珊瑚，稍一碰触，就"啪"一声破了。我仔细观察了它破开以后里面的质地。我觉得闻起来可以吃。

我又捡起一块来嗅了嗅。

"凯沃。"我用沙哑的声音低声叫道。

他扭过头来看了看我，说："别吃啊。"

我听了他的话把东西放了下来，然后又继续爬过这片长着勾人食欲的肉乎乎的东西的地方。

"凯沃，"我问他，"您说为什么不能吃？"

"可能有毒。"他头也不回地说。

我们向前爬了一会儿，我突然下定了决心。

"我要试试看。"

他想用手阻止我，但晚了一步。我已经塞了满满一嘴。他蹲在那里注视着我的脸，他自己的脸扭曲着，表情古怪。"味道真不错！"我说。

"天哪！"他喊道。

他就这么看着我狼吞虎咽，皱着眉头，好像在思考到底要不要吃，突然他还是禁不起诱惑，也开始大口大口地吃起来。我们就这样什么也不做地专心吃了好一会儿。

这种东西吃起来和我们地球上的蘑菇没什么两样，只不过肉质没有那么结实，而且吞下去的时候，喉咙微微有点发烧。起初我们只满足于机械地往嘴里塞东西，然后开始觉得周身的血液循环都加快了，嘴唇和手脚开始有些发麻，脑海里也开始不停出现一些莫名其妙的幻想了。

"真不错！"我说，"真不错！这里对人口超负荷的地球可真是个好的替代品。我们地球上过多的剩余人口啊……"我一边说一边又扯下一块塞进嘴里。月球上居然有这么好的食物，这让我忽然产生了一种奇怪的要普度众生的豪情。我饥饿时的沮丧绝望已经全部被这种不理智的兴奋代替。刚才我所经历的恐惧和紧张已消失得无影无踪。月球此刻对我而言再也不是一个我急不可待要逃走的地狱了，它简直就是人类可以摆脱贫困和饥饿的天堂。我想吃下那种菌类以后，我已经把什么月球人，什么月球怪兽，什么盖子，还有那些奇怪的声音都统统忘得一干二净了。

凯沃用同样的话表明，他对我刚才重复了三遍的"剩余人口"问题持同样观点。我感觉头有点晕，不过当时我想当然地以为这是长时间断食引起的。"凯沃先生，感……哦谢……您绝……绝妙的发现，"我说，"仅次……次……次……次于土……土豆。"

"您……什么？"凯沃问，"发……啊现……月球……仅次……次……次……次于土……土豆？"

我吃惊地看着他，他的声音怎么突然就沙哑了，而且话也说不利索了。我脑袋中突然闪出一个猜测，他是中毒了，很可能就是吃这种菌子吃中毒的。我也明白他一定误以为月球都是他发现的。其实他没有，他只是想了个办法来到了月球上。我努力地把手放在他手臂上，想把这个问题给他解释清楚，可是当时他的脑子根本就不工作，没法理解这个深奥的问题。我从未料到我居然没有办法把这种问题说清楚。曾有那么几分钟的时间，他努力想要弄清楚我的话的意思——我记得当时我还在想我们都吃了这种菌子，现在我都好奇当时我的眼睛会不会和他一样模糊——然后他就开始自说自话了。

"我们是，"他打着饱嗝，很一本正经地说，"吃我们吃的东西喝我们喝的东西的生物。"

他把这话重复了一遍，当时我觉得我正想和他好好说说，于是就开始为这个问题争论起来。当然，我说的话可能有点跑题。可凯沃显然打定主意不好好听。他摇摇晃晃站了起来，还把手放在我的头上，以便站得稳一些——这动作可是很不礼貌的——他站着四处观望，根本不怕什么月球生物的出现。

我竭力想表明我觉得这么做很危险，虽然自己也说不清楚为什么危险，可我的舌头不听使唤，我记不得说出来的到底是"危险"还是"不慎重"了，好像说的是"有害的"；本来想先把这几个词搞清楚的，可我很快又跟他争起来。我对着两旁陌生的，却好像在聚精会神倾听的珊瑚状植物高谈阔论着。我觉得有必要马上把月球和土豆的问题搞清楚——我又跑题了，用了很长的时间去论证在辩论时要定义精准的重要性。我完全忽略了一个很重要的情况——我的身体已经感觉到不对劲了。

我现在也想不起来我是怎么绕啊绕，就绕到向月球移民这个问题上去了。"我们一定要占领月球。"我说，"没有什么好犹豫的。这是我们白种人的一种义不容辞的责任。凯沃——我们是——哕——州——啊——州长。恺撒大帝连梦都没有梦到的事情。会上报的。凯沃瑞西亚·贝福德西亚——有——有限公司。我的意思是无限公司！真的！"

看来我的确中毒了。

我滔滔不绝地说我们的到来会给月球带来多大的利益。虽然我还是很难证明哥伦布的到来对美洲大陆有什么好处。我发现我忘了我要说什么，也忘了要怎么说下去，只是不断地重复着"就像哥伦布那样"。

后来发生的事我就不记得了，也记不清那可怕的菌子到底还在我们身上发生过什么作用。我模模糊糊记得我们宣布了我们荒谬的立场,说我们再也不会忍受那倒霉昆虫了。我们认定,人类长期躲在一个小小的星球上的行为是可耻的,我们随后还弄了许多菌子当武装来保卫自己——到底是不是用来当手榴弹用,我也不记得了——然后我们也不顾那些尖叶植物的刺,昂首挺胸就走到了阳光下。

一走出去我们就碰上了月球人。一共六个,正在一个遍地岩石的地方排成单列前进,一边走一边发出非常奇特尖厉的嗖嗖声。他们好像同时注意到了我俩,一下子都站着不动了,也都不出声了,脸都对着我们。

一时间,我清醒过来了。

"又是昆虫,"凯沃嘟囔着,"昆虫!他们以为我会肚子贴地地爬——我可是脊椎动物!"

"肚子。"他慢腾腾地重复了一遍,就好像正把这个词给他带来的侮辱慢慢嚼碎。

随后他突然愤怒地大叫一声,狠狠地跨了三步,冲月球人跳过去。他这次跳得很不好,在空中翻了几个筋斗,嗖嗖地在他们头顶旋转着,最后"吧嗒"一声摔进了仙人掌丛中不见了。我实在无法揣度月球人对凯沃这个外星人的这种突如其来的、在我眼中很不雅的入侵会怎么看。我依稀记得他们受到惊吓后如鸟兽散状的背影,不过记得也不是很清楚。在我最后彻底失忆前的这些事，在我脑海中的印象都很模糊。然后我也迈了一步去找凯沃，但是也绊倒了，头朝下摔在了石头上。这点我很肯定，我当时马上就觉得不舒服了，不，应该是很不舒服。我仿佛记得我激烈地挣扎过，还被什么金属钳子一样的东西紧紧抓住……

　　我还记得后来我们成了囚犯，被关在月球地表下面不知多深的地方；四周漆黑一片，只听见奇怪的让人心烦意乱的声音。我们身上到处都是划伤和擦伤，头痛得快裂开了。

第十一章　月球人的脸

　　我发现自己在一个伸手不见五指的地方，四周闹哄哄的。我一时不明白我到底身在何处，也不知道我是怎么陷入这种混乱之中的。我想起了儿时常常钻的壁橱，想起了我生病的时候那间闹哄哄的卧室。但是此刻周围的声音却不是我所熟悉的，而且空气中弥漫着一种淡淡的牲口棚的气味。然后我猜测我一定是还在做着制造飞行器的工作，好像不知怎么地又跑到了凯沃家的地窖里。我记得我们已经把飞行器造好了，然后又想自己现在可能就是在飞行器里，在太空里飞行吧。

　　"凯沃，"我说，"我们就不能点上灯吗？"

　　没人回答。

　　"凯沃！"我还不死心。

　　我听到了呻吟声。"我的头！"我听见了凯沃的声音，

"我的头！"

我觉得眉心有点疼，于是试着用手去按，可是发现双手被捆住了。这着实吓了我一跳。我把双手抬到嘴边，用嘴摸出了一种滑滑的冰凉的金属感。捆住双手的好像是链条。我尽力想把腿分开，结果发现双腿也一样被捆住了，更糟糕的是，我的整个身体都被一条更粗的链条从腰部那里捆住了，拴在地上。

虽然这一路上我们也曾经历种种稀奇古怪的事，但是我从未像现在一样恐惧过。我一直默默使劲，想挣脱这些束缚。

"凯沃！"我尖声叫了起来，"我怎么被捆住了？您凭什么捆住我的手脚？"

"不是我捆您，"凯沃非常无奈地说，"捆您的是月球人。"

月球人！我听到这句话，愣住了。然后我想起来了：满眼荒凉的雪原，哧哧融化的空气，飞速生长的植物，我们在陨石坑中奇特的跳跃，在坑中的丛林里的匍匐前进，还有我们疯狂寻找飞行器的苦恼也记起了……最后我想起了那个盖住深渊的巨大无比、缓缓打开的盖子！

然后我绞尽脑汁想弄清楚，在我们最后的动作和现在的处境之间究竟发生了什么事，但是我的头疼得根本无法思考。这成了我无法逾越的屏障和记忆中的一段空缺。

"凯沃！"

"什么？"

"我们这是在哪儿？"

"我怎么知道？"

"我们死了吗？"

"胡说八道！"

"那我们就是被他们抓住了！"

凯沃什么也没说，只是从鼻子里哼了一声。我发现我们吃下的那种菌子的余毒让凯沃的脾气变得很糟。

"您打算怎么办啊？"

"我怎么知道该怎么办？"

"那好吧！"我说，然后也不说话了。终于，我从恍惚中清醒过来。"天哪！"我失声叫道，"您能不能别哼哼了！"

我俩又都不说话了，耳朵里满是混乱无序的嘈杂声。这沉闷的声音就像是从大街或是工厂里传出的。我根本听不出来这是什么声音。我的注意力先是追随着某种节奏，然后是另一种，徒劳无用地进行分析。不过很快我分辨出了一种新的更尖厉的声音，这种声音在一片混乱的声音中显得非常明显、突出。这声音小而坚定，像是垂落的常春藤轻拂玻璃窗的沙沙声，也是鸟儿在纸盒上踱步的嗒嗒声。我们一边听一边四下张望，但是黑暗织就的丝绒幕布把我们紧紧围住，让我们什么也看不见。后来又传来另一种声音，像钥匙在锁孔中随意转动的声音。然后我眼前突然出现了一条细细的光亮，仿佛悬在丝绒幕布上的银丝线。

"看啊！"凯沃小声说。

"这是什么啊？"

"不知道。"

我们目不转睛地盯着。

细细的光亮现在拓宽成了一条白色的带子，仿佛映在白墙上的青色月光。这条光线的两边并不是平行的：有一边是深凹进去的。我转过去对着凯沃说话的方向，告诉他光线的变化，却惊喜地发现他的耳朵现在就沐浴在明亮的光线里，不过身体的其他部分还是看不见。我尽力转过头来说："凯沃！光线是从后面来的！"

然后他的耳朵重新湮没在黑暗之中——现在光照到的是他的一只眼睛！

突然，光线透进来的那条缝隙变宽了，看起来像是一扇打开的门。门外是一派天蓝色的景象，门口站着一个逆光的轮廓古怪的剪影。

我俩都极力想转过身，但是没用，只好身体不动扭过头看。我的第一印象是这个剪影是个笨拙的四脚兽，头长得很低。随后我看出来应该是一个月球人瘦弱的身体和两条又细又短的罗圈腿，他的头低着垂到双肩之间的位置。此刻他没戴头盔，身上还是穿着衣服。

当时他只是一个黑色的模糊的剪影，但是我俩本能地给他的影子加上了人类的特征。比如，我至少觉得他明显有点驼背，脑门儿很大，长一张长脸。

他前进了三步，然后停了一会儿。他走起路来好像完全就不会发出任何声音。然后他又向前走。他走路的姿势像鸟，一只脚永远在另一只脚前面。他径直走出了从门外透进的光亮，消失在无边的黑暗之中。

我的眼睛搜寻了他好一会儿，不过都找错了方向，接着我就发现他正站在光亮之中，正对着我俩。只不过，他脸上根本就没有我设想的那些人的特征！

当然，这点我本来应该料到的，只是我没有想到而已。他径直对着我走过来，把我吓坏了。似乎他没有脸，虽然那个位置应该有张脸，哪怕只是一个面具呢。这种看不清楚的恐怖和畸形的脸，很快就能让我们看清、明白了。他没有鼻子，两只无神的死鱼眼鼓鼓地长在脸的两侧——我只看到剪影的时候把眼睛当成耳朵了。他好像根本就没长耳朵。我后来竭力想用笔画出这样的脸，不过我实在做不到。他长着嘴，嘴角向下撇着，就像一个怒目而视的人的嘴……

连接头部和肩膀的脖子由三段组成，很像螃蟹腿的那些短关节。他四肢的关节我看不清楚，因为四肢都用绑腿一样的带子裹起来了，这也就是他们身上唯一用来遮羞的衣物了。

他就这么站着，打量着我们！

当时我心里只有一个念头，那就是这种生物绝不是真实存在的。我猜他也被我们的样子吓坏了，而且应该比我们吓得更厉害。只不过——我忍不住要骂——这个月球人真他妈的厉害，他表面装得风平浪静的样子。谁都明白两种完全不同的生物这样突兀地相遇，彼此会是什么感觉。想想看，对中规中矩的伦敦人来说，让他们遇见一些活物，个头跟人差不多，长相却完全不是任何一种地球动物可能的长相，这些东西还在海德公园里跟着羊群一起奔跑，伦敦人会有什么反应！我想这个月球人此刻的感受也差不多是这样吧。

再来看看我们是什么样的尊容！手脚被捆着，疲惫不堪，邋遢之至；胡子都有两英寸长了，脸也被划得一道一道的，还流着血。你想象一下凯沃的样子。他的灯笼裤已经被尖利的树叶撕成了几缕，他穿着猎装衬衫，戴着顶旧板球帽，他头发直立着，乱蓬蓬的，到处乱翘。在蓝色光线的照耀下，他的红脸变成了紫色，嘴唇发紫，手上凝固的血迹也发黑了。我的样子可能还不如他呢，因为我曾经还跳进橙色的菌类中去，弄得身上到处都是橙色的粉末。我俩的外套上的纽扣也掉光了，脚上穿的鞋也被脱下来，放在脚边。我们就这样背对着蓝光坐着，盯着这个月球人看，想不通造物主怎么造得出这样的怪物来。

　　凯沃打破了沉默，他要开口说话了，这才觉得嗓子有点干涩，于是他先清了清嗓子。外面突然传来一声恐怖的咆哮，好像是怪兽遇到了什么麻烦。后来又听到了一声尖叫，然后一切重归平静。

　　现在月球人转过身去，很快走入了阴影中，站在门口思考了一会儿，然后把门关上了。这样一来，我们又跟刚醒来的时候一样，置身于无尽的黑暗之中了。

第十二章　凯沃的建议

我俩很长一段时间都没吱声。要把发生在我们身上的所有的事情都集中起来，整个地想一遍，看来我的脑力是做不到的。

"他们终于把我们抓住了。"我终于开口说话了。

"就是那菌子惹的祸。"

"您要是这么说的话——如果我没吃那菌子，我俩肯定都饿死了。"

"但是我们在饿死之前可能就已经找到飞行器了。"

他这么执拗，我一下子就火了，开始在心里骂起来。我们一时又不说话了，都恨对方。我的手指在两膝之间的地面上敲打，把脚镣上的链环相互摩擦着。没过多久，我没办法还是得和他说话。

"您觉得这是怎么回事？"我只得低三下四地问他。

"他们应该是能理性思考的动物——他们能制造工具，还能借助这些工具来达到他们的目的。我们看见的那些光亮……"

他没有继续说下去，显然他也不知道是怎么回事。

然后他又开始说话，不过说的话只是想承认他也不懂："反正他们比我们预想的更类似于人类。我觉得——"

他又不说了，真是讨厌。

"然后呢？"

"我觉得，不管怎样——要是在一个星球上能有一种有智力的高级动物存在的话，这种高级动物的脑袋一定是长在躯干之上，应该长着手，还能直立行走。"

他显然又开始跑题了。

"我们现在离月球表面的距离，"他说，"我想——应该有几千英尺了，搞不好还更深。"

"您怎么知道？"

"这里比地面凉爽多了。而且我们的声音听起来也大多了，说话没那么费力了。那种月球大气中阻碍声音传播的物质，在这里根本就不存在了。而且耳朵和喉咙的不舒适感也没有了。"

他不说的话我还没有注意到，他这么一说，我还真觉得是这样的。

"这里的空气气压也更高了，因此我判断我们应该是在离月球表面有一定距离的深处——可能这里距月球表面有一英里也说不定。"

"我们可从没想过在月球地下会有一个世界。"

"是啊。我们是没想到。"

"我们怎么想得到呢？"

"其实我们完全有可能想得到的。当然，前提是要养成思考的习惯。"

他沉思了一会儿。

"现在，"他继续说，"事实就这么明显地摆着。"

"当然了！月球一定到处都是洞穴，各个洞穴中都有大气，在众多的洞穴中间应该是一片海洋。"

"众所周知，月球的引力比地球引力要小；月球表面空气稀薄，几乎没有什么液态的水；月球是地球的卫星；月球的构造跟地球是不一样的，而且原因尚不清楚。因此我们完全可以轻而易举得出结论，月球应该是中空的。可是迄今为止居然没有一个人认识到这个显而易见的事实。当然，开普勒——"

他的声音显得兴致勃勃，好比一个人发现了一套非常完美的推理一样。

"对，就是这样，"他继续说，"开普勒和他的理论应该是对的。"

"要是您能在我们出发前就花点时间思考这种问题的话，该多好啊。"我开始讽刺他。

他没有回答我，又开始哼哼，我知道他还在想这个问题。

我的火气渐渐平息下来。

"您说我们的飞行器到底怎么了？"我问。

"当然是丢了。"他心不在焉地说，就像在回答一个非常无聊的问题。

"是丢在丛林中了？"

"当然了，除非月球人发现它了。"

"如果他们真的发现了呢？"

"我怎么知道？"

"凯沃，"我异常绝望，用一种讽刺的语气跟他说话，"事情的发展看来对我的公司极其有利啊……"

他还是不理我。

"我的天哪！"我高声叫了起来，"想想我们都遇见了哪些麻烦，又是怎么会搞成现在这样的！我们到底来干什么了？我们到底想要什么？月球对我们有什么意义？我们对月球又有什么意义？我们的欲望太多了，我们也太用功了！我们本应该掂量掂量自己，先从小事做起。都是您，提出要登月！还有那些凯沃物质覆盖的卷帘！我敢肯定地说我们本该把它用在地球上做点什么的。我敢肯定！您当初到底有没有明白我的意思？还有那个钢罐——"

"一派胡言！"凯沃不耐烦地打断了我的话。

我们都气得说不出话来。

过了一会儿，凯沃开始一个人断断续续地叨叨起来，我不说话，就听着，也没觉得听了能解决什么问题。

"要是月球人真找到了我们的飞行器的话，"他开始说，"要是他们真找到了……他们会把飞行器怎样？嗯，这倒是个问题。很有可能问题就出在这儿。不过他们搞不懂那个飞行器是用来做什么的。要是他们搞懂了的话，他们早就飞到地球上去了。他们为什么不去？为什么他们不能去？就算他们不去，他们也可能已经送了点其他什么东西到地球去了——他们要是逮着这机会，才不会放过呢。他们绝不会的！他们可能会研究研究。显然他们有智力，能思考，能分析问题。他们会研究研究——然后钻进去——然后到处胡乱碰按钮。然后飞行器会飞起来！……天！这么说我们这辈子就别想离开这月球了？！真是奇特的动物，奇特的知识啊……"

"说到奇特的知识——"我本想说点什么，但是不知道该怎么说。

"说到这儿，贝福德，"凯沃说，"您可是自愿参加这次冒险的。"

"但是是您跟我说，就是一次'探测'。"

"对啊，探测也总会有危险的啊。"

"您说得对，尤其是您没有武装，又不事先把各种可能性考虑清楚，危险发生的可能性就更大了。"

"我一直都在专心致志研究飞行器。这飞行器让我们太激动了，然后弄得我们飘飘然的。"

"您想说的是让我激动了吧。"

"我也一样激动啊。我开始着手研究分子物理学的时候怎么想得到有一天我所做的一切会单单把我引到这里来？"

"就是这个该死的科学，"我喊道，"才是真正的魔鬼。现在看来中世纪的牧师们，还有那些主张宗教迫害的人是有道理的。近代的观点全都不对。你敢瞎搞什么科学，它就送你点礼物，给你点颜色看看。只等你伸手去接这礼物时，它就会出其不意地让你粉身碎骨。它让你长期处于一种亢奋状态，给你新的武器——然后它颠覆你的宗教信仰，推翻你的社会概念，最后还把你扔进荒凉和痛苦的深渊之中去！"

"不管您怎么想，您现在这样跟我争吵又有什么用呢？这些动物——我是说这些月球人，或者您喜欢叫他们什么都成——他们把我们抓住了，手脚都绑了起来……从我们之前的经验来看，我们得先冷静下来才能想到办法。"

他没继续说下去，可能是等着我肯定他的话。但是我还是坐着生气。"该死的科学！"我接着骂。

"现在的问题是我们如何跟他们交流。我估计我们连手势都不通。比如，用手指东西。除了人类和猿猴用手指东西以外，没有其他的动物能看懂这种手势。"

这个例子我简直无法苟同。我激动地吼："几乎所有的动物，都知道指东西，用眼睛指，用鼻子指！"

凯沃仔细想了想。"对，"他最后说，"可是我们人不会用眼睛指，用鼻子指。我们的方式是有区别的——问题就是这种区别！"

他接着说了下去：

"但是他们可以……该怎么说呢？他们可以用语言交流啊。比如他们会发出一种尖厉像笛子的声音。我知道我们人类是无法模仿的。这个声音是不是就是他们的语言呢？他们还可能有不同的交流手段。当然，他们是有智力的高级动物，我们也是有智力的高级动物，所以我们两种'人'一定有某种相通之处。谁又敢说我们永远都没法跟他们交流呢？"

"这些事情已经是我们力所不能及的了。"我说，"他们和我们之间的不同远远大过地球上最另类的动物和我们之间的差异。他们完全就是异类。我们这样谈下去又有什么用呢？"

凯沃想了想："我不太同意您的看法。只要有思想，能思考，就一定有相通之处——哪怕是不同星球的两种生物之间。当然，前提是他们也有交流的本能，也是和我们人类一样的动物。"

"可问题是他们是吗？他们长得根本就不像人，倒像是能够用后腿直立行走的蚂蚁。有谁能和蚂蚁进行什么交流呢？"

"那么这些机械装置和衣服又怎么解释呢！我无法同意您的观点，贝福德。虽然我们和他们的区别的确很大——"

"大到无法逾越。"

"那就用相似之处去弥补。我记得以前读过已故的高尔敦教授写的一篇文章，是关于星球间交流的可能性的。很遗憾的是，当时我觉得这篇文章对我没什么用，我可能也没有足够重视它。早知道有今天，我就应该仔细研读的。嗯，现在让我回想一下。

"他的观点首先源于那些广义的真理，这些真理是构成所有的可理解的精神存在的基础，同时也是基于这些可理解的精神存在的。先谈谈几何学的几条宏观理论吧。他主张用欧几里得的某个主要观点来从结构上说明我们众所周知的几何真理。比如，可以用来证明等腰三角形底边的两角相等，如果把两个等腰的长度向下延伸相同长度，底边的两角依然相等。还可以用来证明在一个直角三角形斜边上作一个正方形，其面积等于两直边上所作的两个正方形之和。要想证明我们掌握了这方面的知识，首先得证明我们有推理的能力……现在，要是我……我也可以用手蘸点水画出这个几何图形，要不然在空中画也可以……"

他停下不说话了。我坐着仔细思考他的话。我一下子被他宏伟的沟通梦想所吸引了，想和这些奇特的生物交流。随后筋疲力尽的痛苦和身体上的痛楚让我又气又绝望。我突然觉得我所做的每一件事都荒唐透顶。"笨蛋！"我骂道，"真是十足的笨蛋……我好像生来就是为了到处乱逛做这些蠢事的。我们为什么要离开飞行器？……难道就为了到处乱蹦，在月球上寻找专利和租界？！要是当时我们长点脑子，能在当地找根棍子，拴条手绢什么的，做个标记就对了！"

我怒气冲冲，干脆躺了下来。

"很明显，"听他的声音，他像是在沉思，"他们应该是智力动物，我们可以把事情拿来推导一下。他们并没有马上把我们杀死，那么他们一定懂得仁慈。仁慈！无论如何，可以说明他们是懂得自制的。那么也就说明他们是懂得相互交往的。他们可能会见我们的。这个关我们的地方，还有我们刚刚看到的看守，还有这些手铐脚镣，都说明了他们是有高级智力的动物……"

"我向上帝起誓，我多希望我根本就没来过！"我喊道，"我都想过两遍了。一个跟头接一个跟头，一次又一次的侥幸逃脱。就是因为我信任您！为什么我不坚持写自己的剧本？那才是我应该做的，能够做的。那才是我应该生活的世界，才是我应有的生活。要是我没来这里，我的剧本都应该写完了。我相信……应该是个好剧本。对于剧情，我早就是成竹在胸了。可是……您想想！我就跳到月球上来了。这么一来，我相当于把我的整个生活都丢了！还是我在坎特伯雷附近的小酒馆遇见的老太太聪明。"

我抬头一看，话只说了一半就打住了。那种蓝色的光亮又出现在黑暗中了。门又打开了，几个月球人默默走了进来。我屏息凝神看着他们奇怪的脸。

突然，本来让我很不高兴的陌生感被好奇所替代了。我看见走在最前面的两个人手里都端着碗。这说明至少我们双方都能理解这种最基本的生存需要。碗是用金属做成的，质地有些像我们的手铐脚镣，在蓝色的光线中显得黑乎乎的。每个碗中都有很多白色的东西。这么长时间以来一直让我压抑的疼痛和遭遇都一齐袭来，变成了饥饿。我盯着碗的眼神一定像头饿狼。我注意到他们端碗的手臂末端根本不能叫手，只有一种厚皮片和拇指。就像是象鼻子的末端一样。虽然这种情景在我的梦中反复出现了多次，但是现在真的出现在我的眼前的时候，我又觉得这不过是一个小问题而已。碗里装的东西质地比较松散，颜色呈奶棕色——像我们吃的蛋奶酥，可闻起来却有一种蘑菇的味道。几天前我们曾见过从怪兽身上割下来的肉，所以我觉得碗里装的应该就是怪兽的肉了。

我的手被手铐铐得紧紧的，都有点够不到碗。但是他们一看到我这么吃力，其中两人就敏捷地把我手上捆的东西松了一圈。他们的"手"像是触须，感觉柔软冰凉。我马上抓了一大把吃的塞进了嘴里。这种食物吃起来跟月球上其他有机物的肌理差不多，味道有点像煎饼或是半融化的蛋白糖霜，不过一点都不难吃。我又吃了两大口。"我吃——东西啦！"我一边说，一边又扯了更大的一块肉下来……

我们就这样肆无忌惮地吃着。我们就像救济所的流浪汉那样狼吞虎咽。这种饿得快发疯的感觉真是空前绝后。在一个离我们住得好好的世界二十五万英里以外的地方，在精神极度混乱的状况下，被逮住了，周围围满了奇怪的"人"，被他们奇怪的眼光注视着，还被他们碰。这种奇怪的"人"比噩梦中能梦到的最糟糕的丑八怪都要稀奇古怪。就在这种情形下，我居然还能忘我地胡吃海塞。他们站在我们周围看着，时不时发出轻轻的叽叽喳喳声，我想这就是他们在说话吧。他们碰我，我抖都懒得抖一下。等我吃东西的最初的狂热过去以后，我才注意到凯沃，他也跟我一样一直在不顾形象地大吃特吃。

第十三章　交际试验

等我们吃完了，月球人又把我们的手重新捆牢，把我俩脚上的脚镣松开重新捆上，以便给我们留出一些活动的空间。然后他们解开了拴在我俩腰间的链子。要完成这些动作，他们必须要把我们翻过来又弄过去，因此，他们奇怪的脑袋时不时地会凑到我的面前，有时他们触须样柔软的"手"会碰到我的头或是脖子。我记得当时我对他们的这种亲密接触，好像既没有觉得害怕也没有觉得厌恶。我想我们脑袋里还是有很顽固的赋予神、动物以人性的拟人论，我们总觉得他们的面具下应该长着一张人类的脸。他们的皮肤和周围的物体一样，可能是因为蓝色光线的缘故，也是蓝色的。皮肤看起来有些坚硬而且很有光泽，很像甲壳虫的外壳，不柔软，不温润，也没有毛发，这些跟脊椎动物一点也不像。从他们头顶到后颈长着一丛低矮的白花花的刺，双眼上方都有一条更宽的弧形隆起。帮我们松绑的那个月球人甚至还用嘴来帮忙解链子。

"看起来他们是要把我们松开，"凯沃说，"您要记得我们现在是在月球上，所以不能做突然的动作！"

"您是不是想试试您刚才讲的几何学的知识啊？"

"要是我有机会的话。不过，他们很可能会先试探我们。"

我们就这样待着没动。月球人把这一切都做完以后，就退回了原处打量我们。我只能说好像是在打量我们，因为他们的眼睛是长在脸的两侧而不是脸的正面的，所以无法判断他们到底往哪儿看，就像我们不知道鸡和鱼的视线方向一样。他们在交谈，可是他们芦笛般的声音我实在听不懂，也模仿不来。我们身后的门现在敞得更开了，我扭过头去，看见门外一片看不太清楚的空地上，黑压压地站了一大片月球人。他们可真是一群好奇心重的乌合之众。

"他们是想让我们模仿他们的声音，说他们的话吗？"我问凯沃。

"我觉得不是，"他说，"我觉得他们是想让我们明白他们的意思。"

"我完全读不懂他们的手势。您有没有注意到这个人，他一直在不停地扭动脖子，就像领口那里有什么让他不舒服的东西似的。"

"我们也学他的样子摇摇头试试。"

我们于是摇了摇头，发现没什么用。又试着模仿他们的其他动作。这下他们感兴趣了，因为他们居然都开始做起了同样的动作。可是好像这也没有什么意义，于是我们不一会儿就放弃了，他们也跟着停了下来。他们好像开始尖声地争论起来。然后他们中一个最矮的、最壮的，嘴巴也是最大的，忽然在凯沃旁边蹲下，把手脚都并拢，做出一副被捆绑的样子，然后做了个很灵活的动作站了起来。

"凯沃，"我高兴地叫了起来，"他们是想让我们站起来！"

他目瞪口呆地看着，然后说："对，他们就是这个意思！"

由于我们的手被捆着，所以我们挣扎了一会儿才喘着气站了起来。可能是被我们粗重的喘气声吓住了，这些月球人往后退了退，叽叽喳喳说得更热闹了。我们刚站稳了，刚才那个矮小粗壮的月球人就走了过来，用他的触须"手"拍了拍我俩的脸，然后径直朝门口走去。他的意思很明显，我们顺从地跟他走。我们看见守在门口的四个月球人明显比其他人要高大，穿着打扮跟我们先前在陨石坑里看见的那个月球人是一样的，也戴着圆形的头盔，头盔上有刺，穿着像筒一样的盔甲，每人"手"持带尖刺和护手的狼牙棒，这种狼牙棒的质地看上去跟他们的碗是同种金属。这四个月球人跟着我们走了出去，我和凯沃身边一边一个，就这样我们从黑暗的牢狱走到了光亮的大洞穴中。

我们当时对这个大洞穴并没有什么深刻的印象。我们的注意力全在身边的月球人的一举一动和态度上了，我们也小心翼翼地时刻留心要控制自己的动作幅度，免得步子迈得过大把他们吓住。走在我们前头的就是那个矮小粗壮的让我们站起来的月球人，他一边走一边不停地做着各种手势，绝大部分手势我们都能理解，他让我们一直跟着他走。他那张坑坑洼洼的脸一会儿看看我，一会儿又对着凯沃，脸上的急促表情仿佛在问着什么。我要说的是，当时我们就顾着留心这些事了。

最后我们终于见到了我们长时间活动于此的如来佛掌心——我们所有的活动都一直没有离开过这里。我们也终于看到了长时间不绝于耳的声音的来源——这种声音自从我们从那种菌子的毒性中恢复过来以后就听到了——原来是一大群运转之中的机械设备发出的声音。透过身边的月球人彼此之间的缝隙，我模模糊糊看到了这些机器上不停转动的部件。这些机器运转的时候不仅会发出声音，而且还发出蓝色的光线，也就是我们看到的光线。我们没有觉得有什么好奇怪的，虽然我还是第一次看到这样的地下洞穴里有人工照明。不过很快我就意识到这种人工照明的重要性了——四周很快就黑了下来。我俩都无法解释我们眼前的这组机械装置的意义和构造，因为我们不知道它们是用来做什么的，也不知道它们的工作原理是怎样的。巨大的金属杆从中心部分甩出来又甩上去，每根金属杆的末端都像沿着一条抛物线在运动。每根金属杆在运动到最高点的时候都会甩出一根悬垂的臂，随后就沿着抛物线下落到一个垂直的筒内，悬垂的臂落下以后金属杆才会随之下落。在这些机器的周围都有"人"看守着，这些人生得矮小些，跟我们身边的这四个人不一样。随着机器的三根悬垂臂的下落，会有"当"的一声，然后就是轰鸣了。从垂直的筒顶端会溢出一些炽热的物质，像牛奶沸腾以后从锅里溢出一样，它发出的光亮照亮了整个空间。溢出的物质流入下方的发光的槽内。这种光线和炽热的物质的白热光线不同，是冷峻的蓝光，好似磷光，却又比磷光亮得多。经过蓝色槽以后的物质最后流入遍布洞穴的沟渠中。

啪！啪！啪！啪！随着这些令人费解的机械杆的不断舞动，发光的物质哧哧地倾倒出来。起初我们只是觉得这个机器很大，离我们也很近，可当我看到月球人跟它比起来显得多么渺小的时候，我才开始惊讶于这个机器和容纳机器的洞穴的非凡尺寸。我把目光从这组宏大的机器上面移开，带着一种前所未有的敬畏看着月球人。我停下了脚步，凯沃也停了下来，我俩都看着这轰鸣的机器。

"这东西可真了不起！"我赞叹道，"它是做什么用的呢？"

凯沃的脸被蓝光照亮，露出一副尊敬的模样："我做梦都想不到！真的，您看看这些月球生物——就是我们人类也无法造出这样的东西啊！看看那些悬垂臂，它们是不是用连接杆连接的？"

那个矮小粗壮的月球人并没有注意到这一切，已经兀自走到前面了。他又走了回来，挡在机器前面。我故意避开他的脸不看，因为我猜他是回来招呼我们继续往前走的。他往我们的目的地走了几步，又折回来，轻轻地碰了碰我们的脸，希望我们能回过神来明白他的意思。

凯沃和我对望了一眼。

"我们就不能让他知道我们对这机器感兴趣吗？"我说。

"对，"凯沃表示同意，"我们试试。"他转过脸对着我们的向导，微笑，然后指了指这台机器，然后又指指那台机器，指指头，又指指机器。可能他一时脑子出了点问题，他居然以为简单的几个英语单词能够帮他表达他的意思。"我看它，"他说，"我想它，非常的对。"

他的举动好像暂时制止了月球人让我们继续前进的意愿。他们互相看了看，又聚在一起，用叽叽喳喳的声音快速而流畅地讨论着。然后其中的一个瘦高个走了过来，他不仅像其他人一样打着绑腿，还披着一件披风。他过来用他象鼻子般的"手"揽住了凯沃的腰，很温柔地把凯沃往那个走在前面的向导的方向推。凯沃坚持不走："我们现在也应该让他们明白我们的意思。他们可能把我们当成某种新的动物物种了，也就跟怪兽差不多。我们当务之急就是要从一开始就表现出我们是有理智的兴趣的，是能思考的。"

凯沃开始夸张地摇头。"不！不！"他嘴里还说着，"我，不会跟上，一分钟。我，看，它。"

"您能不能试着给他们讲讲您刚才说的几何原理呢？"在月球人又开始叽叽喳喳商量的间隙，我给凯沃一个建议。

"可能是个抛物线——"他采纳了我的建议，开始讲了。

突然他大叫了一声，然后飞出了起码六英尺远！

那四个全副武装的月球人中居然有人用狼牙棒扎了他！

我立即转身对我身后拿着狼牙棒的月球人做了一个威胁的手势，他吓得往后退了一步。我的举动和凯沃的尖叫和跳跃明显吓傻了在场的每一个月球人。他们面对着我们，慌慌张张往后退。这一瞬间好像持续了很久，我们愤怒地站着，这些非人类站成一个半圆，在离我们一定距离的地方把我们团团围住。

"他居然扎我！"凯沃非常气愤地说。

"我亲眼看见的！"我回答道。

"真他妈见鬼！"我对这些月球人吼道，"我们不可能忍受这种行为！你们到底想把我们怎样？"

我迅速往左右扫视了一眼。在洞穴外蓝色的旷野，许许多多的月球人正蜂拥而来，他们有胖有瘦，但是其中有一个"人"的脑袋明显比别人的大出许多。这个洞穴很低矮，却很宽阔，每个方向都无边无际地隐没在黑暗中。我记得洞穴的顶很低，而且是向下凸起的，仿佛不堪承受岩石之重，随时要垮塌把我们困在这里似的。而且我们没有出路了，没有出路。顶上，地下，每个方向，都站满了这种未知的非人的生物，手持狼牙棒，手舞足蹈地对着我们，而我俩，只是两个手无寸铁、孤立无援的人！

第十四章　令人眩晕的桥

这种充满敌对的僵持只持续了很短的时间。我想我们和月球人都在飞快地思考着。最让我记忆深刻的是我们没有什么好依靠的，我们注定会被困住，会死在这里。我们跑到这里来的疯狂举动此刻让我陷入了无边的懊恼和自责中。我怎么会让我自己做这样疯狂的没有人性的冒险呢？

凯沃走到我身旁，用手抓住我的胳膊。他的脸吓得煞白，在蓝色的光线中看起来跟鬼一样。

"我们没办法了。"他说，"我们犯了个错。他们根本就看不懂我们的手势。我们得跟他们走。因为他们想让我们走，我们只能顺从。"

我低头有些不屑地看了看他，又看了看那些赶来帮忙的月球人："要是我的手没被捆住——"

"没用的，您听我的吧。"他还在喘气。

"我不走。"

"我们得跟他们走。"

他说着就转身，开始朝月球人先前给我们引领的方向走去。

没办法，我也只得跟上，还要尽可能做出一副顺从的样子，手上的手铐时时在向我提醒它的存在。我气得肺都要炸了，热血直往上涌。虽然我们走了很长时间才走出这个洞穴，可我没心思再去关注洞里都还有些什么其他的玩意儿，就算是有也过了就忘了。我全部的心思都集中到我手上的手铐和月球人身上了，特别是拿着狼牙棒的全副武装的那四个。起初他们和我们并排着走，彼此还有相当一段距离，可现在又多了三个人跟着我们，他们就离我们走得更近些了，好像不到一个全臂的距离。他们一靠近我，我就会像一匹挨了打的马一样向后退。本来那个带路的矮小粗壮的是走在我们右侧的，现在又走到前面带路了。

这一幕给我留下了难以磨灭的深刻印象：凯沃走在我前面，耷拉着脑袋，肩头也无力地垂下；那个向导的血盆大口任何时候都闭不上，还时不时转过头来望望凯沃；拿着狼牙棒的卫士一边一个，随时保持警惕，也张着大嘴——就是这样一幅泛蓝的黑白图片。不过，话也不能说得太绝对，除了这些单纯的个人体验，我倒还真记得另一件事情。地面上有一条横穿整个洞穴的一条沟，它沿着我们途经的岩石流淌。里面流淌的也是那种从巨型机器上溢出的发光的蓝色物质。我故意走到沟边，所以我可以很确定地说这种物质并不释放出任何的热量。它只是发光，温度和洞内的其他物体的温度是差不多的，既不烫也不冷。

"哐当，哐当，哐当"，我们正好从那巨型机器轰鸣的金属杆下走过，最后走进了一条很宽阔的隧道。隧道里很安静，安静得我们都能听到我们赤脚走在地上的声音。隧道里也很暗，没有灯，只有我们右边有一丝蓝色的光线。我们和月球人的影子投射在隧道凹凸不平的石壁和顶上，显得异常庞大、滑稽。不时会看见石壁上有些晶体熠熠闪光，像宝石般，走一段就会发现隧道变宽了，又走一段还会看到有分支。这些时不时能看见的隧道的分支也是笼罩在黑暗中的。

我们似乎在隧道中行走了很长一段时间。"嘀嘀嗒嗒"，闪烁的光线好像还发出轻微的声音，我们的脚步声和着回声，无规律地"吧嗒吧嗒"作响。我的思维又回到了我手上的手铐上。如果我这样松一圈，然后又这样拧一下……

要是我一直这么弄我的手铐，他们会不会发现我正在试图把手从弄松的手铐中退出来呢？要是真被他们发现了，他们会怎样？

"贝福德，"凯沃说，"我们正往月球的深处走，离月球表面越来越远了，还在越走越远。"

他的话让我暂时停下了手头的工作。

"要是他们想杀我们的话，"他一边说，一边放慢脚步跟我并肩走到一起，"那么他们没有理由这么一直拖下去啊。"

"是没有什么理由，"我承认，"您说得有道理。"

"他们搞不懂我们，"他说，"他们觉得我们仅仅是一种新奇的动物，比如是种新的月球怪兽。只有让他们多观察观察我们，才能指望他们发现我们是有思维能思考的。"

"您可以跟他们比画一下您的那些几何问题。"我建议道。

"这也是个办法。"

我们拖着脚走了一截。

"您要知道，"凯沃分析说，"我们身边的这些月球人可能是比较低级的月球人。"

"全是一帮蠢货！"我恶毒地骂着，看着他们那些让人气不打一处来的脸。

"但是我们首先得忍着，不管他对我们做什么都得忍着。"

"我们是必须忍着。"我同意。

"月球人中应该有不那么笨的。这里只不过是他们的世界的边远偏僻地区。路还很远，要一直往下面走，穿过洞穴，走过通道，钻过隧道，最后走到海边——应该还有几百英里远。"

他的话让我想到了那些几英里厚的巨石，还有那些隧道，我们现在很可能已经在这些东西下方了。我的肩膀好像突然感到了这些东西的重量。"离开了阳光和空气，"我抱怨道，"只要半英里深就够让人憋气的了。"

"这里还好。这可能是因为——通风！空气是从月球背阴的一面往阳光照射到的一面吹的，这样空气中的碳酸气体就能够供给植物呼吸生长用了。比如，现在我们走的这条隧道的上边就应该有风。这可真是个奇妙的世界啊！最奇妙的是我们所看到的这些金属杆，还有这些机器。"

"还有狼牙棒，"我说，"您可得记住狼牙棒！"

他一时间又走到我前头去了。

"就那个狼牙棒也——"他说。

"也怎么样？"

"我当时是挺生气的。不过当时我们或许真的必须往前走。他们的皮肤组织不同，可能感觉也不同于我们。他们是无法想象我们为什么会有这么大的反应的——就像火星上的生物可能就不喜欢我们地球人用手推人的习惯一样。"

"他们最好注意点，别再用'手'来推我。"

"还有您刚才建议的跟他们比画比画几何学的问题。总之，要想要他们明白我们的意思，就得找出一个他们能够理解的方式。应该从生活的基本要素开始，而不是一开始就跟他们讨论抽象的思维的东西。应该说说像吃的啊，压迫感啊，还有疼痛之类的东西。他们只对生活最基本的东西有反应。"

"这点是显而易见的。"我说。

他继续说到了我们将要见到的宏伟奇妙的世界。从他的语气中我渐渐明白，就算是这个时候，就算是他走到了这么深的非人的世界的时候，他都还没有绝望。他的脑袋里全是机器啊、发明啊，根本就没去想那些让我抓狂的各种事物。而且他倒也不是想要利用这些东西，他就是好奇，就是想弄明白这些玩意儿到底是怎么回事。

"毕竟，"他继续说，"这是个重要的场合。是两个世界的会晤啊！我们会看见什么？想想看，我们脚下的世界将会是什么样子的？"

"要是那儿也这么黑黢黢的，就什么也看不见。"我没好气地说。

"这里只算得上是月球的外壳。再往下走——按现在的情形看——应该什么都有。您难道没有注意到这些月球人之间有很大差别吗？我们一定会遇见什么新鲜事的！"

"只有稀有动物，"我讽刺道，"在被运往动物园的途中才会这样安慰自己呢！他们的目的并不是带我们来参观他们的世界，这不合逻辑。"

"等他们发现了我们是有智力能思考的高级动物以后，"

凯沃说得很自信，"他们就会有了解地球的愿望。就算他们还没有大方到要请我们到处参观，他们也会为了想从我们这儿套点什么知识，来教我们一些什么他们擅长的。而且，他们会觉得那些出乎他们预料的事情是他们有必要了解的！"

他继续幻想着那些月球人是不是有可能会知道地球上那些连他本人都不知道的东西，他就沉浸在思考中，忘了身上狼牙棒留下的伤痛！我不大记得他都说了些什么，因为我一直在关注着我们脚下的隧道，隧道好像越来越宽阔了。从空气中的气味来判断，我们应该是正朝着一个巨大的开阔之地走去。但是这片开阔之地到底会有多广阔，我们谁也无法预计，因为现在眼前还是很黑暗。我们身边那条蓝色光线也越来越窄，最后消失在远方了。现在两旁的石壁也没有了，眼前什么也看不见，只能模糊辨清前方的路和身旁发着磷光的蓝色溪流。凯沃和那个月球向导的影子在我前面继续前进，他们身体的一侧因为离溪流很近，所以能够看清腿和头；但是另一侧，由于没有了石壁的反射，就隐没在一片黑暗中无法辨认。

很快我就意识到我们应该是在下坡，因为那条蓝色的小溪突然不见了。

又走了一会儿，我们好像来到了尽头。那条蓝色的小溪稍稍偏了一下，拐了个弯，继续向前流淌，落入了深渊。也许是因为实在太深的缘故，我们没有听到溪流下落的声音。只是在下面很深的地方可以望见一种蓝色的光亮，应该是一种蓝色的迷雾——真不知道下面有多深。溪流消失以后，四下漆黑一片，只能看到一块独木桥状物从悬崖边伸出，逐渐模糊不清，最后和四周的黑暗混在一起看不见了。从深渊中吹来一阵温暖的风。

我和凯沃尽可能靠近深渊地在边上站了一会儿，朝下面蓝黑色的深渊张望。然后我觉得我们的向导在拉我的手臂。

然后他又离开我，径直向独木桥的末端走去，站上去，回过头来看着我们。等他确信我们是在看着他的时候，他又转回身去，继续沿着独木桥往前走。他走得很稳健，也很有把握，简直就是如履平地。刚开始我们还能看见他的身影，走着走着他的身影就变成了一个模糊的小蓝点，然后渐渐模糊直到最后彻底消失了。我睁大眼睛也只看见有模糊的身影在黑暗中时隐时现。

我们暂时停下了脚步。"对了！"凯沃说。

又一个月球人走上了独木桥，往前走了几步，然后又回过头来漫不经心地看着我们。其他的几个月球人都站在我们身后等我们先走。那个向导的身影又出现了。他回来是想看看我们怎么没跟上。

"前面有什么？"我有些担心。

"我也不清楚。"

"说什么我们也不过去了。"我说。

"就算是把我的手铐松了，我在上面也走不出三步。"凯沃说。

我们就这样面面相觑。

"他们一定不知道什么叫头晕目眩！"凯沃说。

"我们根本就走不过这独木桥。"

"我想他们的想法和我们不一样。我一直都在观察他们。我有些疑惑的是，他们是否知道这里对我们简直就是伸手不见五指。我们怎么才能让他们明白呢？"

"无论如何，我们得想法子让他们明白。"

我想我们说这些，一半是抱怨，一半也是心存侥幸地希望月球人能从我们的话中听懂些什么。很显然，现在我们最需要的就是把事情说明。可是当我看着他们的脸的时候，我就知道想跟他们解释清楚是没什么希望的了。问题就在这儿，我们两种生物之间的相似之处是无法弥补我们之间的差异的。不管怎样，我是铁了心地不上这独木桥的。我迅速地把我的一只手腕从已经松动的手铐中滑出，然后两个手腕往相反的方向使劲拧。我站的地方离独木桥最近，所以当我在弄我的手铐的时候，两个月球人抓着我，把我轻轻向桥上推。

我发了疯似的摇头。"不！不！"我高声叫着，"没用的，你们不明白。"

又有一个月球人过来强迫我。我被推着往前走。

"我有办法了！"凯沃说。我知道他有什么办法。

"别动！"我对着他们吼，"别动！你们倒是不怕——"

我突然跳起来，破口大骂。因为一个月球人的卫士用狼牙棒从后面扎了我。

我把我的手腕从抓着我的小触须"手"中挣脱了出来。我转向那个拿狼牙棒的人。"你去死吧！"我冲他怒气冲冲地吼道，"我早就警告过你不要这么做。你以为我是什么做的，竟然用这玩意儿扎我？！如果你敢再动我一下——"

他立刻又扎了我一下，这就是他的回答。

我听到凯沃惊慌哀求的声音。我真不知道怎么到了这时候他还想要和这些东西妥协。"您听我说，贝福德，"他叫着，"我想出主意了！"但是我顾不得那么多了。这次的受伤好像唤醒了我体内蓄积已久的全部能量。立刻，我"啪"的一声拧断了我的手铐，同时拧断的还有我们对这些月球人不抵抗的所有犹豫和忧虑。至少在那一刻，我被愤怒和恐惧冲昏了头。我根本就没有去考虑结果。我对着那个拿狼牙棒的月球人的脸就是一拳。拧断的锁链还缠绕在我的手腕上。

我的举动立刻引爆了一场骚乱。我觉得月球上的世界本应充满这种骚乱。

我那缠绕的锁链的手好像打穿了他的脸。他立刻就迸裂开来——就像里面包裹着液体的软软的甜品一样！他居然被打成了碎片！他就这么碎了，身体里的体液四处飞溅。仿佛我的这一拳不是打在了月球人的脸上，而是打在了一种潮湿的菌子上一样。我惊呆了！我简直无法相信，这种生物居然是如此脆弱，不堪一击。那一瞬间，我甚至觉得这一切不过都是一场梦。

后来发生的事情让我明白，这不是什么梦境，而是真实且紧迫的当下。从我转过身到那个月球人倒地裂成碎片这一段时间里，凯沃和其他月球人好像都没有动。他们都很紧张地站在我们身后。这种静止状态在月球人倒地身亡以后还持续了至少一秒钟。每个人一定都在费力地接受这个事实。我还记得当时我站着，手臂蜷缩着，也在尽力想搞清楚到底是怎么回事。"下一步该怎么办呢？"我的脑子里在盘算着，"下一步该怎么办？"然后很突然地，大家都动起来了！

我觉得我们必须马上挣脱捆在我们身上的枷锁，要想做到这一点我们必须先把所有的月球人打跑。我面对着那三个手持狼牙棒的卫士。一个人立即把狼牙棒对着我扔了过来，它从我的脑袋上"嗖"的一声呼啸而过，直冲我身后的深渊中去了。

就在狼牙棒从我头顶飞过的时候，我飞身全力向这个月球人扑过去。他转身就跑，但是被我撞在了地上，而且我刚好压在他身上，这下把他整个压成了肉酱，我还为此滑了一跤。他好像还没有立即断气，还在我脚边扭动挣扎。

　　我坐了起来，我身旁的那些月球人都正匆匆往黑暗中逃窜。我使出全身力气拧开了一个链环，这样解脱了我脚上的脚镣，抓着铁链就跳了起来。又是一根狼牙棒，像标枪一样呼啸着从我身边飞过，我闪身扑向狼牙棒袭来的方向。然后我转回身来找凯沃，他还站在靠近深渊的蓝色溪流旁边，哆哆嗦嗦地在扯他的手铐，同时嘴里还胡乱嘟囔着他的办法。

　　"您快点啊！"我对他喊道。

　　"我的手还被捆着呢！"他说。

　　他很快就意识到我是不敢跑回他的身边的，因为我总是计算不好应该用多大的劲，迈多大的步子，弄不好就会跳出边缘掉进深渊里去。于是他只得自己跌跌撞撞地向我这个方向挪过来，双手捆着举在胸前。

　　我一把抓住他手上的手铐，开始帮他解。

　　"那些月球人逃哪儿去了？"他一边喘气一边问。

　　"跑了。但是他们肯定还会回来的。他们扔东西打我们！我们应该朝哪儿跑？"

　　"往有光线的地方跑。转回去往隧道跑好不好？"

　　"好吧。"我同意了，他的手也终于挣脱出来了。

　　我跪下去解他的脚镣。"嘭"的一声闷响，飞过来一个什么重物——我并不知道是什么东西——落在身旁的蓝色的溪流里，溅出很多水滴落在我们身旁。我们右边很远的地方又传来了那种尖厉的声音和口哨声。

我终于扯下了他脚上的脚镣，放在他手里。"用这个打他们！"我说完不等他回话，就沿着我们来时的路大步飞奔起来。我总觉得不安全，仿佛有什么东西随时会从黑暗中跳出来，跳到我的背上似的。我听到了凯沃跟在我后面跳跃的脚步声。

我们一路狂奔。但是你要时刻记住，那种跑和我们地球上的正常跑步可不一样。在地球上跑步，人一往前迈步，脚立刻就会落地；可是在月球上，由于月球引力比地球引力小，人一迈步就会直接射向空中，几秒钟之后才会落地。所以，尽管我俩心急如焚，我们还是得在空中停留一段时间，我数了数，时间长得足够从一数到八。脚一迈出去，然后你立马就飞起来了！在空中的时间里我脑中想着各种各样的问题："这些月球人去哪儿了？他们究竟要做什么？我们能不能到隧道？凯沃跟上来了吗？他们是不是要把他截住？"然后我又落下来，跨一大步，飞上天等着落地再迈下一步。

我发现我前面有个月球人在跑，他跑步的方式就跟我们在地球上的跑步方式是完全一样的。我还看见他不时回头张望，听见他尖叫着向旁边躲开，跑进了黑暗中。我觉得他可能就是我们刚才的那个向导，不过我也不敢肯定。然后我又迈了一步，这下子两旁出现了石壁，两步之后，我就成功地站在来时经过的隧道中了。因为隧道的顶很低，我只得放慢了脚步。转眼就到了一个转弯的地方，我停下，回过头去看看凯沃。随着"吧嗒吧嗒"的脚步声，凯沃出现在我的视野中，一路跳一路把溪流里的蓝光溅出来，他的影子越来越大，最后就撞到我身上。我们互相抓着，站稳了。至少现在这一刻我们是摆脱了追兵，就只有我俩。

我俩都累得上气不接下气。我们一边气喘吁吁地调整呼吸，一边断断续续地说着。

"全让您给搅和了！"凯沃埋怨道。

"胡说八道！"我冲他嚷嚷，"我要是不那样的话我就得死！"

"我们下一步该怎么办？"

"躲起来。"

"我们怎么躲啊？"

"这儿不是很黑嘛！"

"可是往哪儿躲啊？"

"就在旁边的墙上找个洞就行。"

"然后呢？"

"然后就想办法。"

"就这么着吧。走！"

我们继续快步往前。很快就走到了一个有岔路的黑暗的洞穴口。凯沃走在前面。他犹豫了一下，选了一个就像一张嘴一样的洞。这里看上去是个藏身的好地方。他朝这个洞走过去看了看，然后又转过头。

"里面黑乎乎的。"他说。

"您的腿和脚可以帮我们照亮。您腿上到处都沾着溪流里那种发光的物质。"

"可——"

就在这个时候，我们忽然听到了一阵嘈杂的声音，其中一种敲锣一样的"当当"声，已经逼近了隧道的主路。这应该很恐怖地说明有一大堆月球人已经追上来了。我们急忙不假思索地跳进了那个洞里。我们在凯沃的腿上的光亮下一路往前跑。

"真够运气的！"我气喘吁吁地说，"他们把我们的靴子给脱了。要不然像我们这样跑，这里到处都能听见。"我们继续往前冲，只是不敢把步子迈得太大，怕撞上洞顶。这样跑了一会儿，我们就觉得我们应该比那些追兵跑得更快，因为那种嘈杂的喧闹声越来越小，越来越远，最后消失了。

我停了下来，往回看。我听到凯沃"吧嗒吧嗒"的脚步声也越来越慢，然后他也不走了。"贝福德，"他在我耳边低声说，"我们前面好像有光。"

我往前张望。起初什么也没看到，然后我在一个稍亮的背景下分辨出了凯沃的头和肩的轮廓。我还看见这种微弱的亮光不是蓝色的，这一点不像月球上常见的光线，而是微微泛着灰色，有一点点发白，像是日光的颜色。凯沃跟我同时，也许比我还早，发现了这个问题，我想此时他一定也跟我一样充满了强烈的希望吧。

"贝福德，"他小声说，声音有些颤抖，"您看那光线——可能是——"

他不敢说出他所期望的事情。他没继续往下说。随后通过声音，我分辨出他正大踏步地往那白光出现的地方前进。我紧跟着他，心"扑通扑通"跳得厉害。

第十五章　意见分歧

我们越往前走，光亮越明显。不一会儿，周围的光线就和凯沃腿上发出的光亮差不多了。现在这条隧道已经宽得像一个洞穴了，这光线的源头仿佛就在洞穴的深处。我心中的希望也在不断地升腾着。

"凯沃，"我说，"光线是从上面透下来的！我敢肯定是从上面照下来的！"

凯沃并没有回答，而是加快了脚步。

毫无疑问，就是这道灰色的光线，准确地说应该是银色的光线。

很快，我俩就站在了光线的下方。光线是从洞穴石壁上的一个裂缝透进来的。我仰起脸正看着，"滴答"一声，一滴水滴落在我的脸颊上。我吓了一跳，连忙站到一旁，"滴答"，又一滴水滴下来，落到地上，发出很清晰的声音。

"凯沃，"我说，"如果我俩一个爬上另一个的肩头的话，就能够得着那个裂缝！"

"那我来扛您吧。"他说着，一把就把我举起来了，轻而易举地仿佛我是个婴孩。

我把一只手探进裂缝中，手指尖够到了一些凸起物，这样可以让我抓住。现在我看见的光线就更强了。虽然我在地球上体重有一百六十八磅，可是现在我不费吹灰之力就靠两根手指的力量把自己撑起来了，这样我又够到了一块更高的岩石，脚也随之挪上来蹬在我最初够到的凸起物上。我又站起来用手往上摸索着岩石，原来越往上，这个裂缝就越开阔。"可以爬上来，"我回头叫凯沃，"我把手伸给您，您跳起来抓住我的手。"

我把身体夹在岩石缝隙中站稳，然后跪在岩石凸起的部分上面，尽力向下伸出一只手。我看不见凯沃，但是我听得到他蹲下准备起跳时发出的窸窸窣窣声，紧接着"扑通"一声他就悬空抓住了我的手——奇怪的是我怎么觉得我像抓了只小猫一样轻巧！我把他拉了上来，他伸手抓住了岩石的凸起部分，放开了我的手。

"真见鬼了！"我说，"月球上个个都能当登山运动员。"随后我就专心致志往上爬。我爬了几分钟，然后抬头看。现在这个裂缝更宽敞了，而且光线也更亮了。只是——

这光线根本就不是什么太阳的光线。

过了一会儿我才分辨出到底是什么光亮。那时我失望得真恨不得一头撞死在岩石上。我眼前看到的不过是一片不规则的斜坡状的空地，坡上密密麻麻长满了矮小的棒形菌子，每个菌子都闪烁着我们一直看到的淡粉色的银光。我怔怔地看了一会儿它们发出的柔和光亮，然后就在这片空地上跳来跳去。我采了几个菌子，把它们扔到岩石上，然后坐下来，看着刚刚爬上来的凯沃，苦笑着。

"原来又是磷光！"我垂头丧气地说，"别忙活了。坐下来，随便坐！"他嘴里嘟囔着，也很失望，我又随手采了些菌子，扔到裂缝里去。

"我还以为刚才看到的是日光呢！"他抱怨道。

"日光！"我高声喊道，"旭日、夕阳、云朵、和煦的天空！您以为我们还能看到这些景象吗？"

我一边说着，脑海中一边就浮现出了我们地球世界的景象，明媚，清晰，宛如意大利古画的背景："变幻莫测的天空，丰富多彩的海洋，还有阳光下的山坡、绿树、村镇和城市。凯沃！您想想夕阳中湿润的屋顶！再想想晚霞中当西晒的窗户！"他不言不语，沉默着。

"我们现在就在这样一个人不人鬼不鬼的世界中东躲西藏，漆黑的海洋隐没在下面无尽的深渊中，在地表，白天能晒死人，晚上又到处一片死寂。现在所有追杀我们的裹在皮革中的东西——那些昆虫一样的'人'，都像是从噩梦中跳出来的一样！可是，他们有什么错？他们完全正确！我们有什么资格在这里屠杀他们，又有什么资格在这里搅乱他们的世界！我们现在什么也不知道，我们只知道我们身后有这整个星球的追兵。过不了多久我们就会听见他们的哭号和锣鸣。然后我们该怎么办？我们往哪儿躲？现在我们在这儿可舒服了，舒服得就像一条野生蛇被当作宠物养了起来，从此过上了不愁吃喝的生活一样。"

"还不是您惹的祸！"凯沃也很不高兴。

"我惹的祸？！"我很生气，"天知道！"

"我有办法了！"

"去你的办法！"

"要是刚才我们拒绝，一步也不动的话……"

"在狼牙棒的威胁下也不走？"

"就不走。这样他们可能会抬着我们走的！"

"还要抬我们过桥？"

"对，他们应该是从外面开始就一直把我们抬着走。"

"我宁愿让只大苍蝇抬着过天花板。"

"我的天！"

我又开始乱摘地上长的菌子了。突然有什么东西吸引了我的视线。"凯沃，"我说，"这些枷锁的链子是用金子做的！"

他当时正双手托腮，努力思考着什么。听到我的话，他慢慢转过头来看着我，然后我把刚才说的话重复了一遍，他这才把视线转移到他右手握住的链子上面。"真的呢，"他有些无动于衷，"真是金子做的。"他脸上表现出来的兴趣一闪而过。他迟疑了一下，又继续想他刚才思索的问题去了。我坐着，想不明白为什么我现在才看出来这链子是金子做的，后来我终于想到了洞里的暗蓝色光线，就是光线的原因使得各种金属都失去了本来的色泽。发现了这个问题以后，我就开始思考一连串的问题，越想越远。我都忘了刚才我还在质问我们为什么要到月球上来。

是凯沃率先打破了沉默："我想现在摆在我们面前有两条路可走。"

"说来听听。"

"要么我们可以尽力找出路——如果必要的话要杀出一条血路——到外面去，然后去找我们的飞行器，找到为止，否则到了晚上我们会被冻死的；要么——"

他顿了顿。"您接着说。"我催促着，虽然我早料到他会说什么。

"我们还可以再试一次，试着和月球上的这些'人'交流。"

"让我选的话，我会选第一条路。"

"我怀疑这条路行不行得通。"

"我不怀疑。"

"您看，"凯沃开始循循诱导，"我觉得我们不能简单凭我们现在看到的就把所有的月球人一棒子打死。他们的中心世界，他们真正文明开化的世界应该在那个无底洞的下面，近海的地方。我们现在应该是在月球的地壳部分，这里应该只是他们的偏远地区，可能只是个畜牧区。不过这也只是我的猜测。那么，我们遇见的这些月球人也就只是些放牧的牛仔和看机器的苦力。他们的狼牙棒——多半是用来驱赶那些怪兽的——他们想不到我们能够做他们做的事，他们表现出来的野蛮，所有这些都说明他们就是不开化的低等人。但是如果我们能暂时忍一忍——"

"要在那个六英寸宽的独木桥上走过去，下面是无底洞，我俩谁也忍受不了多久。"

"是忍受不了多久，"凯沃说，"可——"

他话说到一半就又想到了一连串新的可能性，"如果我俩能够找个角落躲起来，这个角落应该是一个我们可以保护自己不让那些月球牛仔和苦力伤害我们的地方。设想一下，如果我们能躲在里面坚持一个星期的话，那么，月球上出现了我们这种怪物的消息就能够传到那些人口更密集的地区，传到那些聪明人的耳朵里——"

"前提是这样人口稠密的地区和您所谓的聪明人要存在。"

"他们肯定存在，要不然这些大型的机械设备是从哪里来的？"

"这倒也是一个办法。但是我觉得这是两条路中最糟糕的了。"

"我们还可以在这石壁上刻些字啊。"

"但是您怎么能保证他们的眼睛会注意到我们在墙上做的这些符号呢？"

"要是我们刻上——"

"好吧，就算您说的也是可能的。"

我突然想到一个新主意。"说到底，"我说，"您总不会觉得这些月球人肯定比我们地球人聪明了吧。"

"他们肯定比我们知道得多——最起码知道许多我们不知道的东西。"

"好，就算您说得对，可是——"我犹豫了一下，"凯沃，我觉得您应该承认，您自己就是一个很不寻常的人。"

"怎么不寻常？"

"哦，您——您总是独来独往——我是说以前您总这样。您也没结婚。"

"我从没想过要结婚。可为什么——"

"而且您从来没有让您的财富增长过？"

"我也从来没有考虑过这个问题。"

"那么您生来就是为了探索知识的？"

"嗯，应该说有一定的好奇心是很自然的事——"

"您是这么想的。这样事情就清楚了。您一直觉得别人也会跟您一样好奇。我记得有一次，我问您为什么要做这些研究，您回答说是为了获得英国皇家学会会员的荣誉，想有一种物质能够用您的名字命名，等等。其实您自己心里很清楚，您其实并不想要这些东西，只不过当时我的问题把您问住了，您觉得您应该有什么可以被称为'目的'的企图。事实上，您之所以要做这些研究是因为您必须做。您不做就活不下去。这是您的怪癖。"

"可能是这样——"

"有这种怪癖的人，一百万人中可能找得出一个。绝大部分人想要——嗯，各种各样的东西，但很少有人是为了知识而学习知识的。比如我自己就不是这种人。这一点我很清楚。现在的问题是，这些月球人似乎是一种干劲十足又成天忙碌的东西，但是您怎么能肯定他们中最聪明的人会对我们或是我们的世界感兴趣呢？我相信他们甚至根本就不知道我们来自另外一个完全不同的世界。他们夜间从来不会出现——要是出来的话就会冻死。除了灼热的太阳外，他们很可能从没见过什么天体。他们又怎么可能知道还有一个世界存在呢？就算他们知道了又怎样？那就算他们曾经看到过星星，甚至就算他们看见过新月形的地球，又怎样呢？一种居住在星球内部的人为什么要这么麻烦地去观察这些东西呢？人类做这些事，主要也是为了观察季节的更替和辨认航海的方向，那么月球人又有什么必要要做同样的事情呢？"

"好吧，让我们设想月球上也有像您这样的思考者。他们就是那群压根儿就不知道我们已经到了他们的世界的月球人。打个比方说，您在里普尼的时候，有一个月球人刚好降落在地球上，您也会是唯一一个不知道这件事的人。因为您从来不看报！您现在知道您丧失了多少机会了吧。我们之所以飞了那么长的时间，现在还坐在这里无所事事，就是为了要把握机会啊。我告诉您，我们现在是进退维谷。我们手上没有武器，我们把飞行器弄丢了，我们没吃的，我们被月球人发现了，还让他们觉得我们是一种陌生的、强壮而危险的动物；除非这些月球人都是傻子，要不然他们现在肯定已经出发到处找我们去了，而且不找到绝不罢休。他们要是找到我们的话，他们一定会竭力抓住我们的，要是抓不住活的就弄死我们。这就是事情的结局。就算他们抓住了我们，也可能因为某种误解把我们杀死。等我们死了，他们可能会好好谈谈我俩的事情，可是我们那时已经无法从中获取任何乐趣了。"

"您接着说下去。"凯沃说。

"从另一个方面说，这里的金子用得这么随便，就像我们家乡的铸铁一样。要是我们能带一些回去，要是我们能赶在月球人之前找到我们的飞行器的话，我们飞回去，然后——"

"然后怎样？"

"我们还可以把事情做得更稳妥一些。我们可以再造一个更大的飞行器，带上枪支再飞到月球上来。"

"我的天！"凯沃被吓坏了，好像我的想法非常可怕似的。

我随手又扯下一个发光的菌子往缝隙扔去。

"您听我说，凯沃，"我劝道，"在这件事上我应该有一半的表决权，而且这件事应该交给讲求实际的人来处理。我就是一个讲求实际的人，而您不是。要是我自己就能办到的话，我是不打算相信月球人或是什么几何图形的。我想说的就这些。我们得回去。而且对这里的秘密只字不提——要讲也只能讲一点点。然后再回来。"

他在沉思："或许当初我来月球的时候就应该独自一人来的。"

"我们现在讨论的问题，"我有些不耐烦地提醒他，"是如何回到飞行器里去的问题。"

一时间我们谁也不吱声，抱着膝盖坐着。后来他似乎决定听我的。

"我想，"他说，"我们可以找出一些线索。显然，当太阳照在月球的这一边的时候，空气会从月球背阴的那一边，透过月球海面状的孔，吹向明亮的那一边。与此同时，明亮的这边的空气会膨胀，通过月球的洞穴灌进陨石坑里……这样一来，就有了流动的风。"

"没错。"

"这就意味着我们现在这个地方并不是尽头，这个裂缝会向我们身后的某个地方继续向上延伸，这风是往上吹的，我们应该顺着风的方向走。就算它是个烟囱或是峡谷模样的地方，只要我们努力地爬上去了，我们不仅能够离开他们正在搜寻我们的通道——"

"那要是这些峡谷太窄了呢？"

"那么我们再下来也行。"

"嘘——"我突然说，"您听，那是什么声音？"

我们都侧耳倾听。起初是种模糊的嘟囔声，然后就是响亮的敲锣声了。"他们一定把我们也当成怪兽的同类了，"我说，"想用这种声音来吓唬吓唬我们。"

"他们应该是顺着通道找过来了。"凯沃说。

"肯定是。"

"他们不会想到这个裂缝的。他们会走过去。"

我听了一会儿动静。"这次，"我压低声音对凯沃说，"他们好像是带着武器来的。"

我突然跳了起来。"天！凯沃！"我喊道，"他们会看到的！他们会看到我扔下去的那些菌子！他们会——"

我来不及把话说完，就转身越过了菌子丛，往洞顶端的方向跳。我看见这空间又向上延伸，形成了一个透风的缝隙，往上面延伸到无尽的黑暗中。我正要往上面爬，忽然灵机一动，很高兴地转了回来。

"您又要做什么？"凯沃不解地问。

"您继续爬您的。"我说，又走回去摘了两朵发光的菌子，插了一朵在我法兰绒外套胸前的口袋里，这样的话就可以照亮我们向上攀登的道路了，然后把另一朵递给了凯沃。现在月球人的声音已经很大了，听声音判断他们应该就在这裂缝的下面。不过我觉得他们攀爬起来可能有些困难，要不就是对我们的抵抗有些畏惧，总之他们没有上来。不管怎样，我们总算还有一点可欣慰的，我们由于生长在另一个星球，因此我们的肌肉力量比他们大得多。紧接着，我活力无限地沿着凯沃脚上蓝光照亮的路线往上爬去。

第十六章　月球屠夫洞中的恶战

也不知道我们到底爬了多久才最后爬上了那道栅栏。我们可能只向上爬了几百英尺，但是当时我觉得我们在狭窄的裂缝中努力向上挪着、跳着、挤着，就这样艰难爬行了起码有一英里的高度。每当我回想起这一段经历时，耳边就会响起我们身上的金链子的声音，随着我们的动作一步一响。很快我的手肘和膝盖就磨破了皮，有一侧面颊也受伤了。过了不久，我们最初的狂热劲头就被消磨掉了，动作也渐渐放缓，身上的伤也就不怎么疼了。这时月球追兵的声音已经完全听不到了。可能虽然他们看到了下面那些暴露我们行踪的碎菌子，但他们根本就没有跟着我们爬上来。这缝隙时而窄得我们恨不得削尖脑袋钻过去，时而却宽敞得像个洞穴，点缀着些刺人的晶体，还长着些突出的小包，像发光的菌子。有时缝隙会扭转得像麻花一样，有时又平得接近于地面水平。时不时地能听见身旁的水滴声音。有一两次感觉好像有什么小的生物从我们面前溜过，发出"沙沙"的声音，但是我们从没看清楚它们到底长什么样。它们可能是我们从未听说过的一种毒虫，不过它们倒也没有伤害过我们。而且当时我们也早已习惯了，对这些怪异的爬行生物已是见怪不怪。最终，在上面很远的地方又出现了我们熟悉的蓝光，我们分辨出它是从挡在我们前方的栅栏间透过来的。

我们小声地相互提醒着，动作也更加小心。很快我们就在栅栏的下方了，我把脸贴在栅栏上，可以看到前方洞穴，不过只能看到很有限的一部分。这个洞穴很大，这地方也靠溪流中的光线来照亮，这溪流里的物质正从我们在下面看见过的同样的巨型机器中流出来。溅出来的水滴从我脸旁的栅栏空隙处滴落下来。

我的第一个反应当然是低下头看看洞穴的地上有些什么，但是这个栅栏是安放在一个低洼处，它正好挡住了我们的视线。于是我们的注意力又只得回到我们的耳朵上，尽力分辨着听到的声音。不一会儿我又发现在我们头顶很高的洞顶上有些模糊的影子在移动。

毫无疑问，这里有几个月球人，可能不是几个，是很多，因为我们能听见他们交谈的声音，还有一些轻微的脚步声。另外还有一种有规律的重复的声音——哧、哧、哧——时断时续，应该是刀或是铲子在切一种柔软物质的声音。然后又传来了链子的声音，接着是口哨声和隆隆的震动，仿佛有一辆卡车从中空的地上驶过，然后"哧、哧、哧"的声音又响起来了。从影子来看，应该有些月球人在迅速而有节奏地动作着，而且是合着声音的节奏，声音一停，动作也就停了。

我俩把头凑到一起，用一种蚊子般微小的声音交谈。

"他们应该正忙着呢，"我说，"他们应该正忙着做什么。"

"没错。"

"他们不是来找我们的，也根本就不知道我们在这里。"

"可能他们连听都没有听过我们的事情。"

"那些追兵还在下面找我们呢。要是我们突然出现在这地方——"

我们彼此对望了一眼。

"我们可以尝试跟他们交流。"凯沃说。

"不，"我反对，"像我们现在这样可不行。"

我们就这样僵持了一会儿，各自想着自己的主意。

"哧、哧、哧"，切东西的声音不绝于耳，那些影子也来回移动着。

我仔细看了看栅栏。"这些栅栏不怎么结实，"我说，"我们可以把它们弄弯，然后钻过去。"

我们又磨蹭着说了一会儿。然后我双手抓住一根栏杆，脚蹬住岩石往上挪到差不多跟头平行的位置，然后用力推栏杆。栏杆突然就弯了，我有些措手不及，差点摔下来。我转了个身，用同样的方法把反方向的那根栏杆也弄弯了，然后从胸前的口袋中取出发光的菌子，扔进了缝隙里。

我扭动着身体往栅栏上我拉开的洞里钻。"别着急。"凯沃低声说道。我钻过栅栏，一眼就看见了那些忙碌的身影，赶紧弯腰蹲下，幸好安放栅栏的洼地边缘遮住了我。我躺下来，打手势让凯沃也过来。这样我们就都趴在洼地中，从边缘向外张望，看着这个洞穴和里面的月球人。

这个洞比我们第一眼看到的要大得多。我们现在是在它斜坡形的底部的最低洼处向上看。洞底顺着我们的视线方向逐渐宽敞起来，不过洞顶却越来越低，遮住了洞的深处。沿着洞穴伸展的方向，放着一些庞然大物，很像巨大的白色的船身，大得一眼不能望尽，这些东西的那头隐没在远处看不清楚了。那些月球人就站在这些庞然大物上面忙碌着。最初我们觉得这些庞然大物像是巨大的白桶，也不知道是做什么用的。然后我发现庞然大物上面有几个脑袋正对我们的方向平放着，脑袋上面没有眼睛也没有皮，就像待宰的羊头。这时我才反应过来这应该是已经被宰杀了的怪兽的躯体，它们正在被切割成小块，就像鲸鱼被捕鲸船上的渔民切割一样。这些月球人正在把肉一条一条割下，离我们远一点的几头怪兽的躯干已经露出了白骨。刚才我们听到的"哧、哧、哧"的声音就是他们切割时发出来的。不远处有一个像吊车缆索一样的东西，正拴着大块大块的怪兽肉沿着洞底的斜坡往上拖。这么长的一条路上，摆满了这么多的待切割的尸体，这些都是供月球人食用的肉，足见月球人口有多么庞大，这个事实给我们的震撼仅次于我们初次往下看那个无底洞的感觉。

一开始我觉得那些月球人是站在叉架支撑的木板上的，然后我看见木板，叉架和他们用的斧子都跟我的手铐在洞中呈现的颜色是一样的，都是铅色的。地上有几根很厚重的撬棍，我想一定是用来翻动怪兽的尸体的。这些撬棍大概有六英尺长，有手柄，显然还可以用作武器。整个地方就靠地上交叉流淌的三条溪流照明，我不记得在月球上看见过任何木制的东西，不管是门还是桌子，任何一件在地球上的木制品在这里都是用金属做成的，而且我相信绝大部分是用金子做成的，因为在所有的材质中，从铸造日用品的难易度，从材质本身的硬度和持久度来考量，这种金属最出色。

我们就一直这样一动不动地趴着，直到到处都没了动静。"现在怎么办？"凯沃终于开口说。

我把头低下，脸转向他。我突然有了个聪明的想法。"要是这些月球人不是用起重机把这些肉放下去的话，"我有点害怕了，"那么我们现在并不像我们自己以为的那样高，我们现在就在离地面很近的地方。"

"为什么？"

"因为月球怪兽既不会跳，也没有翅膀飞。"

他从洼地的边缘探出头，向外张望。"我真不知道现在——"他缓缓说，"不过有一点是肯定的，我们其实根本就没向上爬多远——"

我使劲地握了一下他的胳膊，打断了他的话。我听到了从我们身后的缝隙传来的声音！

我们扭过头来，就这样趴着不敢动，浑身每根汗毛都竖起来了。很快，我就确信是有什么东西正在悄悄沿着裂缝向上爬。我慢慢地，一声不响地握紧了我手中的链子，等待着它的出现。

"看看那些手上有斧子的家伙在做什么。"我对凯沃说。

"他们没做什么。"凯沃回答。

我把栅栏上我拉开的那个洞当作假想目标来瞄准。我现在能清晰地听到向上爬的月球人微弱的叽叽喳喳声，听得到他们的"手"攀上岩石的声音，甚至能听到他们脚蹬上岩石时踩落下的尘土的声音。

然后我就看见在栅栏下面的黑暗中有个影子在晃动。但是还暂时看不出是什么东西。那一瞬间仿佛是爆发前的短暂延时——突然"砰"的一声，我一下子跳了起来，对准朝我刺来的东西狠狠砸了下去。原来是一支锋利的箭。我想一定是因为缝隙太过狭窄，而箭又不够长，所以才刺不到我。但是它还是猛地从栅栏中刺了出来，就像蛇进攻时吐芯子那样突然，没有刺中，又收了回去，然后一闪又向我刺过来。这一次我一把抓住了它，用力把它拧到我这边，这时另一支箭又对着我刺过来，好在也没有刺中。

我在抓住箭用力拧的时候，一度感觉到那个月球人也在用力想往回拉，可是不一会儿就无法坚持，只得放弃了。我于是很得意地发出了胜利的吼声。我也用夺来的箭用力向栅栏下方的黑暗中刺。这时凯沃也夺下了一支，在我身边跳着到处乱戳。突然从栅栏上方传来了"哐当，哐当"的声音，然后一把斧子对着我们飞过来，撞在了对面的岩石壁上。这时我才想起来上面还有在切割怪兽肉的月球人。

我转过身去，看见那些屠夫正各自为政，挥舞着手中的斧子向我冲来。他们长得又矮又胖，活像一群小叫花子，挥舞着长长的手臂。这副模样跟我们先前看到的月球人截然不同。要是先前他们并没有听说过我们的话，我只能说他们的反应很快。我手持长箭，死死地盯住他们："要守住栅栏，凯沃。"我说完又吼了一声，想吓唬吓唬他们，然后对着他们冲过去。有两个人朝我扔了斧子，但是没有扔中，其余的立刻就跑了。

这两人也没命地向洞穴的高处逃窜。他们跑步的姿势也很怪，双手紧握，头低着。我还从没见过这样跑步的！

我知道我手中的这支箭对我没有什么用。它又细又不经用，每次只能刺一下来吓唬吓唬人，长得不好收回来。所以我对这些屠夫并没有穷追不舍，只追到第一个怪兽尸体的地方就不追了，我就地捡起一根撬棍。这撬棍拿在手中倒有些分量，来多少月球人就可以打烂多少。我把手中的长箭扔了，又捡了根撬棍握在另一只手里。这下我的感觉比握着长箭时要好五倍。我双手挥舞着撬棍吓唬那些屠夫，他们现在跑到洞穴较高处站着，然后我转身看凯沃。

他守着栅栏，跳来跳去，用他手上那破箭吓唬着月球人。这就对了，这样月球人就不敢上来了——至少暂时不敢。我又仰望了一下洞穴。我们接下来到底该怎么办啊？

我们现在已经被包围了。好在洞穴上方的那些屠夫受了惊吓，我估计他们真是被吓傻了，而且他们手上只有那些斧子，没有其他什么特别管用的武器。我们应该往他们那个方向逃。他们这些矮小粗壮的屠夫——他们比那些放牧的长得还要矮小粗壮——此刻七零八落地站在斜坡上，个个都是一副迟疑不决的表情。而此刻的我就像一头在街上横冲直撞的公牛，气势上就胜出一筹。不过，尽管如此，他们人数众多，这点还是不容忽视。还真是不少。而下面的月球人手上拿的箭也真是够长的。他们别还有什么奇招等着我们……可是！真是该死！如果我们往上面进攻的话，那么下面的追兵就会爬上来；但是如果我们不往上进攻的话，那么这些屠夫的队伍有可能得到增援，恢复元气。只有天知道我们脚下的这个陌生世界里，这个我们只接触到了简单皮毛而其实丰富异常的世界里，会不会立即变出什么毁灭性的武器——也许是枪支，也许是炸弹，也许还有鱼雷。现在显然我能做的就只有进攻了！我看到越来越多的援兵从洞穴的下方向我们聚集的时候，这样的决定就更显而易见了。

"贝福德！"是凯沃在叫，天哪！他居然离开了栅栏，往我这个方向跑来，已经跑到半路了。

"快回去！"我冲他嚷嚷，"您在做什么啊——"

"他们拿着——拿着枪！"

在栅栏那些示威的长箭中间出现了一个瘦削的月球人，他手上拿着一种复杂的器械。

我明白了凯沃在这场战争中的不利处境了。我犹豫了一下，然后挥舞着两根撬棍从凯沃身边冲下去，高声叫喊着想让那人不能集中精力瞄准。他把那东西抵着肚子，用一种很奇怪的方式瞄准。"哧"的一声，像弓弩一样发射了，原来不是枪，当时我正跳到半空中，就这样被击中了。

我并没有立即摔下来，只不过是下落的速度比平时没被射中的时候快一点。从我肩膀的感觉判断，那东西可能只是在我身上弹了一下就飞出去了。然后我的左肩撞在了它的杆上，我觉得应该是被箭刺伤了左肩。我右手握着撬棍，刚一落地，就不偏不倚正好打中一个月球人。他马上就变成了肉酱——他被打烂了，缩成了一团——他的脑袋像个鸡蛋一样碎了。

我扔掉了一根撬棍，腾出手来拔掉了刺在左肩上的箭，顺势用它往栅栏下方的黑暗中乱戳起来。每戳一下，就会听到一阵尖叫和叽叽喳喳的声音。最后，我用尽全力把箭对着他们扔下去，然后捡起刚才扔掉的撬棒，跳起来，向洞穴高处的那些屠夫方向跑去。

"贝福德！"我听见凯沃的喊声，"贝福德！"我听到了，从他身旁飞过。

我记得他从后面跟上的脚步声。

迈步，跳……吧嗒，迈步，跳，吧嗒……每次跳起来好像都长得要命。我就这样向上向前跳着，每跳一步，洞穴就显得越开阔，我看到的月球人的数量也越来越多。

最初他们到处乱跑，就像炸开了锅的蚂蚁一样到处乱跑。偶尔有一两个挥着斧子向我砍来，多半都在四处逃命，有一些人躲进了怪兽庞大尸体间的通道中，然后又看到有月球人扛着箭出现了，一会儿又来了更多的人。我发现了一个很不寻常的场面，所有的这些月球人，在四处逃命时都是手脚并用的。洞穴的高处变得更加黑暗不清。

"嗖！"有什么东西从我头顶飞过！"嗖！"当我迈了一大步正飞在空中的时候，我眼见着一支箭击中了一头怪兽的尸体，在上面颤抖着。然后我刚刚落地，脚后的地面又插上了一支箭。我听到远处传来的"哧"的声音，随之而来的就是这些箭。"嗖！嗖！嗖！"一时间万箭齐发。他们在齐射！

我突然停下不动了。

我想我当时并没有想清楚。我记得我脑中出现了一种刻板的俗语："火线！隐蔽！"于是我冲到两头怪兽尸体之间的空地上躲起来，喘息着，脸上一副穷凶极恶的表情。

我转身去找凯沃，一时间没有找到，仿佛他一下子蒸发了似的。然后他从那一排怪兽尸体和石壁之间的黑暗中钻了出来。我看见他的小圆脸，蓝黑蓝黑的，因为汗水和激动而闪着光。

他好像在说着什么，但是我并不关心他说的是什么。我已经知道我们可以把一头怪兽的尸体挪到另一头，这样隐蔽着向洞穴的上方运动，直到我们和这些月球人近得可以肉搏。只能肉搏了，别无选择。"跟上！"我说，然后就在前面带路。

"贝福德！"凯沃有些无助地叫我。

我们在怪兽尸体和石壁之间的窄路上行进的时候，我的脑子在一刻不停地盘算着。岩石的凹凸不平让月球人无法用箭直射我们。虽然这个通道窄得让我们无法跳跃，但是因为我们是生长在地球的，我们仍然比月球人前进的速度要快很多。我估计这样的速度我们很快就会走到月球人跟前。只要我们能近距离冲锋，他们的威力就比蟑螂强不了多少。只是——他们一见到我们一定又会来一次万箭齐发。我找出了一招。我一边跑一边脱下了身上的法兰绒外套。

"贝福德！"凯沃在我身后气喘吁吁地喊。

我回过头去望了望："怎么啦？"

他指着怪兽尸体的上方："看！白光！又是白光！"

我看了看，真是白光，在远处的洞顶上闪烁着微弱的白色光线。这让我力气倍增。

"跟紧点。"我说。一个瘦高个月球人从黑暗中窜了出来，尖叫了一声，跑了。我停下脚步，并用手示意凯沃停下。我把脱下的外套挂在撬棍上，半蹲着冲向另一具怪兽的尸体旁边，放下撬棍和外套，站起来故意暴露了一下我的位置，然后马上缩了回来。

"哧——嗖！"只飞了一支箭过来。这时我们离月球人已经很近了，他们有一大群人站在一起，高的，矮的，胖的，瘦的，都有。有一排发射箭的器械正对着岩洞的低处。先是射了三四支箭，然后就停火了。

我伸出头去，这回就差那么一根头发丝的距离就被射中了。这一次我招来了十多支箭，可能还不止，还听到月球人的叫喊声和叽叽喳喳声，仿佛觉得自己射中了，很兴奋的样子。

我又捡起了撬棍和外套。

"喂！"我故意叫了一声，然后用撬棍把外套支出去。

"唰唰——唰！"我的外套上立马多了密集得好似胡楂的箭。还有些箭扎到了我们身后的怪兽尸体上，还在颤动。我立刻把外套从撬棍上剥下扔掉——我猜那件外套可能现在还在月球上躺着呢——然后对着月球人的队伍直冲了过去。

一时间乱得跟场大屠杀似的。我当时穷凶极恶地不分青红皂白，而月球人可能吓呆了，连反抗都忘记了。他们一点抵抗都没有。我就像俗话说的那样，杀红了眼。我记得当时我在那群穿着皮革的精瘦的躯体中横冲直撞，仿佛是在高高的草丛中行进一般，左一下右一下地拿着撬棍横扫，到处都是飞溅的液体。我脚下到处都是那些压成了肉饼的，还在尖叫挣扎的滑滑的东西。月球人的队伍散开又聚拢，像水一般流动着。他们好像没有什么全盘计划。我周围到处都是挥舞着的长箭，有一根擦着我的耳朵刺过去了。我的手上和脖子各被刺了一下。不过当时我没什么感觉，后来伤口流出的血变凉的时候我才有所察觉的。

凯沃做了什么我不得而知。一度我觉得这场战争漫长得如同过了一个世纪，而且会一直这么无休止地打下去。可是突然间一切就结束了。除了四散而逃的月球人的后脑勺在黑暗中时隐时现以外，什么都没有了。我自己好像毫发无损。我向前追了几步，高声叫喊着，然后转身回来，我觉得很惊讶。

我大步流星地从那些月球人中穿过来了，他们现在都在我身后，抱头鼠窜。

我很惊讶，自己刚才还深陷其中的伟大战役竟这么快就烟消云散了，而且颇有些得意。我并没有觉得月球人竟然是这么脆弱这么不堪一击，我只是觉得自己从未有过的强壮。我傻傻地笑了。这个荒诞的月球啊！

我看了看地上的那些肉饼和尚在扭动挣扎的躯体，隐隐觉得还会有场恶战，于是匆匆跑去找凯沃。

第十七章　阳光下

　　很快，我们就看见我们面前有一个雾蒙蒙的空洞。又过了一会儿，我们来到了一个倾斜的长廊边上，这个长廊一直延伸到一个巨大的圆形空间，看起来是一个垂直的圆形坑。这条长廊围着这个圆坑包了一圈半的样子，周围没有什么像矮墙一样的突起部分，然后又突然抬高跟岩壁融合成一体了。这让我想起了地球上盘旋于阿尔卑斯山的圣哥塔岭的蜿蜒的铁路。它们都同样巨大。我真是找不到合适的词来向你形容这里的一切到底有多么巨大，也没有办法描述这些宏大无比的坑洞、道路给我的震撼。我们的目光沿着坑壁的巨型斜坡往上看，看到在头顶上方很远的地方有一个圆形的出口，透过这个出口可以看见隐约的星光，这个出口有一半被白花花的太阳光照得让人有些眩晕。一看到这样的景象，我们同时高呼起来。

"跟上！"我一边说着一边走在了前头。

"但是到了那儿以后呢？"凯沃说着小心翼翼地走到了倾斜的走廊边上。我也学他的样子，脖子伸长了往下看，不过我的眼睛被头顶的那束强光给晃花了，只能看见一个黑暗的无底洞，其间飘浮着红一块紫一块的东西。虽然我看不见，但是我听得见。从那片黑暗中传来一种声音，很像把耳朵贴在蜂房外听到里面的巨大的嗡嗡声。这声音应该是从一个巨大的空洞中传出的，这个洞应该就在我们脚下四英里深的地方……

我就这样听了一会儿，然后握紧撬棍，带头往走廊上走去。

"这应该就是前面我们从上往下看过的那个竖坑，"凯沃说，"当时盖着盖子。"

"我们看见亮光的地方，也就是在这底下。"

"亮光！"凯沃说，"是啊，就是我们再也见不到的那个世界的亮光。"

"我们会回来的。"我说，因为我们到现在为止已经逃过了那么多的劫难，所以我很简单地认定我们一定能够回到我们的飞行器旁边。

他又说了点什么，我没听清。

"您说什么？"我问。

"没说什么。"他这样回答，我们就这样匆匆赶路了。

我估计这个倾斜的走廊，如果连同它本身的弧度在内，可能有四五英里长，其上升的坡度也很陡，我估计这种陡坡在地球上是没有人能爬上去的，但是因为这里是月球，所以要向上迈步却很轻而易举。我们整个途中只遇到了两个月球人，只要一认清楚我们是谁，他们就会抱头鼠窜。显然关于我们的力量和残暴的消息已经传到了他们耳朵里。我们往洞外走的这段路因此异常平静。现在盘旋上升的走廊变直了，成了一个陡峭向上的隧道，隧道的地面上到处都是怪兽的足迹，隧道顶很高，长度却很短，因此隧道的能见度较好，少有绝对黑暗的地方。几乎就是在一瞬间，隧道就变得很明亮了，可以望到很高很远的地方，终于看见了它通向外部的出口，那里是一片炫目的白。那里很像阿尔卑斯山陡峭的山坡，山顶长着尖叶植物丛，这些植物很高大，不过现在已经死了，干枯了，在太阳下变成尖刺状的剪影。

真是奇怪，这些植被在不久之前在我们两人眼中还是怪异恐怖的，现在我们看见它们，却是满怀着流放者重返家乡看到家乡的一草一木时的复杂心情。我们甚至享受着稀薄的空气，虽然它曾一度让我们一跑就喘不过气来，虽然它曾一度让我们说话都费力。我们继续上行，头顶的日光照耀的范围变得越来越大，而隧道中离我们较近的其他部分，则变得黑暗不清了。我们发现那些枯死的尖叶植物已经没有一点绿意了，只剩下了一片浓密的棕褐色的干枝。高处的枝干太高，看不见，只能看见它们投影下来的映在岩石上的致密图案。就在隧道出口的边缘，有一片宽阔的经常被踩踏的地方，看来是怪兽们出入的地方。

我们终于走出了洞穴，站在了这片地上，沐浴在阳光下，让曾经令我们备感压迫的光和热洒在我们身上。我们忍受着灼热的日光，穿过这片暴晒的开阔地带，爬上了一个长满灌木丛的斜坡，最后找到了一块奇形怪状的熔岩，它后面有一大片的阴影。我们在阴影中的一块高地上坐了下来。虽然这里没有照到阳光，但是岩石表面还是很烫。

空气中都是炎热的气息，这让我们感到很不舒服。但是这种身体上的不适却真真切切地向我们证明我们已经逃离了那个可怕的梦魇。我们仿佛又回到了故乡，坐在熠熠的星光下。刚才在下面阴暗的通道和岩缝里飞奔的紧张和恐惧也一扫而光。我们跟月球人的最后那场恶战让我们自己对付月球人的信心空前高涨。我们望着身后那个黑洞洞的出口，都不敢相信自己刚刚就是从那里面钻出来的。就在那个黑乎乎的伸手不见五指的洞里，凭借着一种微弱的蓝色光线——这种光线给我们留下了深刻的印象——我们的遭遇简直像是人类疯狂的玩笑，那些戴着头盔的家伙，我们曾经怎样忐忑地走在他们前面，又是怎样屈辱地任随他们摆布直到实在忍无可忍。我们还眼见了他们是怎样像蜡人一样一碰就碎掉，像麦麸一样一捻就成了粉，最后就像做梦一样四散而逃！

我揉了揉眼，有点怀疑我们是不是又是因为误食了什么菌子而昏迷了，还做了这些幻梦。突然我发现了自己脸上的血迹，我的肩膀也有些疼，衬衣粘在了肩膀和胳膊上。

"真倒霉！"我一边说一边抚摩着我的伤口，突然有一种感觉，觉得那个隧道出口像是一双眼睛，一直在监视着我们的一举一动。

"凯沃！"我说，"您说他们现在应该在做什么？我们现在又应该做什么？"

他摇了摇头，眼睛也直直盯着隧道出口："我们怎么可能预测得到他们要做什么呢？"

"他们的行动应该取决于他们对我们的看法。我也不知道我们应该从何猜起。当然，还得看他们手上还有什么可用的资源了。就像您所说的，凯沃，我们现在仅仅接触到了这个月球世界的外部。在这个世界的内部他们应该什么都有，就那种能够发射箭的东西就已经够我们受的了。

"不过，"我继续说道，"就算我们一时半会儿找不到飞行器，我们还是有办法的。我们可以就这么硬撑着，就算要在这里过夜也要硬撑下去。实在不行的话我们可以再钻下去，再打一仗。"

我一边仔细思考着一边四处打量。现在周围的景致跟我们进入洞穴之前的样子有点不一样了。植物生长得太过迅速，到现在这些葱茏的灌木丛已经开始枯萎了。我们坐的那个岩石地势较高，可以将陨石坑内的景致尽收眼底。这时应该是下午，但月球表面到处是一派深秋的景象，萧瑟干枯。眼见之处，一道一道的长长斜坡微微隆起，放牧过怪兽的草场已然变成一块一块的棕色。远处阳光下正有一群怪兽在打盹儿，它们三五成群地分散在草地上，阳光把它们巨大的身影投射下来，仿佛是躺在沙丘旁的羊群。但是看不见一个月球人的身影。他们到底是因为看见了我们，所以从里面的通道跑出来逃了，还是他们本来就只需要把怪兽赶出来就行了，我不得而知。当时我觉得应该是第一种可能吧。

"要不然我们放把火把这些东西都烧光，"我说，"这样等到处都烧成了灰，我们就可以轻易找到我们的飞行器了。"

凯沃好像根本就没听清楚我说了什么。他把手放在额头上，遮住过强的阳光，看星星呢——虽然此刻阳光依然很毒，但是天上的星星还是清晰可见。"您说我们在这儿待了多久了？"他终于开口说话了。

"您是说哪儿？"

"月球上。"

"按我们地球的时间算的话，我猜可能有两天了。"

"起码有十天了。您看，太阳已经不是在正上方了，正在西沉。再过四天，可能还要不了四天的时间，夜晚就要降临了。"

"可是——我们才吃了一顿啊！"

"我知道您的意思。可是——您没看见星星都越来越亮了！"

"我真不明白为什么到了这个小星球后，连时间都变得这么不一样？"

"我也不知道，但这就是事实！"

"那凭什么来判断时间呢？"

"饥饿感啊，疲倦感啊，这些都和我们在地球上的体验不一样了。什么都不一样了——每一件事情都如此。我觉得，从我们走出飞行器的那一刻到现在，最多也就几个小时的时间——只不过这里每个小时要比平常长一些罢了。"

"十天，"我说，"那还有——"我抬头看了一会儿太阳，发现它是在正上方和西边的地平线的一半的地方，"四天！凯沃，我们可不能坐在这里空想了。您觉得我们应该怎么做啊？"

我说着就站了起来："我们这次一定要找一个固定的而且容易辨认的地方——我们可以竖一面旗子或是弄条手绢什么的——然后安营扎寨，在这周围行动。"

他从我身旁站了起来。

"没错，"他同意，"我们现在要做的就是去找飞行器，除此之外别无他法。没有别的法子了。我们可能找得到——当然我们完全可能找得到。不过要是找不到的话——"

"那么我们就接着找。"

他东瞧瞧西看看，一会儿抬头看看天，一会儿低头看看隧道，突然做了一个很不耐烦的手势，吓了我一跳："唉！我们又把事情搞砸了！活该落到这步田地！想想事情本来会怎样，想想我们本来应该做什么！"

"我们还可以做点什么。"

"再也做不到了，我们本来可以做到的。这里，就在我们的脚下，有一个世界。想想应该是一个什么样的世界！想想我们见到的那种庞大的机器，想想那个巨大无比的盖子和它遮住的那个无底洞，那些还只是些放在离中心很远的地方的东西。我们见到的那些月球人和我们跟他们干了一仗的月球人也不过是些无知的农民啊，住在偏远地区的人啊，尚未开化的野蛮人啊，还有苦力。那么再往下呢！一个洞连着一个洞，有隧道，有建筑，有道路。应该是越来越开阔的，应该是越往下越开阔，人口越稠密。肯定是这样！下到最后就会看见中心海洋，海洋的中心就应该是月球的地核了。想想在微弱光线下深黑的大海！当然，有光线的前提是那里的月球人需要光线。再想想那些瀑布般的支流，源源不断地沿隧道汇入海洋中去。想想海面的潮汐，想想潮涨潮落，想想海浪的冲击和漩涡！可能海面上还有船在航行，那里可能还有大型的城市，拥挤的道路，可能有超越人类的智慧和秩序。可是我们可能只能死在这个地方了，永远也不能见到月球的最高统治者——他应该就是所有这一切的主宰！我们会冻死在这里的，空气会在我们身上冻结，然后融化，最后——月球人会发现我们，发现我们早已僵硬的再也无法言语的尸体，发现我们一直都没能找到的飞行器，那时他们才会明白在这里白白葬送掉的所有的想法和努力，只是那时候一切都是枉然！"

他说话的声音仿佛是从电话那头传来的，悠远而微弱。

"可是到处都是漆黑一片啊。"我说。

"这是可以克服的。"

"怎么克服？"

"我不知道，为什么总是问我？我们可以用火炬，可以用灯，还可以用其他的照明，是人就应该知道。"

他双手无力地垂下，满脸沮丧，就这么站了一会儿，一直望着他眼前的凄凉景色，无能为力。然后他又挥挥手，像是不再想那么多了，转过来跟我说要有计划地寻找飞行器。

"我们可以回去。"我说。

他四下打探了一下："我们先得回到地球上去。"

"我们可以带上能随身携带的灯，还有登山用的铁爪，带上所有需要的东西。"

"好的。"他说。

"我们可以把这个金子带回去作为我们成功的保证啊！"

他看了看我手上的金撬棍，一时间什么也没说。他双手背在身后，视线越过陨石坑看到更远的地方。最后他叹了口气，说："是我发现到月球的路的，可是发现了这条路并不意味着我就可以控制这条路了。如果我把这个秘密带回地球，会有怎样的结果？我都不知道我要怎么遮掩才能保守这个秘密一年，或者一年都不到。总有一天这个秘密会被揭穿的，也可能有另外的一个人也靠他自己发现了通往月球之路。然后……各国政府、各种势力都会争着到这儿来，他们会发动内部战争，然后又跟月球人打；这样只能让战火四处蔓延，让战争的可能性增加。用不了多久，应该真用不了多久，只要我把这个秘密说出去，人类的尸体就将摆满这个星球，甚至摆满这个星球的最深的坑道。其他还会发生什么我不知道，但是这点是肯定的。人类之于月球，是毫无用处的。那么，月球之于人类，又有什么用呢？就拿人类自己的星球来说，人类又把自己的星球拿来做什么用了呢？还不就是个战场和无休止的蠢事的发生地？人类的世界这么小，人类的生命如此短暂，可是人类依然无休止地做着远远超出自己能力的事情。不！科学已经长时期被用来制造一些无用的武器，供这些蠢货使用。现在科学不能再这么被滥用了。让人类自己再去探索吧——哪怕还要用上千年的时间。"

"有很多方法可以保密的。"我说。

他抬头看着我，笑了："是啊，我又有什么好担心的呢？

我们找到飞行器的概率实在很小，而这下面的世界，此刻正在为我们酝酿着许多麻烦。人类的习惯就是死到临头还心存幻想，就是这种习惯让我们在这里做白日梦，想着还要再到月球来。我们的麻烦才刚刚开始。我们用暴力对付了这些月球人，我们让他们尝到了我们的厉害。我们现在的处境，就好比一只逃跑到海德公园的老虎吃了一个人一样。有关我们的消息一定已经从一个坑洞传到了另一个坑洞，一直传到了下面最核心的区域……没有一种精神正常的生物会让我们惹了这么多的乱子之后还能坐着飞行器回到地球上去。"

"我们就这么坐在这里，也起不了什么作用啊。"我说。

我俩肩并肩地站了起来。

"无论如何，"他说，"我俩得分头行动。我们必须拴一条手绢在这些高的树枝上，还得拴牢实了，就以这里为中心，把这个陨石坑找遍。您向西找，向着落日的方向走个半圆，然后返回。您找的时候，首先注意保证让您的影子在您的右边，直到影子和手绢的方向组成一个直角，这时要注意保证让您的影子落到您的左边。我往东找，方法跟您一样。我们要一道沟一道沟地找，一块岩石也不能落下。我们要竭尽全力寻找飞行器。要是碰上了月球人，就躲起来别让他们发现。渴了就吃点雪，饿了就尽量弄死头怪兽吃——当然是生吃了——就这样吧，我们现在就开始分头行动吧。"

"那要是谁找到了飞行器怎么办？"

"那么就马上回到拴白手绢的地方，站在手绢旁边，给另一个人打手势。"

"那要是都没找到呢？"

凯沃抬头看了看太阳："我们要一直找，直到黑夜降临，冷得动不了为止。"

"那要是月球人已经发现了飞行器，还钻进里面躲了起来呢？"

他耸了耸肩膀。

"或者他们马上就来追赶我们了呢？"

他没有回答。

"您最好拿一根撬棍去。"我说。

他摇了摇头，目光从我身上移开，投向远处的荒原。

他却没有立即动身。他转身看了看我，有点畏缩，有些迟疑。"再见了！"他用法语向我道别。

我心里突然涌起一种奇怪的感情。让我想起我们之前是怎样争吵，特别是我向他发脾气的样子。"该死！"我想，"我们本可以做得更好些的！"我本来想和他握握手的——当时我的确就有这样的冲动——可他已经双脚并拢，往北方跳去了。他的身影仿佛一枚枯叶在风中飘零，轻轻落下，又轻轻飘起。我就这么站着看了一会儿，然后极不情愿地转向西面，打起精神，带着一种投入刺骨冰水中的绝望，选择了一个起跳点，然后投入我负责搜索的那个半圆的月球世界中。我有些笨拙地落在一片岩石中，站了起来，四处看看，爬到一个岩石的斜坡上又开始跳。

当我抬起头想看看凯沃在哪儿的时候，他已经看不见了，但是手绢还是那么威武地挺立着，在太阳的光辉下有些耀眼。

我暗自决定，不管发生什么事情，也决不让那块手绢在视线中消失。

第十八章　贝福德独自行动

有一阵子我觉得好像一直只有我一个地球人孤零零地在这月球上。我专心致志地找了一会儿，但是地面的温度实在太高了，稀薄的空气像是给我的胸膛上了一个箍，让我呼吸困难。不久，我来到了一个盆地，这里四周环绕着高大的羊齿植物，同样已经干枯了，变成了棕色。我就在这些干枯了的树下坐着休息，想凉快一下。我本来只打算休息一会儿就好的。于是我把撬棍放在身旁，手托着腮休息。我看到这里岩石上原先覆盖的苔藓正在干枯、皱缩，岩石表面渐渐裸露出来，能看到上面的纹理，还有一些斑点，那些都是金子，在这些凌乱的岩石中，随处可见的圆形的凸起物，有的表面光滑，有的皱巴巴的，全是金子。可是，这些东西现在又有什么用呢？我看着，一点兴趣也提不起来。我现在觉得很累，身体和头脑都需要休息。一时间我甚至都不相信我们还可能在这个广袤无垠的旷野中找回飞行器。要是月球人不到这里来，那么我就想一直这么坐着，动也不想动。后来我还是觉得我应该打起精神来，服从那个没有什么道理可讲的命令，因为它促使人在任何情况下保护和捍卫自己的生命，哪怕这个行动的结果会使他在一瞬间死得更痛苦些。

我们为什么要到这月球上来呢？

这个问题成了一个长期困扰我的难题。到底是怎样的精神，能够促使人离开拥有的欢乐和安全，心甘情愿去劳神费力，把自己置身于危险当中，甚至做出明知山有虎，偏向虎山行的举动呢？在月球上，我终于明白了一个我早该想清楚的道理，那就是人的生存目标并不是简单地想要平安、舒适、吃好、玩好。几乎每一个人，如果摆在面前的是实在的机会而不是什么简单的问卷的话，都会表现出更多的欲望。他总是会不自觉地做些不可理喻的事情，哪怕这些事情跟他的兴趣截然相反，也实在跟他的幸福是背道而驰的。促使他这么做的不是他自己，而是某种力量，他无法抗拒的力量。可是为什么呢？到底是为了什么呢？我就这样坐在这陌生的月球世界上，坐在这一堆毫无用处的金子中，仔细思考我的生活。要是我真的不幸死在这里，那我真的弄不明白我过去所做的一切到底是为了什么。我虽然还是没有完全想清楚这个问题，但是好歹比以前明白一些了：过去我从来没有为自己活过，我这一辈子的确没有为自己活过。我到底一直在为什么而活，一直在为谁而活呢……我不再去追问我们为什么要到月球上来，而是开始思索更广阔更深层次的问题。我为什么要到这人世上来？我为什么要有我自己的生活……最后我深陷在沉思中。

我的思维渐渐模糊不清，不再有明确的方向。我并不觉得身体很沉重或是很疲倦——在月球上可能这种感觉是根本就不存在的——但是我想我应该是很累了。因为我就这样睡着了。

睡眠让我得到了充分的休息。太阳渐渐西下，酷热也渐渐退去，我一直就这么睡着。后来我被远处的喧闹声唤醒，觉得自己又活力充沛，干劲十足了。我揉了揉眼睛，伸伸懒腰。我站了起来——睡了这么久，周身都有点僵硬了——然后准备立刻出发，继续去找我们的飞行器。我扛起两根金撬棍，一边一根，走出了这个遍地是金子的盆地。

太阳现在显然比我刚出发的时候低了，应该是低了很多。空气也凉爽了很多。我想我一定睡了很长时间。我觉得似乎有一层淡青色的薄雾笼罩在西面的岩壁上。我跳到一个小的岩石上去观察这个陨石坑。我没发现任何怪兽或是月球人的痕迹，也没有看见凯沃的影子，但是我能远远看到我的手绢，在那丛荆棘中招展。我四下打探了一下，然后跳向另一个视野更开阔的观测点。

　　我沿着半圆形的路线继续搜索，然后又从更远处沿着新月形走回来。搞得自己筋疲力尽，希望渺茫。现在空气真的是凉多了，西面岩壁的阴影部分似乎也在越来越大。我一次又一次停下来搜索，但是既没看见凯沃，也没碰上月球人，连怪兽都没有看见——我猜它们应该是早被赶进洞里去了。我越来越想尽快见到凯沃。太阳的余晖现在都已收敛殆尽，太阳本身也已经有一小半落到了地平线以下。月球人很快就会关上那个通向无底洞的巨大的盖子以及那些洞口，把我们关在外面，让月球夜晚的严寒来折磨我们。一想到这个，我就很难受。我觉得现在凯沃应该马上放弃寻找飞行器，立即来跟我一起商量一下这个问题，否则就迟了。我感到情况紧急，必须马上做出决断。我们还是没能找到飞行器，也没时间再找下去了，要是这些洞口一关闭，我们可就真完了。宇宙间漫长的夜晚即将降临——这空无一物的无边黑暗就意味着死亡。一想到这里，我全身都缩紧了。我们必须再回到月球下面的洞穴中去，哪怕这是找死。我眼前不停浮现出我们被冻死的场面，仿佛看到我们用尽最后一丝力气使劲敲打通向洞穴的门。

　　我再也不去想什么飞行器了。我现在只想找到凯沃，我都有点想不管他，一个人回到月球内部的洞里面去了。因为我可能没有时间找他了。我这么想着，往手绢方向走，都差不多走了一半的路了。

　　我突然看到了我们的飞行器！

　　与其说我找到了它，倒不如说是它自己出现在我眼前。它就在西面，位置比我刚才走到的最远的地方还要远一点，斜照的夕阳照在飞行器的玻璃上，反射出耀眼的光线，突然就让它很醒目了。当时，我还以为这束夺目的光线是月球人搞的什么花样，不过我马上就反应过来了。

　　我兴奋地挥舞着双臂，发出一声幽灵般的叫喊，大步向它跑去。途中有一步没注意，落到了一个深坑中，扭伤了脚。此后差不多是每跳一步都要摔倒。我当时激动得一塌糊涂，浑身颤抖，都快喘不过气了。途中我至少停下三次，双手叉腰，喘气，尽管空气稀薄寒冷，但是我的脸很快就被汗水湿透了。

　　我当时脑子里什么都没想，一心就想着这个飞行器。我甚至都忘了要关心凯沃的下落。最后一跳把我撞到了飞行器上，双手贴着玻璃，然后我靠着它，一边喘息一边高喊："凯沃，我找到飞行器啦！"但是我的声音很小，没喊出来。等我暂时恢复过来，我就贴着厚厚的玻璃往里看。里面的东西有些凌乱。我弯下腰好看得更清楚些，然后就试着钻进去。我得把它推起来一点才能钻进入口洞里。螺丝的塞盖还是在里面，说明什么东西也没被动过，什么都没少。整个飞行器和我们当初离开它跳入雪堆中时的情况是一样的，一切都完好如初。我一时间忙着清点东西。我发现我竟抑制不住地颤抖。能看见这熟悉的黑暗可真好！我都无法用言语来形容我当时到底有多幸福。然后我就爬了进去，坐在一堆行李中间。透过玻璃，我观察着月球世界，颤抖着。我把金撬棍放下，然后摸索着找出些东西吃。倒不是因为我有多饿，只是因为我恰好摸到了。我突然想起来我得出去给凯沃发个信号。不过实际上我并没有出去，飞行器里面的东西让我脱不开身。

总的说来，事情还是很顺利的。我们都还有富余时间可以让我们多弄点魔石①。这东西可是能赋予你统治人类的权力。这里遍地是黄金，随手就可以捡到。飞行器里面没装什么东西，这样的话可以用金子把它塞个半满，我们现在就可以回去了，回去自己称王，统治我们自己的世界。然后——

我终于站起来，鼓足勇气又走出了飞行器。一出来，我就打了个冷战，外面黄昏的空气可真是冷。我就站在这个洼地中四处张望。我仔细观察了周围的灌木丛，然后往附近的岩石上跳去，这跟我第一次在月球上的跳跃动作是一模一样的。只不过现在我没怎么用力就跳上去了。

这些植物已经完成了它们的一轮生死轮回，整个岩石的样子完全变了。但是还是可以认得出那片曾经见证过种子发芽的斜坡，还有那个突起的岩石，我们就是站在那上面第一次向隙

---

① 指金子。

石坑张望。但是此刻整个斜坡已是一片枯黄，那些尖叶植物形成的灌木丛已经枯萎了，它们那高达三十英尺的枝干在地上投下了长长的阴影，一直延伸出去，望不到头。枝干顶端的一串串棕色种子已经成熟了。这种植物的使命已经完成了，它现在很易折断，只等着夜晚的降临，它就会在冰冷的空气中倒下。还有我们亲眼看着长大的巨型仙人掌也已经裂开，把它的芽孢散落在月球的每一个角落。而人类在月球上的落脚点与它们相比，竟然是这么微不足道的一个小角落！

我当时想，总有一天我要在这里立一块碑，就在这片洼地的中心地区。我又想到，要是这个星球内部的那个人口密集的世界知道了这对他们意味着什么的话，那么此刻那里一定都乱成一锅粥了！

但是此刻，那里一定是做梦都想不到我们已经到达他们的土地上了。要是那里知道了的话，这个陨石坑一定会到处充满了追捕的喧嚣，而不会是现在这样的死寂！我四下看了看，想找个地方给凯沃发个信号。我看到了一块岩石，当时凯沃就是从我现在这个位置往外跳的，跳下去正好落在这块岩石上。它现在还是在原地，沐浴着夕阳。我犹豫了一下，不知道应不应该又离开这个飞行器下去。这种犹豫让我自己觉得有些惭愧，于是我还是跳了下去。

站在这个有利的位置，我再一次打量了这个陨石坑。我自己在地上的影子很大，在影子顶端我看见了在灌木丛中招展的白手绢。它很小，看起来离这里很远，我也没看见凯沃的人影。我想此刻他一定在四处找我。我们当时就这么说好的，但是现在到处都看不见他。

我就站在那儿等了一会儿。我用手挡在眼前，遮住落日的余晖，希望能更清楚地辨认出凯沃。我在那儿一定站了很久。我本来想喊的，可是马上就意识到了这里空气稀薄，声音的传播是要打折扣的。我犹豫不决地转身走回飞行器，本想拿床毯子挂在飞行器周围的灌木丛上，好让凯沃辨认的，可是一想到月球人也会注意到这个标志的可能性，我就退缩了。我只得又把陨石坑找了一遍。

陨石坑到处空空如也，我不禁打了个寒战。到处一片寂静，就连地底下月球人发出的声音也消失了，真是一片死寂。除了我周围的植物在微风中轻轻摆动发出的响声以外，这里什么声音也没有。微风轻送，我感到了阵阵寒意。

该死的凯沃！

我深吸了一口气，把手放在嘴的两旁围成一个喇叭。"凯沃！"我放声高喊，但是声音小得就像是侏儒在远方叫喊一样。

我看了看那条手绢，又往后看了看越来越宽的西面岩壁的影子。我手搭凉棚看了看太阳，很明显地，太阳正在从天空向地平线靠近。我知道要是还想救凯沃的话我得立刻采取行动。

我脱下了身上的背心，把它挂在我身后的尖叶灌木丛的顶端，然后径直朝手绢的方向走去。可能我跳了有几百步吧——这样算起来我们的飞行器离拴手绢的地方应该有几英里。我早就描述过在月球上跳跃，跳起来之后有一段时间是停留在空中的。我于是利用我在空中停留的时间四处张望，寻找凯沃的踪影，不明白他为什么会躲起来让我找不到呢。我每跳一步都能感觉太阳离地平线又近了些，每次我落地的时候都想干脆不找了，回去算了。

我又跳了一步，这次就跳到拴着手绢的地方了。再迈了一大步，就站在我们曾经站上过的视线开阔的地方了，伸手就能够到那条手绢。我站得笔直，眼睛到处寻找，在一道道逐渐延伸的阴影之间，搜寻凯沃的踪迹。在很远的地方，我看到一个长长的斜坡，这个斜坡的下面就是我们刚才逃出来的隧道的出口。我的影子现在已经快延伸到那里了，仿佛是黑夜之手，马上就要触到洞口了。

还是没有看到凯沃的踪迹，就连一丝声音都没有听到。能看到的只有植物的阴影，能听到的，只有枯枝风中摇摆的声音。我突然剧烈地颤抖了一下。"凯——"我刚张嘴叫出声，就再次意识到人的声音在这稀薄的空气中是多么渺小，寂静，死寂。

然后我眼睛看见了一样东西——地上的一个小东西，可能就在那个斜坡下面五十码以外的地方，周围是一些折断的杂乱的树枝。那东西是什么啊？我觉得很眼熟，但一时想不起来是什么。我走得更近些。原来是凯沃一直戴着的板球帽。我没有立即拾起来，只是看着。

我看出帽子周围的杂乱树枝是被使劲折断弄碎的样子。我迟疑了一下，走上前去，把帽子捡了起来。

我手拿凯沃的帽子站着，看着我周围的这些被踩得乱七八糟的杂草和荆棘。这些杂草和荆棘上偶尔会看见一些暗色的斑点，我没敢碰。在离这里十多码的地方，我注意到风把一个什么东西吹了起来，这是一团很小的白色东西，很显眼。

原来是一个紧紧团起来的纸团。看样子是被紧紧攥在手中过。我拾起来，看见上面有些血迹。我看见了上面的铅笔笔迹。等我把它展开，就看见了上面歪歪扭扭、时断时续的字迹，好像没有写完，最后那个字母被拉成了一个弧线。

我开始仔细辨认上面的字迹。

"我的膝关节受伤了，我想可能是膝盖位置。我现在不能跑，连爬也爬不动。"字条是这样开头的，这些字写得相当清晰。

后面的字迹就变得有些模糊了："他们一定已经追了我一会儿了，他们最后会抓到我的，这只是迟早的问题（'迟早'这个词似乎是想擦掉，写别的什么字，但是很模糊，看不太清楚），他们还没抓住我，他们正在四处找。"

接下来写得歪歪扭扭的："我都能听见他们的声音了。"我猜结尾这个一笔勾过的字应该是"声音"。后面的字我实在认不出来。然后又是一行非常清晰的字："这群月球人的长相是我前所未见过的，他们在指挥着。"下面的字又看不清了。

"他们的脑袋比我们见过的那些月球人要大，身体瘦削颀长，腿很短。他们的声音非常柔和，行动显然是有组织而且很小心的……"

"虽然我受了伤被困在这里，孤立无援，但是他们的出现还是给了我希望，"这倒像是凯沃的话，"他们并没有射杀我，看来根本就没有这个打算……伤害。我想——"

这里突然出现了一条横过纸面的铅笔划痕，纸的边缘和背面沾着——血！

我拿着这张无法言语的遗物就这么怔怔地站着，手上感受到了一种轻盈柔软而且冰凉的东西，一会儿就消失了。然后又有什么东西，一个小小的白色薄片，横着飘过了一个阴影。是雪花，第一片雪花，黑夜的先驱来临了。

我吃了一惊，连忙抬头看。此刻天空已经差不多全黑了，群星密布，闪烁着冰冷的光，像是一双双眼睛注视着地面。我往东看了一下，那个满眼荒芜的世界已经涂上了青铜色，再向西看，太阳已经落到了陨石坑的边缘，就要完全隐没了，其光辉和热量也被厚厚的一层白色雾气掩盖了多半。所有的灌木丛和高低各异的岩石在厚重的雾气中幻化成了尖利嶙峋的黑色形象。一个巨大的雾团正沉入西面无边无际的黑暗中。一阵冷风吹来，仿佛整个陨石坑都打了一个冷战。好像就一眨眼的工夫，我身边就开始飘起了雪花，周遭的世界变成了暗淡的深灰色。

然后我听到了一种声音，不像我们最初听到的那种响亮和尖厉的声音，是微弱而阴郁的，是一种正在消散的声音。就是那种敲打的声音，跟我们初到这里见证黎明的到来时听到的声音一模一样：砰！砰！砰！

这声音在坑中回荡，似乎有节奏地随着一些较大的星星一起搏动着，太阳的红色新月形状也随着这种声音逐渐下沉：砰！砰！砰！

凯沃到底出了什么事？我就这么听着这种敲打声站着发愣，最后这种声音消失了。

然后我看见地下那个隧道的出口在突然之间消失了，就像闭上眼睛一样迅速。

这样，我真的是孤立无援了。

永恒，就这样从我头顶上方，我身体周围，向我漫过来，从未如此近距离地，紧紧将我裹了起来。它开始于开始之前，结束于结束之后。它是一种空洞虚无，全部的光、生命和存在对它而言不过是一颗流星淡漠渐消的光华。它意味着冷清、寂静和无声——是宇宙的无边和终究无法摆脱的黑夜。

孤独和凄凉的感觉一下子向我铺天盖地侵袭而来，差点把我压垮。

"不！"我叫道，"不！再等等！再等等！等一等啊！"我的声音听起来像是在尖叫。我扔掉了手中的那个皱巴巴的纸团，爬上岩石，辨明方向，然后，用尽全身力气，朝着我所做的记号跳过去，现在那个地方看起来昏暗遥远，像是在黑暗的边缘。

跳啊，跳啊，跳啊，每一跳的时间好像漫长得像过了几年。

我眼前落日的余晖一点一点地消逝了，就在越来越浓厚的笼罩一切的黑暗阴影到达我们的飞行器的时候，我终于到了。我刚才大概跳了一百步，两英里的样子，一路上四周的空气也越来越稀薄，好像有一个气泵在把空气挤压出去一样。寒冷开始侵袭我周身的关节。不过我坚信，就算我要死，我也要跳死。偶尔我的脚会落到雪上，这样就会打滑跳不远；还有一次我跳进了灌木丛里，把那些枯枝压得粉碎；还有一次落地时没站稳，头朝下就跌进了一条沟里，等起来时我发现自己受伤了，流着血，方向都分不清楚了。

但是所有的这些跟我每一跳在空中的停顿比起来都不算什么。跳起来后在空中飘向一泻千里的黑暗才是真正可怕的。我每呼吸一次，就会发出一种笛子般的尖厉声音，仿佛有许多刀子在割我的肺似的。我的心都像是跳到嗓子眼儿了："我能跳到飞行器那儿吗？哦，天哪！我能吗？"

我感到极度痛苦。

"躺下来吧！"我的痛苦和绝望在尖叫，"躺下来！"

我越是努力挣扎着向飞行器靠近，它看起来就离我越远。我都冻麻木了，我一次又一次跌倒，身上擦破了皮，划出了口子，可是血一流出来马上就凝固了。

飞行器就在眼前了。

我又跌倒了，手脚都贴在地上，肺喘得厉害。

我开始爬。嘴唇上开始沾上寒霜，胡须上开始挂上冰凌，全身都被凝结的大气裹成了白色。

我现在离飞行器只有十几码远了。但是我的眼皮开始打架了。"躺下来！"我的绝望在叫嚣，"别爬了，躺下！"

我终于摸到飞行器了，我顿了顿。"太迟了！"我的绝望又在尖叫，"躺下！"

我四肢僵硬地和我的绝望做着斗争。我爬到了入口洞，此时我已经处于半昏迷状态，半僵死了。雪已经完全把我盖住了。我使劲把自己挪进去。里面还残留着一些温暖的空气。

雪片——就是那些冻僵后的空气片——钻了进来，在我身旁飞舞，我用冻僵的手指努力把阀门关上，把它拧好，拧牢实。我忍不住呜咽起来："我要——"我说话的时候牙齿都在打架。我用僵硬而颤抖的手指去摸索，寻找卷帘的按钮。

就在我到处乱摸、寻找正确的开关的时候——我以前可从来都不管这事——透过雾蒙蒙的玻璃内壁，可以看到最后一点落日的余晖，在风雪中跳跃。植物的黑色形状逐渐变得厚重、弯曲，最后再也无法承受积雪的重量，折断了。雪打着旋，纷纷下落，越积越厚，最后在没有光线的空间中呈现出厚重的黑色。就算我现在进来了，要是我没有办法搞定那些开关可怎么办？突然，有什么东西在我手下"咔嗒"一声，就在这一瞬间，月球世界的最后影像就在我眼前消失了。我现在置身于这个星际飞行器的寂静和黑暗之中了。

第十九章　无垠太空中的贝福德

　　我觉得自己好像已经死了一样。真的，我都能想象一个人被毫无准备地残忍地杀害时的感觉，一定就跟此刻的感觉一样。一会儿是一种让人痛苦万分的真实存在感和恐惧感，一会儿又成了黑暗和寂静，没有声音，没有生命，没有太阳，没有月亮，也没有星星，只有无垠的黑暗。虽然现在这个样子是我自己一手造成的，虽然我之前跟凯沃在一起的时候也尝过这种滋味，但是如今我还是觉得惊讶，我对这样的情况还是束手无策，不知所措。我感觉自己好像正被抬升到一个无尽的黑暗中。我的手指飘移离开了按钮，整个身体悬在空中，仿佛已经灵魂出窍了。最后我轻轻触到了我们的行李，我带进来的金链子和金撬棍，它们现在也飘浮在飞行器的中心。

　　我不知道自己这样飘了多久。当然我得承认，人在飞行器内对时间流逝的敏感度比在月球上还要差。我碰到了包裹上，感觉好像从睡梦中醒过来一样。我马上就明白了，要是我想保持清醒状态的话，我应该点亮一盏灯，要不就开一扇窗户，这样我的眼睛才能够看到东西。我同时也感觉冷。我蹬了一下包裹，靠着它的反作用力抓住了舱内的细绳，然后沿着细绳一直摸到了入口洞的边缘，这里才有开启灯和窗户卷帘的按钮。我又蹬了一脚，飘回到包裹周围，感觉好像有种什么又大又脆又松散的东西飘在我身边，我被吓了一跳。我用手抓住了离按钮很近的一根细绳，然后顺势摸到了按钮。我打开了小灯，先看了看刚才在我身边飘的东西到底是什么，发现原来是那份旧的《劳埃德新闻报》，它散开了，飘浮在舱内。这样我又从无垠的黑暗回到了我的三维空间中。我笑了，喘了一会儿气，然后从一个氧气罐中放出了一些氧气。然后我又打开了加热器，感觉温暖些了，随后我又吃了点东西。然后我开始非常小心地摆弄那些凯沃物质覆盖的卷帘，想看看我能不能弄明白这飞行器到底是怎么工作的。

我终于打开了一扇窗，但马上又把它关上了。太阳光太刺眼了，弄得我眼前什么都看不见，只得悬在空中休息了一会儿。我想了想，又打开了与这扇窗垂直的那几扇窗，这次我看到了一轮巨大的新月，还看见了月球后方的同样呈新月状的地球，只不过地球看起来比月球小一些。我居然已经飞离月球这么远了，想到这个我就有点惊喜。我本来以为我应该几乎感觉不到甚至是完全感觉不到飞行器起飞时的震动，就像我们离开地球时地球大气给我们造成的震动一样。我也以为从月球自转的轨道飞离的感觉会比从地球自转的轨道飞离的感觉小很多。我以为我能看到我刚才身处的那个陨石坑，我以为我能看到夜色。可是所有的这些景象现在已经成为那个充斥着整个视野的白色新月的一部分了。可是凯沃——

他也已经和这个无限的空间融合为一体了。

我绞尽脑汁想象他到底发生了什么事，但是我想来想去，只能想到一个结果，就是他已经死了。我似乎看见他蜷缩成一团，死在一个高不可测的蓝色瀑布的底部。他周围围满了那些愚蠢的昆虫样的月球人，他们都在好奇地目不转睛地看着……

被那份飘浮在空中的报纸一碰，我重新变回了我原来的样子，又开始讲求实际了。很显然，当务之急就是回到地球，可是从我眼睛看到的情况来判断，我现在正越飞越远。不管凯沃到底出了什么事情，哪怕他还活着——但是从那张沾满血迹的皱巴巴的纸团来看，我不相信他还活着——我都无能为力了。他就在那漆黑的夜幕之后，也许已经死了，也许还活着，不管怎样他都得等到我从地球上找到了人来救他。可是我真的应该这么做吗？我心里是有点想这么做的。如果可能的话我要回到地球，然后再好好想想，到底是把这个飞行器公之于众，当然这个"众"仅指少数几个足够谨慎的人，跟他们解释清楚，然后邀请他们一起行动呢，还是就这么保守秘密，把手上的金子卖了，装配好武器，采购给养，再找个助手，等这些有利条件都备齐了，再杀回月球，对付那些不堪一击的月球人。要是凯沃还能撑到那个时候，就顺便把他救了。当然，最主要的是要运回足够的金子，这样我日后的行动才能有一个坚实的物质基础。不过这些都是后话了，我先得想办法回到地球。

我于是努力思考到底应该怎样才能成功返回地球，我一直聚精会神地思考这个问题，至于回去了以后怎么办，我暂时没有再想。我现在只关心怎么回去。

最后我终于弄明白，目前我应该让飞行器飞向月球，能靠多近就靠多近，这样才能让飞行器的速度加快。等到飞行器离月球很近的时候，就关闭所有的窗户，飞过月球，然后再打开向东的窗户，这样就能很快飞回地球。但是这样做是否真的就能飞回地球，结果会不会是我只能一直沿着双曲线轨道，或者抛物线轨道，或者其他什么曲线轨道，一直围绕月球飞行呢，其实我心里也没底。后来我又有了一个新的灵感，让我很是高兴。在飞过月球之前，也就是地球仍然还在月球的后方的时候，我可以打开朝向月球的几扇窗户，这样飞行器的航向就会发生偏离，正好对着地球飞过去。显然，就算这种权宜之计靠不住，我也得想法子从月球绕过去。对于这个问题，我真的是冥思苦想过了——因为我不是一个数学家。最后我相信，要是我真的误打误撞回到了地球上，那一定是我运气好，而不是我的推理精准。要是我当时对自己的数学水平有正确的估量的话，我现在对这一点就很清楚，我就会明白我是没有办法通过数学推理计算出结果的，那么我真怀疑我是不是还会费这么大功夫去弄那些按钮了。等我最终想清楚了以后，我打开了所有朝向月球的窗户，然后蹲了下来——我的这个动作弄得我自己又往空中弹起来几英尺，我就这么悬在空中，样子古怪异常，等着窗外的月球影像越来越大，直到足够近，当然是在安全范围以内。然后我就关上所有的窗户，用月球给予的加速度飞快地飞过月球——要是飞行器没有撞上月球的话——然后继续飞向地球。

我实际上也就是这么操作的。

最后我觉得离月球的距离已经够了。于是我关上了所有的窗户，整个身心都处于一种——我现在觉得是一种极度放松的状态，一点也不焦虑，一点也不沮丧了。此刻飞行器就像是浩瀚夜空中的一颗微小的粒子，我坐在里面一直监视着整个飞行过程，一直要等到降落在地球上才敢休息。加热装置已经让舱内温暖如春了，来自氧气罐的新鲜氧气的注入也让整个舱内的空气清新了许多，整个身体都很舒适，只是觉得头部充血的感觉依然存在。不过，这种感觉自从离开了地球就一直都有。我把灯也关了，怕等到要用的时候没电了。这样我就又置身于黑暗之中，只是还有一些下面地球反射的光线和星星发出的光亮。四周一片死寂，什么动静都没有，仿佛整个宇宙除了我以外别无一物。不过有些奇怪的是，我一点也没有觉得孤独或是害怕，感觉就像我已经回到了地球，正舒舒服服躺在自己的床上一样。在我日后回想起这段经历的时候，我当时的这种平静感觉就显得越发奇怪了。要知道，从我在陨石坑待的那最后几个小时开始，我就一直在被这种极端的孤独感所折磨。

说起来真有些匪夷所思，我在太空中飞行的这段时间是我一生中其他任何一段经历都无法比拟的。有时我觉得自己就像一个端坐莲台的菩萨，静坐于无限的永恒之中；一会儿又觉得这只不过是我从月球跳回到地球上的一个空中的停顿。事实上，如果用地球的时间来衡量的话，我在太空飞行了数周之久。但是，在那样的空间中，我和关注、焦虑、饥饿和恐惧都断绝了关系，我就这么飘着，心情无限自由地回想着我们在月球上的全部经历，回想我这一生的经历和全部的动机，也想到一些诸如自我存在等神秘莫测的问题。我觉得自己的身体似乎正在膨胀，整个感官都失去了知觉，就这么在星星之间飘荡着，地球的渺小和个人的渺小清晰地印在我的脑海中。

我不愿把我脑海中的全部思想都毫不保留地讲出来。当然，所有的这些想法都和我当时身体的异常状态有关，直接或是间接的。现在我只是如实拣些自认为有价值的，把它们写下来，并不妄作评论。所有的想法中最重要的，就是对我自身身份的怀疑。我觉得，要是我这么表述没有歧义的话，我已经跟那个叫贝福德的人没有什么关系了。贝福德是一个浅薄的平庸之辈，我以前只是碰巧和他有点关系。在许多问题上，我觉得贝福德都表现得像一头驴或是其他什么楚楚可怜的畜生，只不过以往我一直骄傲地把他视为一个朝气蓬勃、有决断的人。我现在觉得他连头驴都不如，只能做驴子驴孙。我回顾了他的校园生活，他的青春岁月，还有他的初恋经历，就像人们俯瞰地上一只蚂蚁的整个活动一样。在那个头脑清醒的时期的一些让我懊悔的事情如今仍然让我挥之不去，我甚至都怀疑我是不是还能重获我早年那种充实的自我满足。不过，此时这些事情一点都不让我感伤，因为我有一种异乎寻常的信念，那就是我既不是贝福德，也不是其他什么人，只是飘荡在无尽的永恒中的一个思想。我为什么要为贝福德的缺点而纠结不安呢？我对他这个人没有任何责任，自然也不用对他的缺点负责。

一时间，我一直在和这种古怪的想法做斗争。我设法让自己回想记忆中某个生动的片段，回想我曾获得的温情和其他强烈的感情。我想要是我能够回想起一种真正的情感上的苦痛的话，我就可以停止这种越演越烈的真实自我和古怪想法的斗争，但是我做不到。我看到贝福德跑在参加大学考试的路上，在千色犁的巷子中奔跑，帽子反扣在后脑勺上，衣角飞扬；我看见他在熙熙攘攘的人群中，躲闪着和他同样大的小家伙们，偶尔撞上了谁，忙不迭地给他们鞠躬道歉。这是我吗？我看见贝福德在当天傍晚时分坐在一位女士家的客厅里，身边的桌上放着他的帽子，这帽子可真该好好刷刷了，他眼泪汪汪的。是我吗？我看见他和这位女士在一起，经历着各种态度和情感——为什么我之前从未有过这种置身事外的超然？我看见他匆匆来到里普尼开始写他的剧本，和凯沃打招呼，穿着长袖衬衫在制造飞行器，又出走到了坎特伯雷，就是因为他不敢来月球！真的是我吗？我真不敢相认了。

　　我依然相信所有的这些想法都是幻觉，是因为我太孤独，又处于失重状态，心里还有一些抵制意识。我在舱内飘来飘去，到处乱逛，还捏自己的手，把双手紧紧交叉在一起，就想摆脱这种情绪。觉得还不行，我于是点亮了灯，拿起那份破旧的《劳埃德新闻报》，重新回味一遍那几则很吸引人的真实的广告，关于要转让卡特威牌自行车的，那个私人财产雄厚的绅士，那个走了背运穷到要卖刀卖叉的太太。毫无疑问，他们是真实存在的，于是我趁机对自己说："这就是你的世界，你是贝福德，你马上就要回到这个世界里，生活在这样现实的琐碎中去度过你这一辈子。"但是我心中的疑问又会立即反问道，"刚才读报纸的人根本不是你啊，是贝福德，但是你又不是贝福德，这点你清楚的。问题就出在这里。"

"闭嘴！"我冲自己嚷嚷，"要是我不是贝福德的话，那我是谁？"

但是没有任何的灵感能够照亮我的思想，让我找到正确的答案来解决这个问题。脑海中出现的尽是些稀奇的幻想、古怪的疑问，就像是远远的模糊的影子。你能相信吗？当时我真觉得我自己是独立于整个世界之外的，不，应该是整个宇宙之外，超越了时间和空间，这个可怜的贝福德只是一个皮囊，我借他的眼睛观察整个生活。

贝福德！不管我怎样想撇开他，我这辈子肯定都跟他扯不清关系了。我清楚，不管我身在何处，所谓何物，我必须承受他的欲望带来的压力，同情他的一切幸福与苦痛，直到他的生命终结为止。可是随着贝福德生命的终止——以后我又怎么办呢？

我的这些经历就先讲到这里吧！我之所以要说这些，是想说人一旦离开地球，处于一种绝对隔离的状态，不但是身体的每个器官的功能和感觉，就连他的每根神经都会受到一种无法预期的奇怪的负面影响。在整个浩瀚宇宙的长途飞行中，我就这么一直飘着想着这些不切实际的东西，孤单而冷漠，是浩瀚宇宙群星之间的云朵般飘荡的狂妄之徒。不论是我即将返回的那个地球世界，还是那个充斥着蓝光的月球人的洞穴，还有他们头盔背后的脸，他们巨大奇妙的机器，还有被卷进了月球世界的凯沃的命运，对我而言不过都是些不足挂齿的鸡毛蒜皮而已。

最后我终于感觉到了地球引力对我的作用，它把我又拽回了人类现实的生活当中。随后，我越来越肯定，我就是贝福德，我经历了一场惊心动魄的历险后又回到了我们人类的世界，我捡了一条命，终于活着回来了。我开始琢磨，应该怎样才能让飞行器降落到地面。

第二十章　小石通镇的贝福德

　　进入地球大气层以后我的飞行路线就几乎和地面平行了，舱内的温度也立即开始上升。我知道我应该降落了。在飞行器下方很远的地方，透过朦胧的光线，可以看到一大片海洋。我把能打开的窗户都打开了，这样飞行器就开始降落了——从太阳的暴晒中落到了黄昏的暮色中，又从暮色中落到了昏暗的夜晚。地球现在越来越大，大得把群星挤出了我的视线，取而代之的是一大片闪烁着银色星光的云层。最后我眼前的世界不再是一个球体了，先是变成了一个平面，然后又变成了凹面。现在这已经不再是太空中的一颗行星了，而是人类居住生存的世界。我把朝向地球的那扇卷帘放下了，只留一条一英寸左右的缝。这样飞行器下降的速度才能更平缓。那片辽阔的水域近在咫尺，我都能看见它上面的粼粼水波，这些波涛向我冲过来，仿佛是为了迎接我。舱内酷热难耐，我把这扇卷帘彻底拉了下来，关上了窗户，我皱着眉头坐下来，有些紧张地咬着我的手指，等着落地的撞击。

飞行器落入了水中，溅起了巨大的水花，水花应该有几丈高。我听到水花四溅的声音，就马上打开了所有涂满凯沃物质的卷帘。这样我继续下落，不过速度越来越平缓，然后我觉得舱底在向上挤压我的双脚了，这应该是因为飞行器在水的反作用力下像个泡泡一样又冲出了水面。最后我在海面上漂浮摇摆，我的太空之旅终于就这么结束了。

夜色阴郁，笼罩大地。远处两个小黄点应该是过往船只的灯火，近处有一盏红灯时隐时现。我想我的照明灯还有电的话，那么我也会把它点亮，好让人们帮忙把飞行器打捞上岸。我突然觉得疲惫不堪，不过我还是兴奋异常。我用一种失去耐性到近乎狂热的心情，盼望着我的旅途早些结束。

但是最后我还是不再乱动了，坐下来，抱住膝盖，盯着远处的红灯。红灯在浪里飘摇，时上时下，时起时落。我的兴奋劲已经过去了。我知道我恐怕还得在这个飞行器中待上一晚。我真是累得筋疲力尽，眼皮重得抬都抬不起来了，我就这样睡着了。

一种有节奏的动静把我给弄醒了。我透过弧形的玻璃往外看，原来我漂到了沙滩上，陷进一个大沙坑里了。远处似乎有树木，有房屋，海的另一边还有一艘船的扭曲模糊的影像浮在海天之间。

我站了起来，但是摇摇晃晃的，有些站不稳。我只有一个愿望，那就是我要出去。入口孔现在是朝上的，我尽力想拧开这些螺栓。我终于慢慢打开了入口。空气又发出噗噗的歌声愉快地钻了进来，正如当初我们离开时它噗噗地钻出去一样。不过这一次我可不想一步一步等气压慢慢调整后再逐步打开入口了。很快地，我就已经卸下了入口孔的玻璃，把它取下来托在手中，一下子，我就暴露在外界的空气中，完全彻底地，暴露在地球熟悉的天空下。

外部突然涌入的空气压迫着我的胸腔，让我透不过气来。我扔下了玻璃螺栓，叫了起来，双手捂住胸口，一屁股坐了下来。我一直都觉得痛。随后我深吸了几口气，最后终于能够站起来，四处走动走动了。

我努力把头从入口孔探出去，但是飞行器滚动了起来。这样一来，我的头刚一伸出去，就觉得好像有什么东西又把我向下拽了回来。我连忙缩了回来，要不就得栽进水里去了。我趴在地上像蠕虫一般向着沙滩上一耸一耸地爬去，此时退潮的潮水还依然一浪接一浪地打在沙滩上。

我并没有马上站起来。我突然觉得浑身像灌了铅一般的沉重。现在地球母亲又紧紧地把我搂在怀中了——此刻已经没有了凯沃物质的引力屏蔽。浪花一朵一朵地吻上我的脚，浸湿了我的裤脚，不过我毫不在意。现在正是黎明，天空还是一片灰暗，不过已经隐隐有一些泛着绿光了。远处有一艘船停靠在港湾中，是一个点缀着点点黄光的苍白剪影。海水泛着涟漪，一层一层地漫上来。向右望去，有一弯弧形的陆地，在那沙石砌成的堤岸上有些小房子，还有一座灯塔、一个航标、一处地峡。海岸线向内延伸出一片平坦的沙地，沙地的上面点缀着一个个水洼，这片沙地大概只有一英里长，最后伸入了一片水域，边上长着低矮的树丛。东北方向可以看见一处海水浴场，周围没有其他什么景致或是设施，孤零零的。后面有一排房子，像是一个瘦削的影子荒凉地立在那里。这排房子应该是我回到地球以后迄今为止见到的最高的东西了，不过在渐渐明亮的天空背景下，看起来只不过是一些毫无生气的方块。我都无法想象到底是怎样奇怪的人会在这么一大片开阔之地立起这些东西。可是不管我愿不愿意，它们依然在这里，像是荒原中布莱顿城的断壁残垣。

　　我就这么坐了一会儿，打打呵欠，揉揉眼。最后我挣扎着站了起来。仿佛我不是在站起来而是在举重。我终于站了起来。

　　我看着远处的房子。我终于饿了，这还是那次陨石坑里挨饿经历以后我第一次想吃东西。"熏肉，"我自言自语，"鸡蛋，烤得酥脆喷香的面包，还要香浓的咖啡……可是我怎么才能把这堆东西①弄到里普尼呢？"我都不知道此刻我身在何处。应该是东部地区的海岸，因为我在最后降落之前看到地面上是欧洲的景象。

我听到有人在沙滩上行走的声音，然后一个矮个子的男子出现在我的视线里。他圆脸，相貌和善，身上穿着法兰绒的衣服，肩上裹着浴巾，手臂上搭着游泳衣。看到他的这副打扮，我就知道我此刻应该是在英格兰。他目不转睛地盯着我和我的飞行器。他走了过来，眼睛还是一眨不眨地盯着我们。我现在知道我当时的尊容一定跟一个凶猛的野人差不多——浑身上下邋遢不整到无法用语言形容的程度。可是当时我并没有意识到这一点。他在离我还有二十码开外的地方停下了脚步。"喂，你是人吗？"他的语气中带着很强的试探性。

"你跟谁喂呢？"我回答说。

听到了我的回答，他才放心地走上前来。"这东西是什么啊？"他问。

"你能先告诉我这是哪里吗？"我反问道。

"这是小石通城。"他说着，指了指岸上的房子，"那边是邓杰内斯！你是刚刚着陆到这里的吗？你的那个东西是什么啊？是一种机器吗？"

---

① 指飞行器。

"是。"

"你是一直这么漂上岸的？是船失事了还是怎么回事？到底是怎么回事啊？"

我的脑袋在飞速想着该怎么说。这个人走上前来，我仔细看了看他的样子。"真是的！"他说，"你可真够倒霉的！我还以为你——哦——你是在哪里发生事故的啊？你的那个东西是不是用来救生的可以漂浮的东西啊？"

我决定先暂时顺着他说。于是含糊其词地没有否认。"我现在需要帮助，"我的声音有些沙哑，"我得把我的行李弄上岸——这些东西我实在是不能随便乱放的。"我又看见有三个俊朗的年轻人朝这边走过来，他们都拿着毛巾，穿着轻薄的运动衣，戴着草帽。显然现在是这个小石通镇的早间海滨浴场开放的时间了。

"需要帮助吗？"我面前这个年轻人说，"我很愿意帮忙啊！"他很积极热心的样子。"您到底需要我们怎么帮您呢？"他说着转身，挥手示意后面的人快点。那三个年轻人加快了步伐。很快他们就围在我周围了，追问我各种各样的问题，只是我都不愿意回答。"以后再跟你们解释吧，"我说，"我现在都快要累死了，浑身散了架似的。"

"要不您先到旅馆去休息，"我最初看见的那个矮个子说，"我们在这里帮您看着那东西。"

　　我犹豫了一下。"不行，"我说，"那东西里还装着我的两根大金条呢。"

　　他们面面相觑，然后又望着我，觉得我的话难以置信。于是我走到飞行器跟前，弯下腰，爬进去，然后把月球人的撬棍和那根断了的链子拿到了他们的眼前。好在我早已累得连话都不想说了，否则我得好好讥笑他们一番。他们顿时像是变成了几只小猫，看着眼前的一只甲虫，束手无策。一个矮胖子弯腰拿起了一根撬棍的一端，然后哼了一声又把它放下了。其他的人也都轮流试了试。

　　"这东西是什么做的？铅还是金啊？"一个人说。

　　"嗯，应该是金子！"另一个人回答说。

　　"金子，肯定是金子！"有一个人肯定道。

　　接下来他们都怔怔地盯着我，又都转过头去看港口停泊着的那艘船。

　　"喂！"那个小个子开口了，"你到底是从哪儿弄到这些东西的？"

　　我累得要死，实在没有精力跟他们编故事，我如实回答道："我从月球上拿回来的。"

　　他们又面面相觑了。

　　"先听我说，"我继续说，"我现在不想跟你们解释。先帮我把这些金子弄到旅馆去，我想，两人抬一根，累的话中途可以休息一下，我自己把这根链子拖过去。等我吃饱喝足，有了精神，再慢慢跟你们讲。"

"那么那个大东西怎么办啊？"

"放在那里没问题的，"我说，"反正——去他的吧！——就让它搁那儿好了。要是涨潮了，它会自己漂起来的。"

这几个年轻人听得如坠云里雾里，脑子里满是问号。他们很听话地把我的宝贝扛在肩上，我自己走在队伍的最前面，四肢就像灌了铅一样沉重，朝远处的那片海滨区走去。半路上，又有两个小女孩加入了我们的队伍，她俩拿着铲子，畏畏缩缩的；后来又多了一个瘦瘦的小男孩，时不时大声地吸着鼻涕。我记得他好像骑了一辆自行车，一直骑在队伍右边，跟了我们有大约一百码远，就没再跟下去，可能是觉得没意思了吧。他掉头往沙滩上我的飞行器的方向骑去。

我转过头看了看他。

"他不会碰你的东西的。"那个壮实的小伙子很有信心地说，这种安慰话我听了是甘之如饴的。

起初我的心绪还灰蒙蒙的，现在太阳已经从云层背后跳了出来，把整个世界都照亮了，连原来灰蒙蒙的海洋现在也泛着闪闪的金光。我的情绪开始好转，精神也随之振奋。我又想到了我所完成的和尚待完成的事情的重要意义，这些事情仿佛阳光般照亮了我的整个心绪。看到我最先遇见的那个矮个子蹒跚着吃力地扛着金撬棍的样子，我开心地放声大笑。等我真正获得我在这个世界上所应有的地位的时候，这个世界将会多么惊讶啊！

我的确是疲劳过度了，我对这个有趣的小石通镇的旅馆老板都提不起兴趣。其实他挺搞笑的。他一方面看到了我的这么多的金子，还有我那几个体面的跟班，一方面又觉得我的样子实在是太过邋遢。这个巨大的反差搞得他无所适从。不过最后我终于进到我朝思暮想的地球上的浴室中，洗了热水澡，换了衣服。衣服是那个和善的矮个子借给我的，虽然太小了，倒还干净。他还借给我一把剃须刀，不过看着自己满脸茂密的胡楂，我都有些望而却步了。

我终于能够坐下来享用地道的英式早餐了。但是我都没有什么力气吃东西——我都饿了几个星期了，都不怎么饿了——一面尽力地回答这四个年轻人的问题。我跟他们说的都是实话。

"好吧，"我说，"既然你们一再追问，我就告诉你们——这些东西是我在月球上搞到的。"

"在月球上？"

"对，就是你们看到的挂在天上的那个月亮。"

"可是你怎么去得了呢？"

"我就是去了，没别的！"

"那这么说你是刚刚从月亮上下来的？"

"当然！穿越了太空——就是坐在你们刚才看到的那个巨型球里面。"我美美地吃了一口鸡蛋，心想要是下次去月球的话，一定要记得带上一盒子鸡蛋。

我非常清楚，我说的话他们一句都不相信。不过他们倒是非常崇敬我，只因为我是他们遇见过的骗子中牛吹得最离谱的。他们你看看我，我又看看你，最后都把眼光聚焦在我的身上。我还以为他们想从我往食物上撒盐的样子上找出什么蛛丝马迹呢，接下来他们目不转睛的样子仿佛又想从我往鸡蛋上撒胡椒粉的架势中发现什么有价值的线索。他们满脑子想的都是他们刚才扛在肩上的那些形状怪异的金条。现在这些金子就堆在我面前，每一块都值几千英镑，谁要是想把他们偷走，那就如同想偷一栋房子或是一块地皮一样没有可能。我一边享受着咖啡，一边看着他们好奇的脸。我终于明白过来，要想让人相信我的话，我还得做出一大堆的解释才行。

"你绝不是那个意思——"最年轻的一个小伙子开口了，那腔调仿佛是在劝说一个异常固执的孩子。

"请把那个面包烤架递给我。"我用这句话彻底制止了他，让他没有机会再说下去。

"那您听我说，"另一个人说，"您要知道，我们没法相信您的话。"

"哦，那就这样。"我说着，耸了耸肩膀膀表示遗憾。

"他根本就不想跟我们解释清楚，"最年轻的那个小子又说话了，这话听起来像一句旁白，他继续神态自若，气定神闲地说，"我想抽根烟，你不会介意吧？"

我向他挥挥手，表示同意，然后低头继续吃我的早餐。有两个年轻人站了起来，走到远一点的窗户边上，脸朝窗外，低声絮叨着什么。我忽然想到一件事。"涨潮了吗？"我问。

暂时两人都没说话，好像不知道我到底是在问谁。

后来那个矮胖子说："都要退潮了。"

"哦，是这样啊。"我说，"也无所谓，反正它也漂不远的。"

我开始吃第三个鸡蛋了，也决定跟他们说说话。"听我说，别觉得我脾气不好或者觉得我是在冒犯你们，或跟你们说谎之类的。我只是有点急躁，有点神秘，这点我也没办法。我其实非常理解，我的故事听起来太离奇了，你们得用上你们的想象力。有一点我可以向诸位保证，你们现在看到的是一个值得纪念的时代。但是我真的没办法向你们解释清楚——我也不可能解释得清楚。我向你们担保，我真的是刚从月球上面回来，我能说的就这么多了……总而言之，我非常感谢诸位，非常感谢。我希望我今天没有什么冒犯诸位的地方。"

"噢，没有，一点也没有。"那个最年轻的小子很温和地说，"我们很能理解。"他一边说一边直视着我，椅子向后仰着，我都担心要是再用点力的话他的椅子就要向后倒下去了。后来他用力又把椅子坐直了。"一点也没有冒犯我们。"胖子也这么说。

"你别那样想！"说着他们几个都站了起来，四处走动，点着烟，看样子是想向我表明，他们都是很随和友好的，对我和我的那个飞行器一点也没觉得奇怪。"我会一直盯着那条船的。"我听见他们中间有人压低了声音说。我相信，我根本不需要说什么话来留他们，要是他们自己做得到的话，他们早就把我一个人扔在这儿跑了。问题是他们就是做不到。于是我继续吃我的第三个鸡蛋。

"天气，"过了一会儿矮胖子又说，"最近一直都不错，是吧？我不知道我什么时候经历过这样的一个夏天。"

扑哧！我突然听到一声巨响，好像火箭发射般的声音。

什么地方的窗户也打破了……

"怎么回事？"

"这不是——"那个矮个子尖叫了起来，冲到了角落的窗户面前。

其余人也都冲向了窗户。我坐着直直地盯着他们。

突然我跳了起来，打翻了我面前尚未吃完的第三个鸡蛋，也冲到了窗户前。我突然想起了什么。"那儿什么都没有了。"那个矮个子一边高声叫着，一边冲向门口。

"一定是刚才那个男孩子干的！"我也愤怒地叫了起来，气得嗓子都哑了，"一定是那个倒霉的孩子干的！"我转过身，一把推开正端着烤面包给我的侍者，猛地冲出了房间，冲到旅馆前面那一小块空地上。

原本风平浪静的海面，现在像是被猫挠了一爪子似的，变得起伏不平；而原来飞行器所在的海面，现在是一片波涛汹涌，像是有轮船刚刚开过一般。天空中腾起了一小团蘑菇云，沙滩上有三四个人正仰着脸盯着发出这声巨响的地方，满脸疑惑。我看见的就这些了！旅馆的搬运工和侍者，还有那四个穿着运动衣的年轻人也跟着我冲了出来，想看个究竟。每一扇窗户，每一扇门，都充斥着叫喊，各种各样的焦躁不安的人也都冲了出来——全是一副目瞪口呆的样子。

一时间我就这么不知所措地站着，被事态的新进展给吓坏了，根本就没有时间思考人的问题。起初我完全被吓蒙了，根本没想到这件事情完全就是场灾难——我真是被吓蒙了，就像被出其不意地打了一拳一样。要等到事后才可能去仔细检查自己的伤情。

"天哪！"

我觉得仿佛有一个人正在拉着我的领子，把一整罐的东西顺着我的脖子倒进来。而罐子里装的是满满的惊恐。我的腿都吓软了。这时我才明白这场意外之灾对我而言意味着什么。都是这个倒霉的孩子——他现在已经冲上云霄了！我就这样被飞行器抛弃了。我现在在地球上的全部身家——就是那些还放在餐厅里的黄金了。我该怎么收拾这个残局啊？混乱，一定是混乱不堪的局面。

"喂！"我身后的那个矮个子说，"喂，你应该知道。"

我转过身来，这二三十个人，这些人仿佛是来盘查我一样，一言不发，脸上全是质疑，无尽的疑问和惶惑的神情。我实在无法忍受他们眼神的压迫了。我开始高声呻吟起来。

"我没办法！"我吼道，"我跟你说了我没办法！我就是做不到！你们应该自己想想——你们这群该死的！"

我用颤抖的手指胡乱比画着。他往后退了一步，像是我威胁了他似的。我冲出人群回到了旅馆。然后直奔餐厅，狂按桌上的铃。等侍者一来我就迫不及待地把他一把抓住。"你没听见吗？"我对着他吼，"找人来，把这些金条给我搬进房间，马上！"

他似乎没有听懂我的话，于是我对着他大喊大叫。终于来了一个围着绿围裙的小老头，显然也被我吓坏了，还有两个穿着法兰绒衣服的年轻人。我直冲向他们，让他们立马给我干活。等到金子都搬进了我的房间，我就觉得不想再跟任何人多费口舌了。"现在马上给我出去！"我喊道，"你们全部给我出去，要不我就让你们当面见识一下我是怎么发疯的！"有一个侍者的动作慢了些，我一把按在他的肩上把他推了出去。然后，我立即把门关上，反锁好。脱下那个矮子借给我的衣服随手一扔，直接瘫在了床上。我就躺在床上，骂个不停，喘个不停，等了好久才平静下来。

最后我终于平静了，从床上爬起来，摁铃叫了一个眼睛圆圆的侍者，问他要一件法兰绒的睡衣、一杯加苏打的威士忌，还要几支上好的雪茄。他磨蹭了半天，让我按了好几次铃，才把这些东西给我送来，真让我生气。我重新反锁上门，开始仔细思考目前的整个状况。

这个伟大的实验的最后结果居然是个彻底的失败。我是这场溃败中唯一的幸存者。整个事件原来是个虎头蛇尾的溃败，而这刚刚发生的事情就是最后的灾难。

我唯一能做的就是拯救自己，尽量将自己从这个沼泽中拉出来。这最后定性的致命一击把我原来的所有关于重返月球重整旗鼓的梦想彻底击碎了。我的重返月球的雄心，我要用黄金装满整个飞行器的美梦，要把一小片凯沃物质拿去化验分析，以便找到其成分的伟大秘密的计划，最后，如果可以的话，找到凯沃的遗体的想法，所有的这一切，都烟消云散了。

我就是灾难中的唯一幸存者，仅此而已。

每次到了危急关头，我能想到的最棒的主意就是上床睡觉。要不然，我肯定得发疯，做出什么不理智的事情来。不过此刻，门也反锁了，谁也无法干扰我了，我可以从容不迫地从各个角度去思考这个问题，然后找出对策。

当然，我非常清楚那个男孩子是怎么搞的。他一定是爬进了飞行器里面，随意胡乱按着那些按钮，碰巧就把涂有凯沃物质的卷帘都关上了。这样飞行器就冲上了天。我觉得他不太可能把入口孔给关紧了，要是他真的就连入口孔的螺丝都拧紧了的话，他就永远别想再回到地球来了——当然，他还是有千分之一的概率回来的。很明显，他会在飞行过程中由于失重的缘故和我的那一大捆行李一起飘到球体的中心部分，而且会一直在那周围飘着。这样他永远也别想成为地球合法的一员了，不过他倒是能引起太空中某个角落的星球居民的强烈兴趣。我很快就说服了自己相信这一切。再说我在整个事件中应负的责任。我越想越觉得，要是我一直对整件事情保持缄默的话，那么我根本就不需要担心什么。要是孩子的父母悲痛欲绝地跑到我面前来要孩子的话，我就要他们先还我的飞行器——要不然就干脆装傻，问他们是什么意思。起初，我眼前老是出现这样的情景：哭泣的父母，还有孩子的其他监护人，以及随之而来的种种麻烦。现在我明白了，只要我闭口不谈，那么什么事情都不会发生。真的，我越是这么躺着，一边吸烟一边思考，我越是觉得我的决定无懈可击。

对任何一个大不列颠的公民来说，只要他没有任何的破坏行为或是粗鲁的言行，那么他就有权出现在任何他愿意出现的场所，愿意穿多烂就多烂，愿意多邋遢就多邋遢，愿意随身携带多少纯金就带多少，任何人都没有任何权利对他的上述行为进行干涉或是扣留。我把这些想法最后归纳成了一个公式，并且在心中一遍又一遍地默念着，仿佛这就是能保障我自由的宪章。

一旦把这件事情搁在一边不管了，我就可以用同样的方式来解决某些我以前想都不敢想的问题了。也就是那些破产带给我的问题。可是现在好了，我终于可以冷静而且轻松地重新看待这些问题了。我明白了，只要我能找个其他什么别人不太熟悉的名字来掩盖我的真实身份，只要我还能继续把这满脸的两个月都没有剃的胡须留下去，那么，我前面提到过的那个蛇蝎心肠的债主找上门来的可能性就很小。有了这些推理，再付诸行动，应该就是一帆风顺的了。当然，我的这些做法都有点卑鄙，但是我不这样的话，还能怎么做呢？

不管我要怎么做，我决定先要稳住，要先平静下来，这样事情才会向好的方向发展。

于是我要了纸和笔，给新罗姆尼银行写了封信——侍者告诉我这是离旅店最近的银行了——信中我告诉银行经理说我希望在这家银行开个户，要他派两个信得过的人来取走我的上百磅的黄金，这么多黄金随身带着实在是不方便。我还跟他约定了暗号，就是来人要坐着一架套着好马的马车来。我在信上署的名是布莱克，我觉得这个名字很体面。做完了这件事，我找来一本福克斯通蓝皮书，从中挑选了一家裁缝店，让他们派个裁缝来给我量尺寸，我要做一套深色的斜纹软呢西装。同时订购了小提箱、衣帽箱、棕色的长靴、衬衫、几顶帽子（为了试出一顶合适的）等等。又从一个钟表匠那里订购了一块表。发出了这几封信以后，我点了一份这里最好的午餐，然后又躺下抽烟，尽可能表现得平静正常。后来按照我信上的指示，两个银行的职员照着我的暗号来了，将金子过了秤以后就拿走了。然后我把被子拉上来蒙住耳朵，这样就听不到任何敲门的声音，舒舒服服地睡着了。

　　我居然去睡觉了。一个刚刚从月球上返回地球的人做的事居然是睡觉，无疑有些乏味。我都能想象到那些年轻的想象力丰富的读者一定会说我的这种行为真的让人失望。但是我当时真是累坏了，而且也愁坏了，更重要的是——我他妈的找不到其他事情可做！就算我把我的经历原原本本讲给那些人听了，他们也绝不会相信的，这只会让我徒增烦恼罢了。所以我干脆睡觉。等我一觉醒来的时候，我就已经习惯去面对这个世界了。其实自从我能够分辨是非起，我就已经习惯去面对这个世界了。要是世人都不能相信我的经历的话，那么就让他们把它当作小说读好了。我不介意。

　　写到这里，我的故事就结束了。连我自己也惊讶于这场冒险能结束得这么快，这么完美。每个人都相信凯沃是一个并不怎么高明的科学实践者，最后炸毁了自己在里普尼的房子，自己也葬身于那场爆炸中。人们把我来到小石通镇以后镇上发生的那声轰然巨响，归咎于利德镇的一场爆炸实验。利德镇距小石通镇还有两英里，镇上有一个政府兴建的实验机构。我也必须坦白，我并没有承担我在汤米·西蒙斯——就是那个失踪的小男孩——事件中应当承担的责任。那件事情，要想找出线索，弄个水落石出，恐怕不太可能了。至于我怎么会衣衫褴褛，却带着两根金条出现在小石通镇的海滩上，人们给出了各种各样的猜测——他们怎么想我都无所谓。他们说我编造了所有的这些故事，是为了避免别人追问我巨额财产的来源。我倒想看看有谁能编造出这样的一篇故事，前后衔接得如此紧凑合理。总而言之，人们把我的经历当成虚构的小说来看——那好吧，就当作是小说吧。

　　我的故事就讲完了——现在我又该为我的地球生活操心了。就算是上了一趟月球，我还是得在地球上找个工作，找口饭吃。所以现在我就在阿马斐写剧本，这个剧本就是我早就在构思的——在凯沃闯进我的生活之前就在构思了。同时，我也正在努力把我的生活恢复到没有遇见凯沃以前的状态。但是坦率地说，每当月光照亮我的房间，我就很难将思绪控制在我的剧本上。现在是满月了，昨晚我在户外那个小凉亭里待了很久，目不转睛地盯着遥远夜空中的那个闪亮的白色星球。想想看！上面有桌椅、有架子和棍子，全部都是金子做的！该死的！——要是谁又能碰巧倒腾出凯沃物质该多好！但是这种事情，一个人一辈子也就只能碰上一回。瞧我现在的样子，比我身在里普尼时好不了多少，只是稍稍富裕了一点，仅此而已。凯沃的做法相当于自杀，只不过比人类之前的所有自杀方式都更煞费苦心而已。这就是故事的结尾了，完全就像一场梦。这件事跟日常生活中的其他事物是如此格格不入，离普通人的生活是如此遥远，那些跳跃方式，那些进食方式，那种呼吸，还有那些失重的时刻，所有的这一切都让我觉得自己是做了一场梦，虽然我真真切切从月球上带回了金子。

第二十一章　朱利斯·温迪基的惊人通信

　　等我从月球返回，降落到地球上的小石通镇的故事写完以后，我写上了"完"，然后就把笔给扔了，完全相信这篇《登月第一人》的故事就完全结束了。这还不算，我已经把手稿都交给了出版商，授权给他可以出版销售了，甚至已经在《斯特兰》杂志上读到了故事的很大一部分。我正着手重新写我在里普尼就开始构思的那个剧本的时候，才知道这个登月的故事远没有结束。我收到了一封令我大吃一惊的信，这封信从阿马斐辗转追踪我到阿尔及尔，然后才到了我手上，途中花了六个月的时间。简单地说，信中说有一个叫朱利斯·温迪基的先生，他是一位荷兰电学家，一直在用一种仪器测试，这种仪器类似于美国的特斯拉用的那种，希望能够找到一个与火星交流的途径。结果他每天都能用仪器接收到用英文传输的支离破碎的奇怪信息，这种信息毫无疑问是月球上的凯沃发出来的。起先我还以为这不过是那些读了我的小说的人跟我开的一个玩笑，于是我也戏谑地给温迪基先生写了封回信。但是他的回信打消了我所有的疑虑，于是我按捺住激动的心情，急匆匆从阿尔及尔赶到了他工作的天文台所在地——阿尔卑斯山圣哥塔岭。当我看到他的设备和记录的时候——那些记录主要是凯沃发来的信息——我脑中尚存的一丝怀疑也瞬间烟消云散了。他建议我留下来，我马上同意了，每天帮助他记录收到的信息，和他一起想办法往月球回发信息。我们从收到的信息中得知，凯沃不仅没有死，也没有被关押起来，而且能自由进出于那些蚂蚁般的生物组成的不可思议的世界。这些长得像蚂蚁一样的月球人就生活在月球洞穴的昏暗蓝光中。他好像瘸了一条腿，除此以外身体很好——用他的话说就是比在地球上的时候还要健康，这一点他特别在发来的信息中说得很清楚。他发过烧，但是好了以后没留下什么后遗症。奇怪的是他觉得我要不就是死了，要不就迷失在浩瀚的太空中了。这让他一直很痛苦。

温迪基先生是正在进行另一项实验的时候意外收到凯沃发出的信息的。读者肯定都记得，20世纪初发生过一件振奋人心的事件，就是美国著名的电学家尼古拉·特斯拉宣布，他收到了来自火星的消息。他的这一报告唤起了科学家对于他们早就熟知的事的关注：在太空有某种未知的源极，即电磁波的干扰，不断地传到地球上来，这种电磁波和马可尼先生的无线电报使用的电波是很相似的。除了特斯拉以外，还有很多科学家也致力于改善接收和记录这些电波的仪器，但是只有极少数的人想到这种来自太空的电波正是外星发出的信息。温迪基先生就是这极少数人之一。从一八九八年开始他就一直埋头于这个课题的研究。由于家底殷实，他在罗萨山的一侧平坦处建起了一个天文观测台。该建筑的方位独特，从各方面来看都很适合他研究课题的相关观测。

我的科学知识并不丰富，这点我必须承认。但是就我仅有的学识而言，温迪基先生用来探测和记录空间电磁波的干扰的仪器的确是原创而独特巧妙的。由于各方面的装备和条件都准备充分而且配合完好，他的装置已经安装完毕并且投入使用，两个月后就收到了凯沃的首次呼唤。因此，这里其实是从一开始就收到了凯沃断断续续发来的所有信息。可惜的是，这些信息很不连贯，他告诉人类的最重大的事情，就是怎么制造凯沃物质。要是他真的是发送过的话，那么这些重要的信息就是在空间的传递过程中丢失了，我们并没有能够把它记录下来。我们从没能成功地向凯沃回发信息，因此他没法判断我们到底收到了哪些信息，哪些信息又在传输的过程中丢失了。他甚至都不能确定地球上究竟有没有人知道他这么努力地在跟我们联系。但是他还是一直坚持不懈地发来了对月球上发生的事情的描述，长达十八个部分（如果我们一字不落全部都接收到了的话应该有这么长），这充分说明这两年以来，凯沃是多么怀念他的地球母亲啊！

你一定能够想象，温迪基先生第一次发现在他的那些电磁干扰记录中居然出现了直白的英文单词的时候，他是多么惊讶。他本来对我们这次疯狂的登月举动一无所知，突然间——从太空收到了这样用英文传输的信息！

读者们也应该了解这些信息是在什么情况下发送出来的。在月球上的某个地方，凯沃一定找到了机会，能够长时间地接触这些电子仪器，也许他自己已经安装了——可能是偷偷安装的——类似于马可尼式的通信装置。这样他就可以在任意的时间发送信息了：有时每半小时左右发一次，有时是三四小时发一次。他就是这样无规律地向地球发送信息，但他忽略了一个问题，就是月球表面和地球表面各点的相对位置是一直都在改变的。其结果就是他的信息在我们的记录中时有时无，完全是一种间歇性的状态，当然这也部分归咎于我们记录仪器的必然缺陷。他的信息时而模糊，时而神秘减弱直至彻底消失。另外，他的操作也很不熟练。那些常用的电码，他要么就是只记得一部分，要么是根本就没有熟练掌握，只要他累了，他的信息中就会出现漏词或是一些奇怪的拼写错误。

总地算起来，我们丢失的信息可能是凯沃发送的信息总量的一半，而我们记录下来的这一半中，也有很多部分是残缺不全的，时断时续的。所以，请诸位做好准备，在下面的摘要中，你会遇到大量的中断、漏字还有转换话题的情况。温迪基先生和我一起，正在整理一份凯沃信息记录的完整注释版，我们将把它付梓，其中连我们接收信息的仪器都有详细说明。第一卷有望在明年一月同诸位见面。与手头这本书的通俗普及性质不同的是，这个版本将是一本完整而科学的报告。不过，你下面将要读到的内容，已经足够将我之前讲述的月球探险的故事补充完整了，读完之后，你会对与我们相比邻的、关系密切而又大相径庭的另一个世界的情况有一个基本的了解。

第二十二章　凯沃发来的前六条信息的摘要

　　这之前凯沃发来的两条信息，我就不在此赘述了，我会将它们写入我上文提到过的那个完整版。这两条信息非常简洁地将一些有趣但是无关痛痒的细节进行了对比，讲的就是我们制造飞行器和离开地球的过程。在整个描述中，凯沃把我当成了一个已经不在人世的人，只是在谈起我们月球着陆的时候语气发生了奇怪的变化。他这样称呼我："可怜的贝福德""这个可怜的年轻人"；他甚至自责说怎么会引诱一个年轻人"在没有充足的装备的情况下去冒这样的险"，他指的是离开地球去完成一个前途叵测的使命，"他本来在这个星球上一定会事业有成的"。我想他没有正视我在帮助他把飞行器从理论上的设想变成现实这个过程中起的作用，也忽视了我的力量和实际能力。"我们到了"——他就这么轻描淡写的寥寥数字，完全没有提到我们穿越太空的旅行，仿佛我们只是很平常地坐了趟火车出去旅行似的。

然后他越说越对我不公平了。真是不公平，我还真没想到一个受过教育且一直在寻求真理的人竟然能够如此有失偏颇。回顾我对这些事件的描述，我坚持认为我对凯沃的评价可比他对我的要公正多了。我几乎没有掩盖任何事实，也没有偏袒过谁。但是看看他是怎么讲的——

"很快，我们就明显感觉到我们周围的环境起了变化，变得很奇怪——高度失重，空气稀薄但含氧量很高，肌肉的能力被放大后导致的一连串夸张的结果，那些从微小的种子中长出来的能飞快生长的植物，还有火红的天空——这一切都让我的同伴莫名的激动。一到了月球上，他的脾气就变坏了。他变得冲动、冒失、易怒。没多久，他就惹了祸，误食了一种巨大的泡囊植物，结果中了毒，直接导致我们被月球人抓了起来——我们当时都还没来得及对月球人的生活方式进行观察……"（你看，他完全没有提及他自己也吃了这些"泡囊"的事实。）

然后他继续说："我们跟着那些月球人来到了一个通道，通道很难走，贝福德又误解了月球人的某些手势"——可真是些漂亮的手势①啊！——"采取了不理智的暴力行动。他一阵乱打，杀死了三个月球人，面对他引发的这场暴乱，我只得跟着他逃了。后来我们又跟一群挡住我们去路的月球人干了一仗，又打死了七八个。我第二次被俘以后没有被立即处死，说明这些月球人有很大的肚量。我们设法爬出了洞，然后在我们降落的那个陨石坑分头行动，其目的是为了增加找回飞行器的概率。但是后来我又遭遇了一队月球人，为首的两人长得跟我们之前遇见的那些不一样，只是他们头更大而身体更小，身上裹的那些东西也要精致很多。我四处躲，最后掉进了一条裂缝里，摔得头很疼，膝盖也脱臼了，每爬一下就钻心地疼，所以想我干脆投降——如果他们让我投降的话。他们真的让我投降了，而且鉴于我的身体情况，还把我抬着，跟他们一起进了洞。至于贝福德，之后我再也没有见到他，也没有他的任何消息，而且据我所知，也没有任何月球人有他的消息。可能他是被月球夜晚的严寒冻死在陨石坑里了，更有可能的是，他找到了飞行器，想背着我偷偷跑掉，然后就坐上飞行器溜走了——只是恐怕他无法控制飞行器，因此在外层空间遭遇了不测。"

写到这里，凯沃就没有再提到我，而是继续往下谈那些更有趣的话题。我是凯沃的这些故事的编辑，不过我并不想利用

---

① 指月球人用狼牙棒扎凯沃和贝福德。

这点优势，就为了自己的利益而歪曲他的话。但是我还是要再次抗议一下他的某些说法。他对那些写在沾有血迹的纸条上的话还有那些想写但没有来得及写的话只字不提，那些话可跟他现在说的不一样。我必须说的是，他把自己说成是一个尚未丧失尊严的俘虏，这一定是他现在觉得在月球人中过得挺安全，才突然冒出的想法。还有那个什么"偷偷跑掉"，我非常愿意请诸位看客来判断我们之间到底谁是谁非。我知道我并不是一个模范人物——我也没打算把自己说成是这样的人。但是，我是他说的那种人吗？

好在，我的错也就只有这些了。从此以后我就可以心平气和地来编辑凯沃的故事了，因为后来他就再也没有提到我了。

好像那些抓住他的月球人把他抬到了月球里面，乘坐"一种气球状的东西"，下到了"一个大竖坑"。从他混乱的叙述以及后来的信息中得到的某些暗示中，我猜测这个"大竖坑"应该是一个宏伟的人工隧道系统，每一个都把月球"洞"向下连接到一百英里以外的月球的地核部分。这些竖坑之间也有很多横向的坑道连接，竖坑形成了一些深不可测的洞穴，洞穴再扩大成为巨大的球形场所。整个月球从地表到地核的一百英里的构成，就是一种海绵状的岩石结构。凯沃说："这种海绵状的结构部分是天然形成的，而绝大部分要归功于历史上月球人的辛勤努力。那些不计其数的巨大的由废弃的岩石和泥土堆积而成的圆丘，就是当时挖掘出来堆在月球表面的，根本不是地球上那些天文学家（应该是由于推论错误而致）认定的火山。"

凯沃就是被月球人带到了这个竖坑里，按他的话说是乘坐着"一种气球"，先是伸手不见五指，然后进入了一个磷光越来越明显的地方。从发来的信息看，凯沃完全不关注细节，作为一个研究科学的人，这很奇怪。但是我们从其他的细节判断，这光线应该是从那些溪流和瀑布发出来的——"它们显然有某种含磷光质的有机物"——这些溪流和瀑布一直流向中央海洋。他一边被抬着往下走，他这样写道："这些地方的月球人也开始本身就发光了。"最后他看见在他身体下面更远的地方，仿佛是一片火的海洋，只是没有火的热度，中央海洋的水，波光粼粼，躁动不安地打着漩儿，"就像沸腾翻滚的蓝色牛奶"。

"这片月球海，"凯沃在他后面的信息中说，"并不是一潭静止不动的死水。太阳的潮汐推动它不断围绕月球的轴线转动，产生了一些奇怪的风暴、沸腾和冲刷。时不时地，海面上还会升起冷风，甚至是电闪雷鸣，一直传到上面那个大蚂蚁窝的各个熙熙攘攘的通道中。海水只有在流动的时候才会发光，其实海面完全风平浪静，一丝波澜也没有的时候是很少的，每当这时，到处就是漆黑一片。通常我看到的海面都像一个油田一样，随时都是波澜壮阔的，海面有一些发光的漂浮物，就连浪花激起的泡沫也是亮闪闪的。这些漂浮在海面的东西，随着发着微光的海浪一起缓缓起伏、流动。月球人也会在巨穴般的海峡和礁湖里航行，他们乘坐的船舷很低，是一种像独木舟一样的浅槽小船。月球人还允许我在这片海域短途游览过一次，这是发生在我前往月球大帝——也就是月球的最高统治者——的宫殿附近的那些坑道以前的事情。

"洞穴和其中的通道天然就是蜿蜒曲折的。只有渔夫中的少数熟练的老舵工才认得这些路，月球人在他们这些迷宫般的洞穴和通道中迷了路，甚至一辈子都走不出来的事情也屡见不鲜。他们告诉我说，在那些偏僻隐蔽的地方，也会潜藏着一些奇怪的生物，其中有些恐怖危险的生物让月球上的科学家都束手无策。特别是一种叫'拉法'的生物，长着一团纠缠在一起的触须，每根触须都能抓住猎物不放，要是你砍断它的一根触须，那么这根触须能够自己复制出一个完整的新的拉法个体来。还有一种叫'呲'的东西，行动异常迅速，快到你根本就看不见它，它杀人的方式也同样非常巧妙和突然，你都察觉不到……

"这次游览让我想起了我曾经读过的关于美国肯塔基州的大钟乳洞的描述，要是我此刻看到是橙色的火焰，而不是蓝光；要是掌舵的是一个相貌淳朴可靠的船工，而不是在独木舟后面操纵机器的那个长着一张水桶脸的月球人，我都会以为我在一瞬间回到了地球。我们周围的岩石形态各异，有些是黑色的，有些是浅蓝色，有的还有清晰的纹理，有的还会闪闪发光，就像我们进到了一个蓝宝石矿一样。在岩石下面的水中，有一些诡异的能发磷光的鱼，幽灵般一闪就不见了，消失在几乎没有光线的海水深处。然后我们来到了一条水流湍急的航道，再往下就能看到一条长长的海边街景和一段栈桥，随后又看到了一个巨大的拥挤的竖坑，这仅仅是那些垂直向上的通道中的一个。

"这个地方很开阔，有很多闪闪发光的钟乳石，水面上挤满了前来捕鱼的小船。我们随其中一条渔船前进，看到了这些手臂长长的月球人撒网捕鱼的场景。这些月球人长得实在像小型驼背的昆虫，手臂长而粗壮，短罗圈腿，脸上戴着面具，皱成一团。

"看着他们拉网的样子，我觉得这个网是我到了月球以后看到的最沉重的东西了。网上系着重物——这重物显然也是金子做的——要把网拉上来要费很长时间，因为那些大一点的，可食用的鱼都潜在深水里。鱼被网住，被拉起来的样子很像是蓝色的月出——一条发着蓝光，像梭一样的活蹦乱跳的鱼。

"在捞上来的鱼里，有一种黑乎乎的、长着许多触须的、眼神凶恶的东西，极其凶猛，这些渔民一看见这东西就尖叫起来，然后叽叽喳喳说个不停，然后渔民们手忙脚乱地用小斧子把这东西砍成小段。被砍成小段的触须还继续蹦跶着，到处翻腾，样子很是凶猛。这一幕给我留下了很深的印象。后来，当我发烧的时候，我总是一遍又一遍地梦见这种厉害凶恶的生物，从某个不知名的海中活生生地跳出来。这东西就是我在月球内部的世界中见过的最凶猛的生物了。

"这片海大概位于月球地表下两百英里处（至少有这么远的距离）；月球上所有的城市，后来我才知道，原来就在这片中央海洋的上方，这些城市其实就像我前面描述过的那样，就在这些巨型的洞穴里，一些在这些人工挖掘的通道中。每个城市通向外部的通道就是那些垂直的竖坑，竖坑的出口就是地球上的天文学家叫作'陨石坑'的地方。平时这些出口都是用一个盖子盖起来，也就是我们在第一次被抓住之前四处游荡的时候看见的那种。

"我现在还不是很清楚月球非核心区域里的情况。这里有一个供月球怪兽夜间居住的庞大的洞穴系统；这里还有屠宰场和其他一些类似的地方——我和贝福德就曾经在这样的一个屠宰场和屠夫们交过手——我还看到过装满了肉的气球，把肉从上面运下来。我对这些事情的了解，还不如一个在伦敦的祖鲁人对不列颠的玉米供应情况的了解。但是有一点是清楚的，这些垂直的竖坑和月球地表生长的植物对于月球的通风系统至关重要，同时对保持月球空气的清新也起着至关重要的作用。我曾经有一次，就是我第一次从被监禁的地方出来的那一次，觉得有股冷风从上面往竖坑下面吹，后来发烧的时候又觉得有股热风从下往上吹。在我月球生活的第三周快结束的时候，我生病了，莫名其妙地发起了高烧。虽然我多睡觉，还吃了一些奎宁药片——幸好我把它们装在口袋里一直随身带着，但是我还是不见好，而且越来越糟，直到我被带去见到月球大帝，也就是月球最高统治者的时候，病还是没有大好。"

"我不打算赘述我生病时的可怜相。"凯沃这么写道，但是他还是浓墨重彩地写了很多，我都给删掉了。"我的体温，"他最后总结道，"一直都居高不下，我一点食欲都没有。我醒着的时候感觉精神不济，睡觉的时候又老做噩梦。我清楚地记得，曾经一度我极度虚弱，得了思乡病，几乎都要歇斯底里了。我极度渴望回到那个色彩斑斓的世界，再也不想看到这亘古不变的蓝色了……"

他又回到原来的话题，谈起了这个海绵体月球中的大气问题。天文学家和物理学家告诉我，凯沃发回的相关信息和我们已知的月球状况是完全相符的。

温迪基先生说，要是天文学家们能够大胆发挥他们的想象力，敢于作一个大胆的结论，那么他们可能早就能够预见到凯沃介绍的月球的整体构造情况。现在，天文学家们已经很清楚，其实月球和地球并不是什么卫星和主星的关系，而应该是姊妹星的关系，它们是由同一团块分离出来的，因此构成的物质也是完全相同的。至于月球的密度只有地球的五分之三，那也是因为月球内部是中空的，有大量的洞穴。皇家学会会员亚贝斯·富兰普爵士曾经用非常诙谐调侃的语言来描述各个星球，他说，其实我们根本用不着到月球上去找这些轻而易举就可以得出的结论（他还一语双关地说月球其实就像一块瑞士干酪，中间有许多气泡形成的空洞）。其实当时他可以正式将他这种认为月球中间有许多空洞的理论公之于众的。如果月球中间真的是有许多空洞的话，那么月球表面没有水和空气的问题，就很容易解答了。海洋深藏在洞穴之下，空气遵循基本的物理法则，在海绵状的纵横交错的坑道中流动。这些月球洞穴总的说来都是多风的地方。阳光照射到月球表面的时候，靠近月球表面坑道中的空气就被加热，气压随之增大，于是一部分加热了的空气就流向外部，和陨石坑里正在蒸腾的空气混合（陨石坑里的空气主要来源于植物释放出的碳酸气），剩下的那部分加热了的空气在坑道中循环流动，替换掉阳光没有照射到的地方的冷空气。这样，在靠近月球表面的坑道中就形成了一股东风，而在月球的白昼，空气应该是在竖坑中向上流动。当然，由于坑道的形状各异，加之月球人的各种巧妙设计，风向也就复杂多样了。

第二十三章 月球人的自然发展史

凯沃发回的信息的第六条到第十六条，是最残缺不全的。而且重复很多，几乎无法构成一个连贯的故事。当然，在下一部科学报告性质的书中，我将忠实地将它们收录进去，不过，在这里我还是用摘要和部分引用的方式来处理吧，这样要方便很多。我们的每个用词都是经过了仔细斟酌的，我还可以凭着我对月球事物的大致记忆和印象来解释某些话，要不然有些话是根本就看不懂的。另外，我们的生物本性也自然将我们的兴趣更多地放在那些昆虫般的月球人组成的社会中，而并不怎么单纯关注月球的物理情况。凯沃，按照他自己发回的信息来看，应该是被那个社会奉为座上客了。

我记得我很早就讲过，我见到的月球人跟我们地球人类一样能够直立行走，有四肢。我也曾经将他们的头部轮廓以及四肢的分节方式跟昆虫做过比较。我还提到了，由于月球的引力很小，因此他们的身体都是轻飘飘的。凯沃的话又一次证明了我的印象是正确的。他把这些月球人叫作"动物"，虽然他们完全不属于地球现有生物中的任何一个物种。他还指出"从解剖学的角度来讲，地球上昆虫的体形都很小，这对人类是很有利的"。地球上体形最大的昆虫，包括所有现存的和已经灭绝的，身长也不超过六英寸。"但是在这里，由于月球引力小的缘故，像昆虫类和脊椎类的动物的体形几乎都能达到甚至超过人类身体的大小。"

他并没有提到这些长得像蚂蚁的月球人，但是在他的整个描述中，处处都暗示着他们的存在，因此他们的形象也一再浮现在我眼前。我想象着蚂蚁可以整日劳动而不需要睡眠，它们机智，能组成社会结构，还有它们的特殊生理结构，除了普通生物具有的雌雄两性以外，它们中还有很大一部分是没有性别的，比如工蚁、兵蚁等。它们彼此的身体结构、性格、能力和功能都不同，但是又都属于同一个物种。这些月球人也有分工不同的种类。当然，他们在体形上比蚂蚁强多了，而且，按照凯沃的说法，他们在智力、道德和社会智慧方面都比地球人更胜一筹。就人类已知的分类而言，蚂蚁也就四五种，但是月球人的分类可就不计其数了。我曾经努力地想要将我在月球外部见到的各种月球人分类，他们彼此之间在体形、身材比例方面存在着巨大的差异，完全不亚于地球人之间的人种差异。但是这些差异跟凯沃信息中描述的比起来，简直就是小巫见大巫。按照他的说法，我看到的那些外层的月球人应该都是同一个工种的——放牧人、屠夫、运肉工等。但是在月球内部——我对这点一直深信不疑——还有很多不同工种，他们体形各异，身体比例不一，能力和相貌也不同。不过他们并不是不同物种的生物，只是同一物种的不同分类而已。虽然他们形态、长相大相径庭，可是他们还是有相似之处的，证明他们的确属于同一物种。这么说来，月球实际上是一个大蚂蚁窝，只是里面住的不是四五个工种的蚂蚁，而是好几百个工种的月球人，而且每个工种都等级森严。

凯沃好像很快就发现了这些情况。我从他的叙述中推测，他应该是被那些放牧的月球人抓住了，这些人的头是一群"脑袋更大，腿更短"的月球人。等他们发现就是用狼牙棒驱赶，凯沃也走不动以后，就抬着他走。他们走进了黑暗的洞穴，穿过了一条狭窄的独木桥，这座桥应该就是我们曾经到过的，我拒绝走上去的那座。随后他们把凯沃放在了一种装置上面——凯沃最初以为这是升降机——其实是一个气球。当时我们周围太黑了，根本就没看见这个东西。当初我觉得独木桥的另一端是悬空的，其实现在知道了，那肯定就是通道的入口了。凯沃坐着气球下到了更明亮的洞穴中。起初四周一片寂静，只是偶尔听到月球人叽叽喳喳的声音，后来听到了风声。后来他的眼睛习惯了四周黑暗的环境，能够看见更多的东西了，最后，模糊的东西也看得到清楚的轮廓了。

"想象一个巨型的圆柱形空间，"凯沃在他的第七部分信息中这样写道，"直径可能有四分之一英里，起初有些昏暗，后来渐渐亮堂起来。圆柱壁上有一条宽如大平台的路，沿圆柱壁盘旋蜿蜒而下，直通向无尽的蓝色中去了。此时光线更亮了，我也不知道这是怎么回事。想想你见过的最大型的螺旋楼梯或是升降机的井口，我在这里看到的要比你见过的大一百倍。想象一下在微光中透过蓝色镜片看这样的场景。想象你自己正在往下看，还要想象你自己非常轻盈，这样就没有任何的眩晕感，这些都做到了的话，你就能够体会到我最初的印象了。这个巨大的竖坑周围围绕着宽阔的走廊，坡度很陡，这样的陡坡在地球上是无法想象的。这样形成一条陡峭异常的道路，一边有很矮的栏杆挡着，这条路最后消失在向下几英里以外的模糊中。

"往上，我看到的景致跟往下的情况差不多；当然我觉得像是从一个陡峭的圆锥体里面向上仰视一样。有风往竖坑中灌下来，我好像听到了怪兽的吼声，从上方很远处传来，越来越模糊，大概是傍晚放牧完了，正被从外面赶进来。这个螺旋走廊上，上上下下都站着很多月球人，个个都是苍白的，微微发光，有的在好奇地看着我们，有的在忙着自己的差事。

"我看到一片雪花随着冷风飘落下来，这也可能只是我的幻觉。然后又有一个雪片般微小轻盈的东西飘落了下来，是一个人形的昆虫，背着个降落伞，非常迅速地朝着月球的地核部分降落下去。

"坐在我身旁的那个大头月球人，看见我在转过头观看，用他那只像象鼻子一样的'手'向我示意，让我看从下面很深的地方射上来的一个东西。这个东西渐渐出现在我的视野里：原来是一个浮桥，悬在空中。这东西对着我们直冲过来，同时我们下落的速度也很快减缓了下来。很快地，这个浮桥和我们就处于同一个平面了，我们也没有再继续下降。从下面抛上来一根绳子，把我们套住了，然后我发现这根绳子在拉着我们缓缓下降到一大群月球人中间，他们都争着想看我。

"这群人真不可思议。我很快就明显注意到了他们各自之间的巨大差异。

"其实，在这么一大群月球人中根本就找不出一对长得相似的。他们形态不同，体形各异，月球人身上的所有不同好像都集中到这群人身上了！有的体形高大魁梧，有的则矮得在这些大个子的脚下窜来窜去。但是他们有一个共同点，他们的古怪模样和焦躁多动的样子简直就是昆虫才有的，这是对人类莫大的讽刺。在他们身上，人类的某些特征被夸张地展现了出来：有些人长着一只巨大的右前臂，看起来像一根天线一样；有些人的腿长得离奇，好像只长了腿没长身子，踩着高跷一样；有的人鼻子长长地从脸盘上伸出来，要是没看见他那张没有任何表情的大嘴，会以为这个人是受了惊吓；最奇怪的人要数那些看管月球怪兽的人，他们长着个昆虫脑袋（只是没有触须和下颚），长得也是千奇百怪的：有的脑门儿又大又向内凹陷，有的脑门儿却是又高又窄；有的眉毛长长的，像奇怪形状的犄角；有的眉毛就像两丛胡楂；还有的脸长得像人类的侧影。

"有一个现象引起了我的注意。有几个月球人的脑袋大得像是鼓鼓囊囊的大气囊，相比之下他们的脸显得特别的小。还有些人的形象也很恐怖，脑袋小得要用显微镜才能看得见，身体也说不出是什么形状，看起来很奇特，很不堪一击的样子。全身能看见的就是那张喇叭一样突出的嘴，长在脸的下部，整个身体就只起个底座的作用。当时我最奇怪的是，在这样一个地下世界里，到处都有绵延数英里的岩石将阳光和雨水牢牢挡住，月球人怎么还需要拿伞呢——他们手上拿的东西真的很像地球人用的伞！然后我就想起了我刚才看到的那个跳伞降落的人。

"这些月球人的所作所为，如果换一个地球人到相同的情况下，也会这么做的：他们互相推搡，把别人挤开，甚至还爬到别人身上去，就是想看我一眼。围观的月球人越来越多，把给我引路的人的圆盘也挤得越来越厉害。"——凯沃对后面这句话并没有进一步地解释——"每时每刻都有我从未见过的奇形怪状的人从阴影里面跑出来，挤过来看我，让我觉得有些惊恐，后来他们比画着让我上了一个担架样的东西，由几个手臂粗壮的月球人抬着，在昏暗的光线中，走过喧闹的围观人群，进入了他们为我准备的住所。我周围到处都是一双双的眼睛，一张张的脸，一副副的面具，有类似甲虫扇翅膀似的沙沙声，还有人群中发出的响亮的咩咩声和吱吱声。"

我们猜凯沃是被带到了一个"六角形的住所"，他在那里被关了一段时间。之后他得到了很大程度的自由，其实，他那时自由得就像生活在地球上任何一个文明村落里的人一样。显然，月球的这个神秘统治者和独裁者只派了两个"大头"月球人来守卫和研究凯沃，试图跟凯沃建立起思想上的交流。很让人难以置信的是，这两个月球人，这种像昆虫一样的人，这种另一个世界的生物，居然能用地球的语言跟凯沃交流。

凯沃把这两个人叫作"飞舞"和"轻帕夫"。他说飞舞身高五英尺，腿又细又短，只有十八英寸长，脚和其他月球人一样，又小又薄。他的身躯也很小，连每次心跳的搏动都会让他浑身一颤。他的手臂很长，很软，骨节很多，手掌部分很像触须，他的脖子也同样有很多关节，但是短粗得有些不成比例。他的头——凯沃说——显然指的是他曾经叙述过的情节，但是可能是丢失了，我们并没有收到——"跟常见的月球人一样，只是有些奇怪的细微不同。嘴还是那样毫无表情地咧着，但是他的嘴很小，而且是向下撇着的，面具很小，就像一个大的塌鼻子一样，脸颊两侧各有一只小眼睛。

"他脑袋的其余部分肿肿的，就像一个巨大的球，这副模样很像放牧人的样子，只不过他的头皮不像后者那样是皮革样厚实的，而是薄薄的一层，连里面脑组织的搏动都看得一清二楚。他的头部组织相当发达，相比起来他的身体其他器官就小得非常不成比例了。"

凯沃在他发回的其他信息中也提到过飞舞，并说这人头大身体小，从后面看起来的样子就像是希腊神话中支撑地球的顶天巨神阿特拉斯。轻帕夫长得跟飞舞很像，他的"脸"很长，头也大，但是跟飞舞有些不同，他的头不是圆的，而是一个倒梨形。凯沃的跟班还包括了抬担架的，长得像蜘蛛的看门人和一个大脚仆人。这几个抬担架的月球人身体左右不对称，但是肩膀很宽阔。

飞舞和轻帕夫解决语言问题的方式很简单。他们来到凯沃被软禁的那个"六角牢房"，然后开始模仿凯沃发出的每个声音，先从模仿凯沃咳嗽开始。凯沃也很快就明白了这两人的意思，于是很配合地将每个词都重复几遍，还比画着给他们解释这些词的意思。他们就是这样一个词一个词地学的。飞舞先听凯沃说，然后也用手比画着讲出他刚刚听到的词。

飞舞最先掌握的词是"人",第二个词是"月亮人"——凯沃一时心血来潮用这个词来称呼月球上的人类,而没有用"月球人"这个词。飞舞在确定了一个词的意义之后,再教轻帕夫,轻帕夫总能准确无误地记住。他们第一次就一口气掌握了一百个英文名词。

后来他们好像带来了一位艺术家,用素描和图表的方式来帮助理解词汇的意思——因为凯沃画画很烂的。按照凯沃的话说,这个艺术家"双手敏捷,目光炯炯",他画画的速度快得不可思议。

凯沃发来的第十一部分的信息只是一些支离破碎的话,看起来整条信息应该很长。有些句子实在是缺失了太多的内容,无法读懂,后面的内容是这样的:

"这些只是我们谈话的开始,后来我们的对话非常热烈,但是可能只有语言学家才会有兴趣将全部的细节都一一描述出来,我是不行的,太耽误时间了。我们在寻求相互理解的过程中并不是一帆风顺,而是经历了许多曲折挫败的,我都没有信心把这些经历有条理地讲清楚。动词是很容易让他们理解的——至少,那些表示动作的东西我能够用图画来解释;形容词也简单,但是讲到那些抽象名词、介词,还有常用的修辞手法的时候——这些词在我们地球人的语言中非常常用——我简直想买块豆腐一头撞死算了。这些问题就一直这么无法解决,后来第六次上课的时候，又来了个助手，脑袋有足球那么大，他显然是专门研究错综复杂的类比的专家。他进来的时候显得心事重重，没注意到脚下的凳子，绊了一跤。这下只要有了什么我们无法解决的语言困难都交给他，他们几个大声讨论，几番猜测后总是能明白我的意思。只要他认真，他的洞察力和理解力就相当惊人。只要遇到飞舞的思考能力不能及的事情的时候，就会派这个大脑袋的人上，然后这个人总会把结果告诉轻帕夫，因为轻帕夫的记忆力超群，什么都能记住，就像个存储器一样。我们就这样继续学习怎样沟通。

"好像用了很长的时间，但是时间的确也过得很快——用了有几天的时间吧——我就可以和这些'昆虫'们交谈了。当然，刚开始的时候我们的谈话总是有些拖沓，慢得让人心烦，但是渐渐我们就能理解彼此的意思了。我当时已经极其厌倦，到了忍无可忍的地步了，于是，总是听到飞舞一个人说个不停。他说话时总会不自觉地用很多'嗯，嗯'，而且他还学会了几个短语，比如'要是我可以这么说的话''要是你能明白'，他总时时刻刻把这几个短语用在他的话中。

"我们假设现在是飞舞在说话，假设他是在介绍那位艺术家。

"'嗯，嗯，他——要是我可以这么说的话——画画的。吃得少——喝得少——就画画。喜欢画画。没别的了。讨厌所有没他画得好的人。会生气。讨厌所有比他画得好的人。讨厌那些认为全世界不需要都去画画的人。会生气。嗯。什么事情对他都不重要——只有画画。他喜欢你……要是你能明白的话……可以画新东西。丑——吓人。对吧？'

"他——头转过去看轻帕夫——'喜欢记单词。比谁都记得牢。不思考，不画画——就记。那个'——说到这里，他停下来向他的天才助手问了一个词——历史——'什么都能记。他听一遍——永远说得出来。'

"在这月球上永恒的昏暗中，听到这些异类——虽然我跟他们已经很熟悉了，但是他们的怪异长相还是让我不能把他们当同类——不停地用一种尖厉的声音模仿着，想用地球上的语言来流利表达——提问、回答的时候，我觉得是任何一种奇妙梦境都不及的。我感觉仿佛又回到了聆听童话故事的孩提时代，蚂蚁和蚱蜢在说话，蜜蜂给它们评理……"

随着这些语言训练的进行，凯沃好像开始获得了一定程度的自由。"我们之前的不幸冲突带来的最初的恐惧和不信任，"凯沃这样写道，"正在逐步被我的行为改正过来，我的行动是周密合理的。"……"我现在可以随心所欲，来去自由，就算他们对我还有些限制，那也是为我好。正是基于这样的自由，我才能够弄到这台仪器，而且更令我高兴的是，我又从这个巨大的储藏洞中堆放的东西中找出了这个，现在我就可以发信息了。虽然我已经明白地告诉飞舞，我是在往地球上发信号，但是迄今为止，他们还没有一点干涉我的意思。

"'你是在跟其他人说话？'飞舞看着我，问。

"'对，是跟其他人。'我回答说。

"'其他的，'他说，'噢，也是人类？'

"我没理他，继续发我的信号。"

凯沃每遇到一个新的事实，就会修正他之前作过的错误结论，因此，他一直不断在修正他以前对月球人的描述。这样一来，我们对他下面的话也要有所保留，不要全当真。下面的内容摘自第九、第十三和第十六条信息，这些信息都是支离破碎的，它们描述的是这个奇怪的社会的社会生活。我想这些内容是当代人类希望留给日后世世代代的子孙看的。

"月球上，"凯沃说，"每一个人都知道自己的职业位置。他生来就在这个位置，注定了这样的命运，日后他所接受的专项训练，受到的教育，还有接受的外科整形手术都是为了让他能在这个位置上做得更好，从此他不可能有任何其他的想法，因为，他也没有任何技能来从事其他的职业，连身体的机能和相应的器官都没有了。飞舞问过：'这是为什么呢？'举个例子吧。要是哪个月球人生来就是要做数学家的，那么他的老师和培训人员就会立刻着手把他往这个目标推进。一旦发现有任何其他追求的苗头，他们就及时把这种错误的苗头扼杀在摇篮里。他们有很高的心理学技巧，能不断鼓励他向数学方向发展。于是他的大脑就持续发育——但是只是有关数学能力的那部分迅速发育了——他身体的其他器官只生长到能够维持最基本的生存需要就停止了。最后，除了吃饭和睡觉，他只对练习和展示他的职业能力感兴趣，他只喜欢应用他的职能，他也只跟他的同行专家们来往。他的大脑不断长大，至少是跟数学有关的那部分不断长大，它不断地膨胀，仿佛是吸干了他身体所有其他器官的元气。于是他四肢萎缩，心脏和消化器官缩小，突出的大脑轮廓下面有一张小小的昆虫般的脸。他的声音很尖，说的永远都是数学公式，除了正确地算出答案以外，他对其他的声音一概充耳不闻，聋子一般。他也有笑的时候，就是突然发现了某个悖论的时候，除此以外他根本就不会笑。他只对一件事情饱含深情，那就是找出一种新的运算方式。这样，他就达到了他生存的目的。

"再举个例子。要是某个月球人生下来注定就要去看守怪兽，那么从小开始，他就被引导着像怪兽一样生活，事事都想着怪兽，以了解怪兽为乐，不停练习照料怪兽和驱赶怪兽。他被训练得肌肉发达，四肢强壮，动作敏捷，他的眼睛要习惯被紧紧用带子缠起来，缠出棱角，这样才能赋予他'威武的月球怪兽气质'。最后他对月球内部世界兴趣全无，对于那些没有他熟悉怪兽的人，他就表现出冷漠，甚至嘲笑他们，敌视他们。他整天想的就是怪兽的牧场，他的语言也是熟练的怪兽语。当然，他热爱他的工作，非常愉快地执行他的职位赋予他的职责。其他所有的月球人都是这样——每一个都是这个庞大社会机器中的一个组成零件……

"这些脑袋大大的家伙，就是天生的脑力劳动者了。他们是这个奇怪社会中的贵族阶层。他们的首领就是月球的一号人物，一个伟大的核心人物，也就是月球大帝，我最后见到了他。月球人的头是没有头骨限制其脑容量的，这样脑力劳动阶层的人大脑就可以无限发育，地球人却不行。我们大脑外部的这个奇妙的头骨限制了人类大脑的生长，因此人类大脑发展的种种可能性都遵循一个无可更改的原则，那就是'到此为止'。月球脑力劳动者可以分为三个阶层，每个阶层的影响力和受尊重的程度也各不相同。一类是行政管理层，飞舞就是这个阶层的一员，他们很有才能，权力也很大，每一个人都有他自己的管辖区域；一类是专家，就像那个长着个足球脑袋的思考者，他们生来就是要从事某项专门的工作；一类是博学家，他们就是各种知识的存储器。轻帕夫就属于这类，他现在是月球上第一位地球语言学家了。说到后两类人的时候，还有一个有趣的小细节要提一下。他们的脑袋可以无限长大，这样一来根本就不需要像地球上的人类一样，发明什么机器来辅助人脑的各项工作。月球上也没有书，没有其他任何记录方式，没有图书馆，也没有任何书写或是雕刻下来的记录。所有的知识都存储在这些巨大的脑袋里面，就像美国得克萨斯州的蜜蚁把蜂蜜储存在它们鼓胀的腹中一样。月球上没有萨默塞特宫或是大英博物馆这样的地方来保存他们的历史，他们只需要活生生的大脑就够了。

　　"相对而言，这些行政管理阶层的分工就不是这么有明显的专业界限。我注意到，每次这些管理阶层遇到我的时候，绝大部分人都会表现出对我的强烈兴趣。他们会走上前来，目不转睛地看着我，然后问我一些问题，这些问题都由飞舞帮我回答了。他们四处巡视，身后有一大群随从，有轿夫、仆人、开路的，还有撑伞的——整个队伍看起来可真是稀奇。那些专家阶层看见我的时候，他们多半会不理不睬，就像他们彼此之间那样视而不见，偶尔注意到我了，也只是想向我炫耀一下他们的特殊才能。博学家阶层的人通常一副自鸣得意自命不凡的样子，脸上就像中风病人那样没有任何表情。要想让他们有所反应，就得说他们不博学。他们四处闲逛的时候也有一群保镖和仆人跟着，随从中还有一些身材娇小、活蹦乱跳的人，通常都是些女人，我估计这些人应该是他们的妻妾。有些资深的博学家脑袋大得根本就动弹不得，只得坐在类似轿子的大盆子里被人抬着走，他们就像是一团团知识的肉冻，我看着他们，很惊奇，也很尊敬。我刚才到这里来玩这些电子仪器的路上就遇见了一个：脑袋硕大无朋，刮得光可鉴人，头皮很薄，坐在一个古怪的担架上，前后有人抬着。随行的还有一些开道的，长着一张喇叭脸，在他的身前身后高声尖叫着，四处宣扬他的事迹。

"我已经说过，绝大部分的脑力劳动者都有随从：引路的、轿夫、仆人。对这些头脑太过发达的知识阶层来说，这些随从就是他们体外的感官和肌肉，是他们发育不良的生理机能的补充；搬运工也鞍前马后地跟着；还有些动作迅速的邮差，长着蜘蛛腿，手能撑伞；还有一些声带极其发达的随从，一嗓子都能把死人吓得跳起来，这些随从只有某方面的能力，在其他方面完全无用得跟摆在架上的伞一样，他们存在的意义就是服从命令，执行命令。

"那些在盘旋的道路上往来的，坐着气球往上飞的，还有抓着降落伞从我身旁降落下去的，我估计都是劳动阶层。'机械劳力'，的确，这个词就是这些人的真实写照——我可一点都没有夸张，完全是实事求是地说。看看这些放牧怪兽的月球人的'手'，为了完成抓取、提举和指挥的功能，长成三个、五个或是七个分叉状。其余的月球人，不过是这些重要的'机械劳力'的必需附属品罢了。有一种人，我猜是负责敲钟的，眼睛后面长着一对巨大的兔子耳朵；管精密化工工程的，嗅觉器官就长得很壮观；那些关节僵硬、双脚扁平的应该是专门踩踏板的；还有一些人——据说是吹玻璃的工人——整个人就长成了肺叶的模样。尽管他们的长相千奇百怪，但是他们都非常适应他们社会角色的需要。细致活儿通常是由一些个子小巧的人完成的，他们本身就长得矮小精致。有些人小得都能站在我的掌心里。还有一种转叉工，这种人也是随处可见的，他们的职责和生活的唯一乐趣就是给各种各样的小设备提供动力。还有一些肌肉最发达的，应该是警察，他们专门管这些普通的劳动者，及时纠正任何可能违背常规的错误倾向，他们一定是从幼年时期就被灌输，要绝对服从和尊敬那些大脑袋阶层。

"驯化这些各种类的劳动者的过程一定很新奇有趣。我现在对这个过程还不是很清楚，但是不久之前我刚碰上这样一件事，很多小月球人被放进罐子里，只有手臂露在外面，他们将来是要操作某种特殊机器的。月球人有一套相当完善发达的职业培训系统。按照他们的惯例，这些露在外面的手臂要接受药物的刺激，接受营养物质注射，而与此同时，身体的其他部分就一直饿着。如果我没有理解错的话，飞舞解释说，训练刚刚开始的时候，这些小孩子会对这种束缚表现出痛苦，但是他们很快就能无所谓地接受这样的安排了。他带我去看了邮差的训练过程，他们肢体柔软，正在被拖出来接受试验。目睹了这样的教育方法，我觉得很难接受，当然，我知道自己的想法也是不合情理的。我只是希望能早点看完这样的训练方式，多去看看他们良好的社会秩序。我的脑海中至今萦绕着这样的画面：一双双触须般的手凄惨地伸在外面，仿佛是在索取被剥夺的选择权利。我们地球人的做法是让孩子自然成长，然后再把他们变成机器。从最终的效果来看，跟我们的做法比起来，月球人的做法显然要人道得多。

"最近——我想应该是我第十一或是第十二次来看这个机器的时候——我对这些劳动者的生活突然有了新的发现。我当时并没有像以往那样走岩壁上的盘旋路，也没有经过中央海的码头，而是跟着他们抄近道。走过一条长长的蜿蜒曲折的坑道，我们来到了一个巨大低矮的洞穴，里面有很重的泥土气息，里面亮堂堂的。灯光是一种菌子发出来的，整个洞里到处都长着这种菌子，样子很像地球上的蘑菇，但是很高大，起码有一人高。

"'月亮人吃这个吗？'我问飞舞。

"'对，食物。'

"'天哪，那是什么？'我叫了起来。

"我看见这些菌丛中有一个高大而丑陋的月球人脸朝下趴着，一动不动。我们停下了脚步。

"'他死了？'我问（我还没见过月球人死的样子，因此有几分好奇）。

"'没有！'飞舞大声说道，'他是工人，无事可做。就不吃不喝——让他睡觉——直到找到活给他干。他醒来有什么好的，嗯？不喜欢他四处溜达。'

"'那边还有一个！'我又叫了起来。

"我发现，实际上在遍地的蘑菇中，到处都有这样脸朝下趴着的人。他们喝了一种麻醉剂以后，就一直在这里睡着，直到月球有工作，需要他们的时候才醒来。这里躺着好几十个，我们把几个人翻了过来，以便能更清楚地观察他们。我翻动他们的时候，他们的呼吸声很响亮，但是没有醒。其中有一个人给我留下了深刻的印象：由于光影的作用，加上他的姿态，让我想到了一个直挺挺的人类的样子。他的上肢很长，触须很精细——这样看来他应该是从事某种精巧工艺的工匠——他睡着了的样子让人想起一种很痛苦的顺从姿态。当然，这样来诠释他的表情并不正确，但是他给我的感觉就是如此。飞舞又把他翻回去让他趴着，趴在那阴暗之处，和其他的工人睡在一起的时候，我明显有些不快，因为飞舞的这个动作又让我觉得他只不过是昆虫一样没有感情的低级动物而已。

"这证明了月球人不假思索的做事方式。这里的人们已经形成了思维定式。他们觉得把暂时不需要的工人麻醉后放在一边，肯定比开除他，让他流浪街头，挨饿受冻要好得多。在每个高级社会群体中，每一个从事具体工作的劳动者都会面临雇佣关系暂时中断的情况，这样，一定就会产生失业问题。连这些科学训练出来的理智头脑在这个问题上都这么不近人情。我都不愿意去回忆那些趴在这些默不作声闪着光的菌子丛中的月球人。后来我再也不走这条捷径了，宁愿绕点路，忍受些噪声，拥挤一些都无所谓。

"我走的另一条路，途中要经过一个巨大的洞穴，里面阴暗、拥挤而嘈杂。我就在这里看到了月球社会中繁衍后代的母亲们。她们有的从六角形的窗户往外探出头来张望，这些窗户建在蜂巢般的墙壁上；有的在屋后的空地上散步，有的在挑选玩具和护身符——这些东西都是些心灵手巧的珠宝商们做了拿来讨好她们的。这些母亲让人想到蜂巢中的母蜂。她们长得很高贵，打扮得花枝招展，有的的确很漂亮，神情高傲，头小得几乎都看不见了，只看见一张大嘴。

"月球人的性别情况、婚嫁情况、生儿育女、繁衍后代等问题我还知之甚少。不过，好在飞舞的英文水平进展迅速，我这方面的问题很快就能够得到解决。我认为，绝大部分月球人都是中性人，这一点很像蚂蚁和蜜蜂的世界。当然，现在在我们人类社会中也有很多人并不会履行为人父母、繁衍后代的天赋职责。月球社会在这一方面跟蚂蚁社会非常相似，繁衍后代是整个种族的正常行为。于是整个添丁的职责就全部落到了这些特殊的人数有限的雌性种畜身上。她们就是用来传宗接代的月球社会的母亲。个子高大，身体健壮，完全能胜任繁殖下一代月球人的任务。如果我没有误解飞舞的意思的话，这些人并没有能力亲自抚养下一代；她们喜怒无常，时而对孩子溺爱得近乎愚蠢，时而又会不计后果地暴怒起来。这些新生命柔软无力，很容易受伤，颜色苍白，很快就被交给另一种终身独身的雌性来抚养，她们就像是女'工人'，不过她们中有人的大脑和雄性一样发达。"

很不幸的是，信息到这里就残缺了。虽然这些信息支离破碎得很吊人胃口，这一点让人很不舒服，但是我们从已知的信息中还是获得了那个陌生而奇妙的世界的一些模糊的大致的印象。这个世界总有一天会进入我们人类的视野。这些断断续续的点点滴滴，这些从那寂静山坡上传来的记录针发出的声声絮语，警示着人类现状的改变，这种改变是人类从未预期过的。在地球的那颗卫星上，有了一些我们以前闻所未闻的新元素、新设备、新传统和新概念。这些新概念排山倒海而来，让人有些措手不及。那颗卫星上还有一种陌生的生物，我们人类将不可避免地与之争夺对他们星球的统治权——那里可是一个遍地黄金的地方啊……

第二十四章　月球大帝

　　凯沃发来的倒数第二条信息中非常详细地描述了他和月球大帝之间的会面。月球大帝就是月球的最高统治者和主宰了。有关这段经历的描述基本是完整的，只是结尾部分少了些内容。过了一周，凯沃又发来了第二部分的内容。

　　前一部分的内容是这样开始的："最后我终于把这个机器修好了"，后面的字就不清楚了，只好从下一句的中间开始了。

　　下一句开头缺的词可能是"人群"。后面的信息是这样的："越来越拥挤，我们离月球大帝的王宫也越来越近。这所谓的王宫不过就是几个相连的洞穴而已。到处都能看见月球人的脸，无一例外好奇地向我张望—— 一张张脸上长着标志性的大嘴，硬硬的像是鸟类的喙；脸上都戴着面具，一双双大眼睛下面长着大鼻子；也有人眼睛小，却偏偏长个平板的额头。

一群发育不全的小家伙在下面躲躲闪闪地打闹着，还有的人长着张钢盔脸，脖子长得跟鹅似的，从别人的肩上或是胳膊下面钻出来看我。在我周围有一群呆头呆脑，连头型都长得跟木桶一样的警卫，他们很礼貌地跟我保持着一定的距离。我们是坐船经由中央海洋区的河道到这里来的，刚一靠岸他们就对我寸步不离了。那个眼明手快的小脑袋画家也跟着来了，还有一大群搬运工，个个瘦得跟蚂蚁似的，在忙里忙外搬运我的随身物品。东西真不少，可样样都是我必需的。这最后的一程，我被他们用担架抬着走，担架是用柔软的黑色金属编织成网状，担架杆的颜色稍微浅一些。我周围有这么一大群职责各异的跟班，一路随行。

"走在队伍最前面的是四个传令官，全长着喇叭脸，一路震耳欲聋地高声叫着；他们后面就是矮墩墩的引路人，时而走在队伍最前面，时而又跑到后面；队伍两边是些博学家，他们是活字典，飞舞说这些人长年侍立月球大帝两侧，随时回答月球大帝提出的各种问题。（上至月球上的科学问题，下至一个小想法或是思维方式，这些人都能异常准确地记在脑子里！）然后就是卫队和搬运工了，后面是飞舞的担架，飞舞的大灯泡脑袋太显眼了，好像担架上抬的就只有一个脑袋一样。轻帕夫的担架紧随其后，不过担架看起来就要稍逊一筹了。我的担架跟在轻帕夫后面，精美异常，周围还有随从替我拿着食物和饮料。我身后还有一些宣传员，也是喇叭脸，声音大得要把人的耳膜撕破。后面是一些专题记者，也可以叫作史料编撰者，他们也都长着大脑袋，要做的就是仔细观察这次划时代的会面，并将每一处细节都记录下来。走在队伍最后的是一群随从，他们扛着旗子，拖着一大团一大团的菌子，举着牌子。队伍太长了，这些走在最后面的随从都有些看不见了。一路上，两旁都站满了引路人和衣着华贵的官员，他们的衣服能发出金属般的光泽。在这些人以外更远的路旁，挤满了各种各样、各行各业的月球人，放眼望去，奇形怪状的脑袋一望无尽。

"我得承认，我对这些月球人奇怪的外貌还是无法无动于衷。在这么一片兴奋不已的奇怪生物组成的人潮中飘来荡去，一点也不舒服。我一度曾体会到了什么是所谓的'恐惧'。这种感觉在月球洞穴中，当我被一大群月球人包围起来，自己手无寸铁又孤立无援的时候，也曾经有过，但是从未像现在这样强烈和真切。当然，现在不应该有这样的感觉，我自己也在尽量克服。但是，当我被一大群月球人簇拥着向前行进的时候，我吓得都快叫出声了，只得紧紧抓住担架的扶手，集中意志尽量克制着。这种极度的紧张、恐惧持续了可能有三分钟的时间，后来我就比较能够控制自己的情绪了。

"我们沿着一个竖坑岩壁上的盘旋路往上走了一段，然后经过了一系列的山洞，这些山洞全都装饰精美。觐见月球大帝的这条路给我留下了深刻的印象，让我从侧面体会到了他的伟大。每一个山洞在我这个地球人眼中都是那么美轮美奂，而且其大小、开阔度和华丽度也是逐个递增的。越往前进，洞穴越开阔华美，一种薄雾般的蓝色熏香也越发浓重，身旁的物体也越来越烟雾缭绕，看不清模样。仿佛越走越进入更大、更阴暗、更空旷的世界中去了。

"我必须承认，这一切都让我越来越感到自己身份的卑微。我没有打扮，衣冠不整；身上连剃刀都没有，满脸长满了胡楂。在地球上的时候，我只是保持自己最基本的整洁，对其他都不怎么关注，但是在这样一个特殊氛围中，我要代表我的星球和我的同胞，我能不能受到恰当的待遇，也取决于我的外貌是否赏心悦目。这样的话，我本来应该穿得优雅些、尊贵些，怎么也不能这么破破烂烂、衣衫褴褛的。原来我一直以为月球上根本就没有高级生物，所以也就没有想到这么多。

"现在我穿着一件法兰绒的夹克、一条紧腿的灯笼裤，还穿着一双高尔夫球袜，要命的是这双袜子上满是月球尘土。脚下蹬着一双浅口便鞋（左边那只鞋的鞋跟没了），身上裹着一床毯子，脑袋从毯子上剪好的洞里伸出来（这身衣服，我从飞行器上一直穿到现在）。头发乱蓬蓬的，看来也不可能给我加分；裤子膝盖那里破了一个洞，坐在担架上，这个洞就特别显眼；右边的袜子老是滑落到脚踝那里，拉不上来。我完全知道我的这副模样给地球人抹了黑，但是我也没有办法啊，要是还能采取些什么紧急措施来弥补一下，或者临时弄得到点什么来凑个数，我都一定会做的。但是我什么都没有。我倒是好好整理了一下身上披的毯子——我把它弄成了罗马罩袍的样子，另外，尽管担架有些摇晃，我还是尽量坐得笔挺。

"想象一下你曾去过的最大的大厅，摆放着蓝色和青色的陶器，蓝色灯光泛着青色的薄雾，人潮涌动，他们都是些金属颜色或是青灰色的生物——这个我之前已经提过了。想象一下，这个大厅走到头，是一个拱形门，门也通向另一个大厅，大厅后面又是一个，这样重复延伸下去，一个比一个更开阔。在这一系列大厅的尽头，隐约可以看见几级台阶，像罗马阿拉西利祭坛的台阶，一直向上，望不到头。我越往台阶方向走，越觉得台阶很高。最后我来到了一个巨大的拱形门下面，终于看到了这些台阶的顶端，月球大帝就高坐在上面的宝座上。

"他仿佛是坐在一片蓝色光芒的笼罩之中。四周烟雾缭绕，连宫殿四面的墙壁都看不见。这让我觉得他仿佛是飘在虚幻的深蓝色空间中的。乍眼一看，他像是一朵发光的云彩，笼罩在宝座之上；他的脑袋硕大无朋，直径估计就有好几码。宝座后像探照灯一般射出的道道蓝色光芒，给他笼上了一圈光环。他周围有很多仆人，在他的光环中渺小而模糊。在他下方的阴影中站立着群臣，他们都是知识阶层，有记录官、计算官、研究官和仆从，所有的这些人都是月球的显贵。再下面站着的就是传令官和通信官了，然后沿着台阶往下，才是那些卫兵站立的地方，他们站满了数级台阶；台阶最底层的平地上站着各行各业的月球贵族，他们的地位稍逊，人数众多，黑压压一片，根本看不清。他们的脚在岩石地上不停地摩擦着，沙沙作响，就连肢体动一下也会发出这种声音。

"我进到倒数第二个大厅的时候，音乐就响起来了。雄壮庄严的音乐缭绕在整个宫殿中，连新闻官的尖声报信的声音都湮没了……

"最后我终于来到了最后一个最宏伟的大厅，这就是正殿了……

"我的所有随从站成了一个扇形。卫兵和引路人分列左右两边，三架担架抬着我、飞舞和轻帕夫，走过一片闪闪发光的地面，来到了巨大的阶梯前。这时伴随着音乐，又响起了一阵巨大的嗡嗡作响的颤音。飞舞和轻帕夫下了担架，我还是那么坐在担架上——我想这应该是他们给我的特殊荣誉吧。后来音乐停了下来，但是嗡嗡的颤音还在。我的注意力在上万双满怀敬畏的眼睛的同时指引下，注意到了那个光环笼罩下高高在上的最高智者身上。

"起初，我刚开始往这个光环中看的时候，我看到的是一个不怎么透明的脑袋，没有什么特殊的地方，就像一个大的气囊，可以模模糊糊看到有一种鬼魅的幻影在其中回旋。在这个巨大的脑袋之下，宝座边缘构成之上的中间位置，有一双精灵般的小眼睛在周围的光芒中注视着一切。头部根本就没有脸，只有一双眼睛，那种感觉好像是从黑暗中徒然冒出一双眼睛一样恐怖。最开始我只看到了这双恐怖的眼睛，然后我才发现眼睛下面还有一个矮小如侏儒的身躯，他那昆虫般多关节的四肢都已经萎缩了，很苍白。这双眼睛俯视着我，全神贯注地，这样一来他那大脑袋的下部皱成一团。一些看似无力的触须手扶着这个头大身小的君王，稳稳坐在宝座上……

"这脑袋大得实在壮观，但是又大得实在可怜。让我忘了身处的宫殿和四周的群臣。

"我被摇摇晃晃地抬上了一级级台阶。我觉得我上方的这个叹为观止的不太透明的大脑袋还在变大，我越是向他靠近，它越是显得大。那些君王左右的层层仆从却似乎都在往边上退去，直退进背景中。我看见站在阴影里的近侍正不断地给月球大帝的大脑袋喷一种清凉喷雾，然后轻轻拍着、扶持着。我自己紧紧抓着担架的扶手，也一直目不转睛地凝视着月球大帝，从不曾把视线移开。最后我停在离他十步开外的地方，这时，殿内交织的乐声达到了高潮，戛然而止。我就这样，身处这个茫茫空间，赤裸裸地暴露在月球大帝审视的目光当中。

"他应该是在审视着他有生以来见到的第一个人类……

"我的目光终于从他身上移开，落到他身后那蓝色迷雾中的蚂蚁般的仆从身上，然后又顺阶而下，落到众多的月球权贵身上，上万个月球人这么定定地站着，随时等候着君王的号令，黑压压地挤满了宫殿。那种无端的恐惧再一次向我袭来……然后又消失了。

"这片刻的停顿之后就是行礼仪式。我被扶下了担架，尴尬地站在那里，有两个苗条的官员向我做了一些奇怪的手势，毫无疑问，这些手势都是有具体意义的。那一群陪同我来到正殿入口的活字典现在站得比我高两个台阶，分立两旁，随时准备回答月球大帝的疑问。飞舞苍白的头出现在我和君王之间的中间位置，这个位置让他可以不用转头就帮我和月球大帝翻译、交流。轻帕夫站在飞舞后面。行动敏捷的传令官们侧身向我跑来，这样能够保证在他们行动的过程中脸始终是朝向君王宝座的。我像个土耳其人那样坐了下来，飞舞和轻帕夫在我前面跪了下来。这时又有了片刻的停顿，附近那些官员的眼睛从我身上移到大帝身上，然后又再移回来，下面无尽的人群中又响起了叽叽喳喳的声音，仿佛在期待着什么，转眼就停止了。

"那种嗡嗡作响的颤音也没有了。

"这是我整个月球之旅中第一次也是最后一次发现月球是这么安静。

"紧接着我听到了一阵微弱的呼呼声。这是月球大帝在问我话，声音听起来很像手指摩擦玻璃发出的声音。

"我专注地看着月球大帝，然后又转向飞舞，他很警觉的样子。跟这些身材纤细的月球人比起来，我显得异常粗壮，肉嘟嘟的，很结实，下巴太宽，头上还长着黑发。我的眼睛又回到月球大帝身上。他的话已经说完了，近侍们这会儿正忙着，他整个皮肤表面都是光可鉴人的，还有一些清凉喷雾的液体流下来。

"在这个空当飞舞想了想。他还问了问轻帕夫。然后他就开始用尖厉的声音说英文了，我能听懂他的话，只是刚开始他说得有些紧张，不是特别清楚。

"'嗯，月球大帝，想说的是，想说，他推测你是，嗯，人类——就是说你是从地球这个行星上来的人类。他想说他很欢迎你——欢迎你，而且想知道，知道——如果可以这么说的话——你的那个世界的情况，还有你为什么要到我们这里来。'

"飞舞说到这里顿了一下。我刚要回答他的问题，他却又继续说了。他后来说的话我听得不是很明白，不过我想无外乎是些恭维的客套话。他告诉我，地球之于月球，就宛如太阳之于地球一般神秘，所以月球人是非常乐意了解一些关于地球和人类的知识的。他后来又谈到——当然，还是很客气地——地球和月球之间相对的大小和直径，以及一直以来月球人对我们这个星球的好奇和揣测。我眼光看着地面，思考了一下，决定回答说其实地球人也一直都想知道月球上到底有什么，而且一直以为月球上是没有生命存在的，更不可能料到月球上还有我今日得见的这么一番壮丽恢宏的景致。月球大帝仿佛听懂了我的话，让他蓝色的光芒以一种不可思议的方式旋转了起来，这样一来，我说的话在宫殿的各个角落引起了一片尖厉的叽叽喳喳声和沙沙声。然后他又继续让飞舞问了我不少问题，不过后来这些问题都容易回答多了。

"他说他知道人类是居住在地球表面的，我们的空气和海洋也是存在于地球表面的；后面这一点他的天文学专家们早就发现了。地球的坚实程度让他们一直都认为生物在那里是无法生存的。他把这些现象叫作非常现象。他很急于想了解这种非常现象的细节。他首先想知道我们地球生物所能承受的极限冷热温度，后来他又对我描述的云和雨也很感兴趣。月球外层无法被阳光照到的坑道中雾气常常很重，这也让月球大帝能够想象地球的情况。当说到人类不会觉得阳光太刺眼，甚至无法忍受的时候，他似乎很惊讶；说到由于空气的折射，地球上看到的天空通常呈蓝色的时候，他兴致勃勃，不过我还是有些怀疑他究竟有没有听懂我的话。我还告诉他人类眼睛的虹膜能够让瞳孔收缩，以保护眼睛脆弱的内部结构免于受到过强光线的伤害。他听了这番话以后让我往御前靠了靠，走到离他只有几英尺的地方，这样好看清我眼睛的结构。然后我们继续对月球人和地球人的眼睛结构进行了比较。月球人的眼睛不仅仅对人类可视光线异常敏感，而且还能感受到热量。这样月球温度发生变化时，月球人可以用眼睛通过各种物体察觉到这些变化。

"月球大帝还是第一次听说虹膜这个器官。他一度醉心于用自己发出的光线照射我的眼睛，观察我瞳孔的变化。结果是弄得我眼冒金星，什么都看不见，过了好一会儿才恢复正常。

"尽管有些别扭，但是我渐渐在不知不觉中觉得心安了，因为我和他的这么一问一答是非常理性的。我可以闭上眼睛思考答案，完全不用理会月球大帝没有长脸……

"等我退回到原位之后，月球大帝又问我要是遇上炎热的天气或是暴风雨天气，人类通常是怎么办的。于是我就跟他讲了我们的建筑和家居艺术。谈到这个问题的时候我们东拉西扯，词不达意地说了很久，还发生了一些误解，我得承认，这些误解多半是因为我的表达还不是很精准。我用了很长的时间，想跟他解释清楚房屋的概念。对他和他的仆从们而言，最不可思议的事情就是人类居然不在地下打个洞住进去，而偏偏要修房子。然后我试着说人类的祖先也是住在洞穴里的，而且人类现在也还在地下修建地铁和其他许多建筑，结果这样一来就更糊涂了。我想我就是太想极力说明人类卓越的智慧才弄巧成拙的。另外一个不明智之举就是我居然想解释清楚矿山是怎么回事，结果也弄得很复杂。最后实在无法继续说下去，我们就干脆放弃了。

　　"月球大帝问我，我们到底怎么利用地球的内部空间的。当我承认人类对这个祖祖辈辈生存的地球内部组织一无所知的时候，人群中顿时响起了一片尖厉的叽叽喳喳声，连最远的角落都能听到这片潮水般汹涌的声音。我不得不三次重申，地表到地核的距离有四千英里，人类现在只对地表以下一英里以内的地方有所了解，而且这种了解还是很局限、很不确定的。我知道月球大帝想问我，我们连自己的星球都还没有弄清楚呢，就跑到他们的月球上来做什么。但是他当时并没有为难我，并没有让我解释这个问题，他已经被各种各样的新信息给弄晕了，根本就没空来理会这所有的相关细节。

　　"他又折回来继续问气候的问题，我就努力让他明白变化无穷的天空，还有雪、霜冻和飓风这些气候现象。他问：'那么当夜晚来临的时候，冷吗？'

　　"我说夜里是要比白天冷一些。他又继续问：'那么地球上的空气会凝固吗？'我说不会，因为温度还不够低，夜晚持续的时间很短。'甚至不会液化吗？'

　　"我正准备回答'不会'的时候，突然想起，至少空气中的水蒸气是会凝结成水，形成露珠的，有时候还会冻结成霜——这个过程和月球漫漫长夜中外部空气的凝结的确是相似的。于是我就这样把这个问题解释清楚了。月球大帝继续沿着夜晚这个话题，询问地球人睡眠的情况。地球上所有的生物都是有规律地每二十四小时就需要一次睡眠，这是我们天赋的本能。月球生物很少休息，只有在长时间的异常疲劳之后才偶尔睡一下。然后我竭尽所能，向他描述仲夏夜的美妙，还跟他讲了讲地球上那些昼伏夜出的动物。这样我就讲到了老虎和狮子，我们突然又讲不下去了。因为月球上除了水生生物以外，都是家养的，完全服从于主人的意志，这种历史都不知延续多少年了。他们的世界中只有凶狠的水怪，可从来都没有陆上的猛兽，要让他们理解夜间室外有体形庞大、凶猛无比的生物出没的概念，这可真是太难了。"

记录到此完全支离破碎，有二十字左右的空白。

"他跟他的仆从交谈了一下，我想他们谈的都是人类这种生物的肤浅和不理性：人类住在一个星球的表面，能经风浪，也能尽量地利用空间中的各种可能性，却不能团结一心、一致对抗野兽的袭击，反过来却敢入侵另一个星球。在他们交谈的时候，我也坐着思考，然后应他的要求，我又给他讲了人类的分工。他不停地提问：'你们所有的工作都交给同一种人类去完成。那么谁来思考呢？谁又来统治你们的世界呢？'

"我简单地跟他讲了讲民主的理念。

"我说完之后，他命令近侍给他喷了一点清凉喷雾，然后要我把刚才说过的再讲一遍，他有的地方还不是很清楚。

"'那么人类也从事不同的工作吗？'飞舞代他问道。

"'是。'我很肯定地说，'有人是思想家，有人是官员，有人是猎人，有人是机械师，有人是艺术家，有人是苦力，但是大家都会参与国家治理。'

"'那么他们有没有长成不同的样子，以更好地适应各种职责的需要呢？'

"'没有，起码从表面上是看不出来的，'我说，'只是穿着可能有差异。可能他们的思想也有点不同吧。'我补充道。

"'他们的思想一定大不相同，'月球大帝插话了，'否则他们就都想要做同样的工作了。'

"为了让我自己的想法跟月球大帝的先见之明更接近，我承认他的推断是正确的：'这些差异的确都隐藏在思维中，但是差异就是差异，是真实存在的。要是地球人类的思想和灵魂也能够轻易被看穿的话，那么地球上人与人之间的差异一定和月球人之间一样大。人类中间也有伟人和小人之分，也有影响深远的人，有行动敏捷的人，有一天到晚说个不停，心思片刻也静不下来的人，还有无须思考，什么都能记住的人……'"

此处记录缺失了三个字。

"他打断了我，又把我拉回到刚才谈论过的问题：'你说所有的人都能参与国家治理吗？'

"'某种程度上说是这样的。'我回答道，但是我觉得这么一来他肯定更糊涂了。

"他把问题具体到一个很显而易见的事实上：'你的意思是说，地球上没有一个地球之王吗？'

"听到这个问题，我的头脑中想到了几个人，但是我最终还是肯定地答复他，没有地球之王。我们地球人也曾经尝试过这样的统治法，但是那些君王和贵族往往最后都因为终日沉溺于饮酒作乐而最终消亡，或者是太过暴戾而被人民推翻。我所属的盎格鲁—撒克逊民族，这个民族在地球上是一个影响深远的伟大民族，我们就不会再实行这样的统治方式了。听了这番话，月球大帝惊讶不已。

"'那么你们怎样保存你们已有的智慧成果呢？'他问。我就向他解释了我们是怎样用图书馆中浩瀚的书籍来弥补人类有限的'大脑'的。我接着解释了人类科学是怎样依靠无数无名之辈的共同努力得以不断发展的。他并没有就此发表什么评论，只是说，我们人类社会虽然野蛮，但是还是在很多方面都非常发达，否则我也到不了月球。但是这其中的对比依然非常明显。有了知识以后，月球社会就发展起来了，并且发生了很大的变化；而人类则是把知识存储起来，野蛮本性依然如故——只不过成了装配齐全的野蛮动物而已。他说这就……"

此处有一小段信息无法辨识。

"然后他让我说说我们在地球上是怎么到处活动的。我就给他讲了我们的火车和轮船。他起初无法理解怎么人类使用蒸汽的历史只有短短一百年，等他终于明白过来以后，他仍然觉得不可思议。这里我得提一下，月球人也用年来计算时间的流逝，这点跟我们地球人一样，我还完全不了解他们的计数系统。不过，这个问题也不大，因为飞舞了解人类的计数方式。我是这么跟他解释的，人类开始在地球上生存的时间只有九千到一万年，直到现在都还没有实现整个人类的大团结，还处于不同政府分而治之的统治之下。等弄明白我的意思以后，月球大帝大吃一惊。因为他一直以为我说的各个国家不过是一个政权下的不同行政区而已。

"'我们目前的这些国家和帝国，终有一天会变成某种统一体系的一个粗略的草图。'我这样跟他讲，然后又开始跟他说……"

这里应该是缺失了一条长度为三四十字的信息。

"月球大帝觉得人类很愚蠢，死死抱着各自的语言不放，这样让彼此间的交流非常不方便。'他们想交流，但又不愿真正彼此沟通。'他说。然后他开始跟我谈战争的问题，我们就这个问题谈了很久。

"最初他有些迷惑，也不太相信：'你的意思是说，你们在你们的地球上到处跑——这个世界上还有许多财富等着你们去发掘——彼此残杀，去喂野兽吗？'我说事实就是这样。他要我举例来说明。

"'但是战争也会摧毁你们的船只和城市啊！'他感叹道。我发现他关注的不仅仅是战争杀戮的残暴，也同样关注由此引起资源浪费和对便利设备的损害。'再讲得详细一点，'月球大帝说，'好让我能够想象这个场景，我真是想不出来这是什么样子。'

"于是我跟他详细讲了讲地球上发生的战争，虽然这有悖我的初衷。

"我跟他讲了战争打响之前的一些规定和礼节，比如警告和最后通牒，然后讲了部队的召集和行进。我还讲了什么叫演习，什么叫布阵，什么叫交战；还讲了怎样围攻城市，怎样突袭，描述了战壕中的饥饿和苦痛，描述了冰天雪地天寒地冻中哨兵的悲惨；讲到了溃败、奇袭，最后的拼死抵抗和昙花一现的希望；讲到了对败逃者的无情追击，战场上的横尸遍野。我也讲到了人类历史上发生过的战争，讲到了入侵和大屠杀，讲到了匈奴人和鞑靼人之间的战争，穆罕默德和其他回教领袖之间的争斗，以及十字军的东征。我一边说，飞舞一边翻译，这些月球人的情绪越听越激动，最后发出了一片叽叽咕咕的谈论声。

"我告诉他们一艘装甲舰可以将一枚重达一吨的炮弹发射出十二英里远，能击穿二十英尺厚的铁甲——当然也讲了人们是怎样发射鱼雷的。还描述了一把马克辛机枪的工作原理，还把我所知道的柯蓝索战役的情况讲了讲。月球大帝越听越觉得不可思议，不时打断飞舞的翻译，要证实他所听到的是否就是我所讲的。当我讲到人们出征时的高昂情绪的时候，他们更是觉得简直无法想象。

"'但是你们人类一定不喜欢战争！'月球大帝通过飞舞发表了他的意见。

"我却肯定地对他们说，人类，无论是哪个民族，都以亲历战争为生命中的最高荣耀。听了这话，全体月球人都大吃一惊。

"'但是战争有什么好呢？'月球大帝问道，他还是坚持自己的观点。

"'噢，说到好处嘛！'我这么回答，'可以减少地球上的人口啊！'

"'但是怎么会有这种需要呢——'

"月球大帝说到这里停了一下，清凉喷雾马上就喷上了他的额头，然后他又继续说……"

到这里的时候，记录中出现了明显的电波波动，这种混乱的情况，在凯沃发来的描写跟月球大帝第一次对话之前的那段沉默时的记录中出现的情况一模一样。这些波动明显是月球辐射干扰的结果，但是这些干扰总是跟凯沃发送的信号联系在一起，不得不让人怀疑是有人故意要这样干扰凯沃发来的信号，让这些信号无法辨识。起初这些干扰还很小，且有规律，这样我们只要仔细一点，就能将信息中缺失的一两个字补充出来。

后来这些波动越来越明显，影响范围也越来越大，突然间还变得没有规律了，就仿佛有人在一行字中胡乱画过一样。一时间我们也无法弄清楚这些锯齿状不规则的线条到底是什么意思，突然间这种干扰又中断了，凯沃的信息又清晰了，随后干扰又来了，而且后面的整条信息一直都有，完全掩盖了凯沃想要表达的意思。月球人应该完全有能力随时阻止凯沃发报，而且这么做也更简单容易，如果这些干扰是有意所为，那么，为什么他们要在凯沃完全不知情的情况下干扰屏蔽他发送的部分信息，还让他高兴地继续发下去呢？这个问题我至今都没有想明白。事实就是如此，我能说的也就只有这么多。关于月球大帝的最后一段描述是从一句话的中间开始的。

"……非常详细地询问了我的秘密。我只用了很短的时间就让他们理解我的意思。最后我也向他们问了一个困扰了我很长时间的问题，这个问题就是，既然他们的科学研究领域如此广泛，为什么迄今为止他们自己都没能发现'凯沃物质'的存在。他们解释说他们一直认为这种东西只是从理论上推断应该有，但是在实际中是绝对不存在的，因为月球上没有氦，而氦……"

"氦"字以后的字迹上又出现了那些画痕，根本无法看清楚。请注意上文中用到的"秘密"这个词，其后所有的信息都是根据这个词来理解的。我和温迪基先生都相信，下面那条信息大概就是凯沃给我们发来的最后一条信息了。

第二十五章　凯沃给地球发来的最后一条信息

　　凯沃发给我们的倒数第二条信息就这样遗憾地中断了。我们似乎能够看到他在那片遥远的蓝色迷雾中，专心致志地坐在仪器前给我们发信息，并一直坚持到最后。完全不知道有一道干扰我们交流的大幕正在我们和他之间徐徐落下，也不知道此刻他生命中最后的危机正在向他袭来。由于缺乏一般常识，他这会儿是在劫难逃了。他居然跟月球人讲起了战争，还讲到了人类的力量和残暴，讲到了人类贪婪无度的侵略本性，还有人类不知疲惫的斗争欲望。他向整个月球世界暴露了人类的这些特性，我想他接下来不得不承认在他身上也存在这种可能性——至少很长时间之内这种可能性都不会消亡——那就是还会有更多的地球人到月球上来。他一承认，就会要了他的命。按照月球人冷酷、非人性的理智思维来讲，我完全明白，他们会采取行动。凯沃一定也已经早就有所察觉，现在应该更是了然于心了。我们都能想象得出，他一定是一边在月球上到处闲逛，一边后悔自己这些致命的轻率言语。我想，月球大帝还是需要一定的时间来考虑这个新问题的，所以在这段时间以内，凯沃还是自由如往昔，想去哪儿就去哪儿。但是他们一定没有再允许他接近发报的设备了，这样很长一段时间，我们都没有再接收到任何新的信息了。可能他又有了新的听众，正在竭力洗刷之前所作的那些自白。谁能猜得到呢？

突然，就像半夜的一声惊叫，仿佛长时间沉寂后的一声惊雷，我们又收到了最后的一条消息。这条消息很短，只有两个句子，我们收到的只是这两个句子的开头几个字。

第一句的开头是："我一定是疯了，居然让月球大帝知道……"

然后通信中断了有一分钟左右。我们猜他一定是被外界的什么给打断了。可能离开了仪器——在那个阴暗的、弥漫着蓝色光线的月球洞穴里，对着这堆仪器犹豫不决——然后他突然又冲回来，仿佛下定了决心。可是一切都太迟了。然后，一条信息仿佛是在匆忙中传来："'凯沃物质'的制造方式是：用——"

后面还有一个字，按照拼写来讲是个毫无意义的字："呒"。

就这么结束了。

很可能当他命运走到尽头的那一瞬间，他拼尽全力在匆忙中想要写"无用"。在仪器旁边到底发生了什么，我们不得而知。但是我们知道，不管发生了什么，我们再也不可能收到月球发来的任何信息了。我后来做了一个梦，梦中我清楚地看到在蓝光的照耀下，凯沃衣衫褴褛，像幽灵一样在这些昆虫般的月球人手中挣扎，他们步步进逼，凯沃越发绝望地尖叫着，警告他们不要这么做，可能最后他们打起来了，凯沃一步步被逼着后退，再也听不到他的同胞的声音，也再也看不到同胞发出的信息，就这样退入了一个未知的世界——退入了黑暗中，退入了无边的沉寂中……